KB271662

박완서 소설전집 결정판

ㅇㅗㅇ

오만과 몽상 **2**

세계사

5

여자로써 여자를 비기다

　매국노는 친일파를 낳고, 친일파는 탐관오리를 낳고, 탐관오리는 악덕 기업인을 낳고, 악덕 기업인은 현이를 낳고……, 동학군은 애국투사를 낳고, 애국투사는 수위를 낳고, 수위는 도배장이를 낳고, 도배장이는 남상이를 낳고…….

　현이는 남상이로부터 정말 자유로워졌나를 확인이라도 하려는 듯이 양가의 족보를 외어보았다. 처음 듣고 삶의 행로를 수정해야 할 만큼 큰 충격이 되었고 그 후 두고두고 욀 때마다 조롱은 새로워져 그의 자존심을 상처 내고 팔자에도 없는 고생을 견디게 하는 채찍 구실을 하던 그 소리가 헛소리처럼 무력해져 있었다. 도리어 이쪽에서 조롱을 해주고 싶을 지경이었다. 현은 휘파람을 불어 그 소리에다 가볍고 쓸쓸한 멜로디를 붙인다.

다시 그 족보를 욀 필요는 없으리라. 남상이와의 우정의 종말보다는 차라리 그게 쓸쓸했다.

밤이 깊었나 보다. 진료반이 빌려 쓰고 있는 야학당이 파해서 학생들이 삼삼오오 흩어지고 있었고 밤마다 그 고달픈 선생 노릇을 하고 있는 대학생인 듯싶은 젊은이들이 학생들을 문까지 배웅하고 있었다. 의대 진료반이란 플래카드로 가려 잘 보이지도 않던 사랑의 학교란 작은 표지판 위에 달린 촉수 낮은 외등이 등대불처럼 외롭고 환해 보였다.

마지막으로 나온 소녀가 선생님에게 공손하게 허리를 굽혔다. 선생님이 웃으면서 손을 흔들었다. 소녀가 자신의 그림자를 길고 희미하게 늘이면서 타박타박 걸어 나왔다. 소녀가 돌아다보았다. "조심해 가" 선생님이 말했다. 이번엔 소녀가 웃으면서 손을 흔들었다.

현은 무심히 아름다운 광경이라고 생각했다. 그리고 불쑥 영자 생각을 했다. 영자는 아마 당연한 것처럼 그가 비운 방을 주부처럼 지키면서 구석구석 털고 닦고 쓸고 닦고 옷궤짝을 휘저어 빨 건 빨고 볼 건 손보아 팬티 고무줄 하나라도 헐렁한 건 안 남겨놓은 완벽한 상태에서 그를 기다리고 있으리라.

현은 원래 야학당이란 데 대해 무관심한 편이었다. 그런 일을 미담삼아 감동하기 잘하는 족속을 비웃는 못된 버릇도 없지 않아 있었다. 그 속 사정에 대해 뭘 좀 아는 게 있거나 관심이 있어서가 아니었다. 가르치는 쪽이나 배우는 쪽이나 온종일 지칠 대로 지친 몸으로 뭐가 되는 게 아니라고 생각했다. 게다가 가르치는 쪽이나 배우는 쪽이나 다같이 끗발 없는 짓이었다. 그러니까 실속보다는 당장 당장의 폼이라고 생각했다. 그나마 배우는 척하는 폼엔 약간의 연민을 느꼈으나 가르치는 쪽의 포부도 거창한 폼엔 혐오감마저 느끼고 있었다. 그러나 야학당을 마지막으로 나오는 소녀를 보면서 영자 생각이 나자 마치 계시처럼 돌연 그들이 배우고 가르치는 의미를 깨달은 것처럼 느꼈다.

영자는 곧잘 비장하도록 진지하게 말했었다.

오빠는 돌봐줄 사람이 필요하고 나는 돌볼 사람이 필요해. 서로 필요해서 이러는 거야. 그렇지만 돌보고 마음으로부터 잘해줄 사람이 나에게 얼마나 필요한지 아마 오빠도 잘은 모를 거야. 아무도 모를 거야. 몰라도 좋아. 오빤 나에게 그런 사람인 걸로 충분히 감사해. 왠 줄 알아? 나에게 그런 사람이 없었다면 아마 나도 딴 애들처럼 재봉틀 기름이 돼버렸을 테니까. 그래 재봉틀 기름이 돼버린다니까. 우리들이 어떻게 하루하루 재봉틀 기름이 돼버리는지 그건 아무도 직접 겪어보지 않고는 모르게 돼 있어. 소위 일류 미싱사가 된다는 게 뭔 줄 알아? 틀일에 이골이 난다는 건 자신을 아낌없이 녹여서 재봉틀 기름을 만드는 일이야. 재봉틀에 우리 마음이 옮아붙은 것처럼 그게 알아서 저절로 돌아갈 때쯤 우린 다 녹아버려서 아무것도 남아 있지 않게 돼. 아무것도. 그건 생각만 해도 끔찍한 일이야.

그들이 덮쳐오는 수마를 쫓기 위해 고단한 몸을 서로 꼬집어가며 악착같이 배움의 자리를 가지려는 뜻도 정작 그 근처에 있을 것 같았다. 재봉틀이나 그 밖에 그들이 조작하는 크고 작은 수많은 기계의 기름으로 자신을 소모시켜버리지 않기 위한 고된 안간힘일 것 같았다.

그렇다면 이 소외된 고장, 바람만 크게 불어도 날아가버릴 듯한 천막 교실에서 밤마다 일어나는 일을 어찌 폼이라고 일소에 부칠 수가 있겠는가. 돌을 갈아 다이아몬드의 경도와 광휘를 뽑아내는 신비한 비법을 훔쳐보듯이 숨죽이고 떨리는 마음을 가다듬고 지켜볼 만한 놀랍고 아름다운 일인지도 몰랐다.

그는 오싹하면서 막연한 두려움을 느꼈다. 그러나 곧 가볍게 고개를 저었다. 그건 어차피 그와는 상관없는 일이었다. 그가 동계 진료반에 참여한 일이야말로 우스꽝스러운 폼이었다. 더 웃기는 폼은 가출과 바닥가난이었다. 그는 다시는 폼잡지 않을 터였다. 다시는 그에게 어울리지 않는 바닥가난으로 돌아가지 않을 터였다. 그 바닥가난으로부터 묻혀갈 것도 집어갈 것도 없다는 걸 그는 다시 한 번 다짐하면서 홀가분해지려고 했다.

그러나 영자 생각이 난 이상 처음으로 날듯이 홀가분한 것만은 아니었다. 영자는 그가 얼떨결에 가난으로부터 걸머진 빚이었다. 그러나 쉽게 갚을 수 있는 빚이 아니었다. 영자는 처음부터 그에게 가난의 한 구색에 지나지 않았지만 딴 구색하곤 달라서 인간이었다. 살아서 숨 쉬는 인간이었다. 그는 또 영자의 피가 얼마나 진하고 뜨겁다는 걸 알고 있었다.

"결국……." 그는 숨을 깊이 들이마시며 중얼거렸다. 방법은 하나밖에 없었다. 그는 분만실 근무의 성혜와 만나 긴 이야기를 나누고서 영감처럼 떠오른 간지를 아직도 간직하고 있었다. 영감이란 평범한 두뇌가 느닷없이 천재의 그것처럼 광분하면서 어쩔 수 없이 옹색한 두개골과 마찰해서 생긴 스파크 같은 거라고 그는 생각했다. 그 스파크를 포착하기가 어려워서 그렇지 포착한 이상 그 천재성은 의심할 여지가 없었고 평범한 지혜를 아무리 짜내보았자 그 이상 가는 걸 얻어낼 가망은 없다고 그는 확신했다.

현이 천재적인 가치를 부여한 간지는 영자를 성혜와 상쇄시키는 일이었다. 그는 다만 구경만 하면 되는 것이다. 그는 그 일에 미리 심취한 나머지 의당 따를 잔혹성까지도 사랑할 마음이었다. 실상 그가 남상이로부터 자유로워졌다는 기쁨은 아직도 비현실적이었다. 그것을 실감하기 위해서라도 어떡하든 그 기쁨을 극한으로 몰고 가야만 할 것 같았다.

성혜의 얼굴이 떠올랐다. 몸매는 간드러지게 가냘프고 유연한데 이목구비는 큼직큼직하고 뚜렷한 성혜의 얼굴이 달리아 꽃처럼 진하고 화려하게 떠올랐다. 영자는 느낌으로밖에 떠올릴 수가 없는데 성혜는 강렬하게 자기를 주장하는 것처럼 선명하고 구체적인 모습으로 떠오르는 것이었다. 그리고 그 진한 입술은 지적인 것도 같고 비꼬는 것도 같이 독특하게 비뚤어뜨리며 웃었다. 그는 전율 같은 정욕을 느꼈다.

상쇄해라, 상쇄해. 그는 밑도 끝도 없이 이렇게 자신을 응원했다.

그의 정욕이 날을 갈듯이 광포해졌다.

B동의 불빛은 거의 사그라져 강산이 온통 적막한데 문득 소년 시절에 본 달처럼 결백한 달이 중천에 걸려 있었다. 그는 부르르 추위를 타면서 천막 교실 안으로 들어갔다.

천막 속은 취침 전의 용도 변경이 한창이었다. 용도 변경은 취침 전말고도 매일 아침저녁 해야 했다. 지금도 야학당 책상을 여섯 개나 여덟 개씩 붙여서 침대를 꾸미는 중이었고 내일 아침엔 그걸 다시 몇 개의 간이 진찰실로 바꿔 꾸며야 할 테고. 해가 지면 다시 본래의 야학당으로 원상복귀를 해놓아야 했다. 그동안에 친해진 야학당 선생들이 침상 만드는 일을 익숙하게 거들어주고 있었다. 난로에 연탄을 갈아넣고 있는 선생도 있었다. 그런 식으로 잔 지가 다섯 밤째인데도 아직도 전전긍긍 연탄에 대한 공포에 떨면서 반창고를 가지고 다니면서 조금이라도 미심쩍은 연통의 틈을 발견하려고 혈안이 돼 있는 한 학년 후배도 있었다. 현은 후배의 어깨를 툭 건드리면서 말했다.

"자넨 예방의학이 적성에 맞겠어."

난로가 교실 한복판에 있어서 꽤 긴 연통은 이미 그 친구 덕에 온몸이 만신창이로 반창고를 붙이고 있었다.

"형도 좀 고마운 줄 알아요. 나 아니었으면 우리 전원이 아직까지 이렇게 건재했을 줄 알우? 어림도 없지. 그동안에 아랫동네서 연탄가스로 죽어나가는 걸 세 번이나 봤으면서도 어쩌면 이렇게 태평들인지. 그렇게 위생 관념들이 없이 의사 되겠다는 게 하여튼 신기하다니까."

후배의 아직도 입은 채인 흰 가운과 정결하고 살결 고운 작은 손과 여자처럼 빠른 말씨는 위생 관념을 논하기에 아주 잘 어울렸지만 역겨운 생각도 들어서 현은 슬쩍 그를 피해 교실에 혹처럼 붙어 있는 칸막이 속을 기웃거려 보았다. 야학당에선 직원실로 쓰는 곳이어서 또 하나의 난로와 두 개의 사무용 테이블과 대여섯 개의 생김새가 각각인 의자와 문이 꼭 안 닫히는 캐비닛이 하나 놓여 있었다.

진료반 반장인 김인태가 혼자서 심각한 얼굴로 서류를 뒤적이고 있었다.

"내가 도와줄 것 좀 뭐 없수?"

현은 인태가 차트를 정리하고 있는 줄 알고 이렇게 말하면서 그의 건너 쪽에 앉았다. 말이 반장이지 실질적인 진료 행위는 선배 레지던트나 개업의들의 도움을 받으면서 어디까지나 배우는 입장이라는 건 반원들과 마찬가지였기 때문에 늦도록 차트를 뒤적인다는 건 티 나게 공부하는 공부벌레처럼 치사해 보였다. 인태도 달갑지 않은 듯 흘긋 현을 한 번 쳐다보고는 보던 것을 야학당 쪽 서랍에 떨어뜨리고 나서 담배를 피워 물었다. 서랍도 임시로 야학당 것을 빌려 쓰고 있었다.

"형, 뭐 하고 있었어?"

"응, 야학당 아이들 작문을 좀 훔쳐보았었나 봐."

인태는 남의 말하듯이 데면데면하게 말했다. 뭐가 몹시 언짢은 것처럼 골난 듯한 얼굴의 선이 괴팍해 보였다. 오래 사귄 사이이건만 처음 보는 인상이었다.

"그까짓 걸 뭘 그렇게 심각한 얼굴로?"

"그까짓 거라니. 애는 훔쳐봤다 하면 그저 연애 편지 나부랭인 줄 알거든. 개 눈에 똥밖에 안 보인다더니……."

인태는 웃음기 없이 퉁명스럽게 말했다. 두터운 근시 안경 밑에서 그의 선량한 눈동자가 우울하게 파묻져 보였다.

"형, 나 그 소리 벌써 두 번째유. 인권 유린 좀 작작 하구 나도 사람 노릇 좀 시켜주슈."

현은 짐짓 유들유들 밉상을 떨면서 넌지시 인태의 눈치를 살폈다. 현은 자기가 지금 왜 어울리지도 않는 아양을 인태한테 떨려는지 알 수가 없었다. 인태한테 그가 생각하고 있는 걸 들킬까 봐 미리 연막을 치려는지도 몰랐다. 스스로의 양심에 추호도 거리낄 게 없다고 생각하면서도 인태한테 추악하게 보일 일이라는 것 또한 단정할 수가 있었다.

"야, 사람 노릇 하기가 그렇게 쉬운 줄 아냐? 에렵다, 에려워."

인태가 근엄한 표정을 풀고 기분 나쁘게 킬킬댄다. 풀린 표정이 꾸민 것처럼 어색했다.

"남 다 대강대강 하는 거, 형도 좀 대강대강 해두면 안 되우?"

현은 인태가 어렵다는 게 그에게 한 말이기보다는 자기고백 쪽이라는 걸 알고 있었기 때문에 딱하다는 듯이 이렇게 말했다.

"대강대강 해둘 게 따로 있지."

"뭔데 그래?"

"언제 씌운 작문인지, 빌어먹을 「나의 희망」이 뭐야? 제목은 왜 붙여줘? 교복으로 통일시킬 주제도 못 되니까 생각이라도 통일시켜보겠다 이건가? 야학당 선생까지도 그런 몽둥이를 가지고 있다니. 도대체가 글러먹은 거투성이란 말야."

인태가 무턱대고 흥분했다. 현이 보기에 인태는 뭔가 어색했다. 현이 이런 인태를 유연하게 바라보면서 넌지시 몰아붙였다.

"알았수. 알 만해요. 난 또 뭐라구. 이제 보니 형도 순진하긴……."

"순진해? 얘가 뭘 안다고 남의 속을 박박 긁고 있어?"

"뻔하지 뭐. 소년들의 희망이라면 으레 대통령, 대장, 과학자, 판검사, 의사, 사장, 최하라도 예술가쯤은 될 줄 알았다가 그게 아니어서 쇼크받은 거지. 형의 그런 생각도 알고 보면 또 하나의 몽둥이지 별거유. 야학당 아이들의 희망을 내 알아맞혀 볼까. 불고기를 한번 체하도록 먹어보는 거, 수돗물이 사시장철 나오는 집에서 살아보는 거, 병든 할아버지가 돌아가시는 거, 올핸 어떻허든 시다 신세 면하고 미싱사 되는 거, 대강 이 근처에서 대동소이할걸."

"맞았어. 심지어 이런 것도 있더라니까. 의료보험에 들 수 있는 큰 공장으로 갈 수만 있으면 월급이 지금보다 적어져도 좋겠다는……. 한 사람도 아니고 내가 본 중에서도 벌써 서너 명이나 그런 소릴 하고 있으니……."

"형, 개 눈엔 뭣만 보인단 소릴 곧장 형에게 돌려줘야 할까 보우. 우리가 의대생이라고 해서 꼭 그런 것만 골라서 관심을 가져야 할 건 또 뭐유?"

현은 점점 더 심각해지는 인태를 딱하다는 듯 여유 있게 바라보면서 이죽댔다. 그러나 인태는 탓하지 않고 진지하게 물었다.

"너 현행 의료보험의 시스템에 대해 뭐 아는 것 좀 없냐?"

"자세한 건 모르지만 대부분의 국민들이 환영하구 대부분의 환자가 혜택을 받고 있잖우. 아마 유사 이래 처음일걸, 사회복지라는 걸 소문으로가 아니라 몸으로 체험하긴. 병원 측은 다소 불편하기도 하고 손해도 보나 봅디다. 하긴 벌써 약삭빠른 친구들 사이엔 개업 비관론이 한창이유. 의과대학 잘못 들어왔다는 거지. 한치 앞도 못 내다보고 의과대학 들어온 주제에 그 친구들이 내다보는 10년 후의 의사상이 또 걸작이지. 대종합병원 의료진에 못 끼면 보따리 의사 등짐 의사로 전락을 할 거라나, 간단한 의료기구를 이거나 지고 골목골목을 누비면서 목쉰 소리로 맹장수술이나 소파수술 드렁, 아니면 배탈이나 감기 고치려. 치과의사라면 사랑니나 충치 빼려, 또 트럭을 타고 떼를 지어 몰려다니면서 반값이요, 반값, 못 고치면 공짜요,라고 마이크 대고 아우성칠지도 모른다나. 난 이런 소리들이 그저 저질의 우스갯말이거니 했는데 형이 심각해지는 걸 보니까 나도 어째 기분이 안 좋은데. 형, 형도 우리의 장래가 그렇게 우려할 만하다고, 생각하우?"

"짜식, 누가 우리 장래 얘기하쟀어?"

인태는 경멸하는 것처럼 말했다.

"그럼 뭐유?"

“선배들이 의료보험 수가가 어쩌구 하며 걱정들을 하는 소리를 좀 잘 들어둘걸. 낸들 뭘 알아야지.”

인태는 아예 현을 무시하고 혼자말처럼 중얼거렸다.

“거봐. 형의 우려 역시 우리들의 장래의 이해와 깊은 관계가 있지.”

“글쎄 아니라니까. 너 개 눈에 똥밖에 안 보인단 소리 삼세번 채우고 싶어? 하긴 나도 선배 개업의들이 총기는 사타지고 돈독이 오른 영악한 눈들을 희번덕대면서 의료보험 수가가 일반환자의 진료비에 비해 엄청나게, 정말 진료에 들어가는 실비에 비해서까지도 많이 싸다고 분개하는 소리를 들을 때마다 그저 경영상의 엄살인 줄 알고 심각하게 듣지 않았거든. 속으론 장사꾼 다 됐군, 하고 경멸하는 마음도 없지 않아 있었지. 장사꾼치고 불경기네 밑지는 장사네 한마디 못 하는 친구 없잖아? 나 역시 의사질에 대한 그런 좋지 못한 편견 때문에 그 문제가 이렇게까지 심각한 줄은 미처 몰랐어.”

“의사질이 앞으로 그렇게 형편없는 저소득 직종이 된다고 형은 전망해?”

“글쎄 우리의 영업상의 문제가 아니라니까. 그런 손해를 병원이 감당한다면 병원은 단박 파산할 테고 독지가가 나선대도 흙 파다 대지 않는 이상 오래 지탱할 수는 없는 문제고, 또 그런 병원이나 독지가가 현실적으로 있을 수도 없는 문제고. 처음부터 문제가 성립이 안 되는 건 결국 없는 거나 마찬가지 아니니? 우리 있는 것만 갖고 논하자."

"동감이오. 의료보험 때문에 아직 파산할 병원 없고, 의과대학 지망생은 아직도 가장 우수한 두뇌들이고, 그러고도 많은 환자들이 병원비의 공포로부터 벗어났다면 그건 성공한 제도 아뉴?"

"특별히 의료보험료로 거둔 돈만 중간에서 요술을 부리지 않는 한 어떻게 그런 일이 가능하겠니? 생각해봐라."

"그야 국가 보조나 뭐 그런 거 있는 거겠지."

"그렇다면야 무슨 문제겠니. 그게 없이 순전히 보험료만 갖고 운영할려니까 의료보험 수가만 터무니없이 낮게 책정을 해놓고 올려줄 척도 안 하는 거지. 맹장 하나를 떼어내는 데도 기본적으로 들 것은 다 들어야 하는데 그 기본적인 처치료조차 무시한 싼값이 울며 겨자 먹기식으로나마 아직까지 통하는 건 결국 어딘가 그 적자를 메꿀 돈줄이 있다는 소리밖에 더 되겠니? 그게 딱 하나 있긴 있거든. 그게 뭐겠니?"

"형, 사람 너무 바보 취급하지 말아요. 일반환자지 뭐긴 뭐겠쑤. 형이 겨우 그걸 트집 잡아 의료보험 제도를 비난하려 든다면 난 형하고 상대할 흥미조차 없어지는데 복지제도란 원래 그런 거 아니겠어? 일부 돈 있는 사람이 좀 손해본 것만큼 중산층 이하들이 골고루 그 혜택을 나누어 가지는 거 그게 왜 나쁘다는 거야?"

"나도 그렇게 생각했어. 그래서 의사들의 불평을 이유 있다고 보지 않고 엄살의 일종으로 받아들였던 거야. 경기가 예전만 못하다고 엄살 좀 작작 떨어라, 의사도 있는 사람 축에 드는 이상 없는 사람들을 위한 좋은 일을 위해 돈 좀 덜 벌어야지 어쩌겠냐고 말야."

"그럼 얘긴 대충 끝난 거네 뭐. 그럼 이만 해둡시다. 아아, 피곤하다."

현이 이때다 싶어 선하품을 하면서 인태 앞에서 꽁무니를 빼려고 했다. 그러나 인태의 열이 있는 것처럼 충혈되고 끈끈한 시선은 현을 쉽사리 놓아줄 것 같지 않았다.

"본론은 지금부터야 임마. 의당 그래야 하는 건데 그렇지 않더라 이거야. 누구나 그러려니 너무도 당연히 믿고 있는데 실제의 켯속은 그렇지 않은 데 문제가 있는 거야. 물이 위에서 아래로 흐르는 게 순리인데 여기선 순리는 다만 간판이고 그 뒤에서 일어나고 있는 진상은 아래서 위로 흐르는 역류더라 이거야. 넌 높은 진료비를 부담하는 일반환자들을 어떻게 보니? 막연히 부유층이라고 생각하겠지. 그렇지만 실정은 그와는 정반대인 거야. 부유층은 대부분 보험에 가입이 돼 있으니까 터무니없이 싼 비용으로 의료 혜택을 받게 되고. 그러니 저절로 감기 고뿔, 어젯밤 숙취에까지 종합병원 특진을 청하는 호강을 하게 되고 병원은 그 몫을 가난한 일반환자들이 병원비가 무서워 적절한 시기를 놓치고 큰 병이 된 후에야 집 팔고 땅 팔고 빚까지 얻어서 마련한 원한 맺힌 돈으로 충당을 한다면 얼마나 가공할 불합리냐? 끔찍한 일이지."

"형은 너무 뭘 과장해서 생각하는 것 같아."

"집 팔고 빚 얻어서 마련한 진료비가 과장이라구? 더한 경우는 어떡허구? 도둑질한 돈 몸판 돈이 부유층의 치료비로 역류할 수도 있다면?"

　인태가 마치 죄인 닦달질하듯 현을 추궁했다. 현은 잘못 걸려들었다고 생각하면서 적당히 눙쳐주려고 애썼지만 야유하는 투를 감추진 못했다.

　"형은 의사보다는 소설가 쪽이 훨씬 더 적성이 맞을 걸 그랬어. 상상력이 지나치게 풍부해."

　"상상이 아냐, 임마. 지금 막 작문에서 본 어떤 소년의 호소야. 호소가 아니라 참 희망이었던가. 빌어먹을! 그런 걸 다 희망이라고 부르다니. 소년은 「나의 희망」에서 뭐랬는 줄 알아? 어떡허든 의료보험에 가입할 수 있는 큰 공장에 취직이 돼서 어머니를 병원에 모시고 갈 수 있는 게 새해의 가장 큰 소망이라는 거야. 자식들 보기에 어머니의 병은 암만해도 심상치 않아 목돈 들 큰 병임이 분명한데 아직도 진찰 한 번 안 받아본 건 당장의 진찰비가 없어서가 아니라 아무런 대책 없이 목돈 들 병인 것만 밝혀놓으면 그 큰돈을 위해 누나가 몸을 팔든지 아니면 자기가 도둑질을 나가든지 둘 중에 한 일이 벌어지고 말 테니까 제발 그 무서운 일이 안 일어나도록 해달라고 천지 신명께 비는 글이었어! 빌어먹을……."

　"형, 그건 참 안된 얘기야. 나도 심심한 동정을 표하겠어. 그렇지만 그 한 소년 때문에 의료보험제를 전반적으로 비난하는 건 난 찬성할 수가 없어. 아직은 시행 초기 아냐? 아무리 좋은 제도에도 그만한 미스는 따르게 마련일 거야. 형답지 않아. 작문으로 훔쳐본 한 소년의 작은 문제로 크나큰 전체를 속단하고 흥분하는 건."

"야, 넌 어쩌면 낯짝 하나 안 변하고 한 소년의 문제라고 말할 수가 있니? 여기서 꼬박 닷새 동안이나 B동의 보건 실태를 드 눈으로 똑똑히 보았으면서도. B동은 여기 말고도 도처에 수없이 있어, 임마."

"이제 겨우 시작된 복지제도니까 지엽적인 결함은 차츰 수정되고 보완되겠지. 처음부터 완벽하길 바라는 건 우물에 가서 숭늉 달라는 것과 무엇이 달루? 요는 근본 정신이 문제지."

현이 타이르는 것처럼 말했다.

"야, 너 언젯적부터 그렇게 점잖고 이해성이 풍부해졌냐? 암만해도 수상한데……."

"형이 감정에 흐르니까 나라도 이성을 되찾아야지 어쩌겠쑤?"

"이성 좋아하네. 나도 임마 근본 정신이 중요하다는 건 벌써부터 알고 있었으니까 모든 것을 잘돼가는 쪽으로만 보려고 했던 거야. 그렇지만 근본 정신이 바로 그 음흉한 역류의 철학이라면 어쩌겠니?"

"그야말로 피가 역류할 얘기지만 그럴 리가 있쑤? 그런 크나큰 제도가 그렇게 거꾸로 운영되고 있다면 어째 여지껏 아무 소리도 없었겠쑤. 좀 안된 얘기지만 형 따위가 여기서 이불 속에서 활개칠 때까지 왜 아무도 그 비리를 지적하고 나서지 않았겠느냐 말야."

"그야 간단하지. 적어도 이 사회에서 울림이 있는 목청을 가진 사람들은 거의 다가 그 제도의 행복한 수혜자들이니까 입 다물고 있을 수밖에. 그 제도의 혜택에서 소외된 사람들이 아무리 저희끼리 지껄여봤댔자 그건 목청은 제거된 채 입만 벙긋대는 형국이지 누가 알아주나 말야. 언론을 통하지 않은 여론은 아예 여론 구실을 못하는 게 현대거든. 그 제도와 가장 밀접한 관계를 가진 의사들의 불평도 알고 보면 영리가 전보다 줄었다든가, 실속 없이 사무 절차만 복잡해졌다 하는 자신의 문제지, 그 제도가 안고 있는 근본적인 모순하곤 상관없는 거거든. 참 기가 막히게 그 역류 현상은 보완조치가 완벽하게 돼 있단 말야."

"형, 그렇게까지 악랄하게 그 문제를 물고 늘어질 건 또 뭐유. 형의 말에도 일리가 없는 건 아냐. 아닌 말로 그게 사실이라도 어쩌겠쑤. 심각한 비리임엔 틀림이 없지만 우리가 대상으로 해야 할 게 어디 사회적인 비리유. 어디까지나 개개인의 병리 현상일 뿐이지. 사실 우린 우리의 맡은 바 소임에 충실하기도 벅찬 형편들 아뉴?"

현은 유창하게 인태를 타일렀다. 인태는 갑자기 그게 아니꼬운 듯 눈을 부라렸다.

"야, 너 언젯적부터 그렇게 약아졌냐? 생쥐새끼 뺨 치겠다."

"그만둬, 형, 유치해."

현이 노골적으로 눈살을 찌푸렸다.

"유치하다니? 이건 적어도 인간 양심에 관한 문제야. 넌 물론 맡은 바 소임에나 양심적이면 된다고 말하겠지. 얼핏 듣기엔 그럴듯하게 안 들리는 것도 아냐. 그렇지만 적어도 양심이란 본질적으로 그렇게 미시적인 것일 순 없는 데 문제가 있는 거야."

"그래 그래. 딴 건 몰라도 양심의 오지랖이 넓어서 나쁠 것도 없겠지. 그러니까 남들이라고 다 편히 지내는 겨울방학에 이 몹쓸 동네를 찾아와서 이 고생도 하는 거 아니겠소."

현은 마치 자기와는 전혀 상관없는 애기를 하듯 태평스럽고 무성의하게 지껄였다.

"임마, 그게 아니란 말야. 적어도 내 양심은 이 고장에 섣불리 인술의 소문이나 퍼뜨리러 온 일을 지금 마음으로부터 후회하고 있는 중이다."

인태가 단호하게 악을 썼다. 현은 피식 열없게 웃으면서 그 방을 돌아나왔다.

"현아, 잠깐."

인태가 급히 불렀다. 현이 지겨워하면서도 돌아섰다.

"너 이 동네 뉘집에서 초대받았다더니 돼지불고기라도 얻어먹었나?"

"아니 왜?"

인태의 말씨가 묘하게 경멸하는 투여서 현도 불쾌하게 대답했다.

"언제 보아도 꼭 비루먹은 짐승처럼 영양실조로 보이던 녀석이 별안간 개기름이 번드르르 흐르니 말야."

현은 반사적으로 손바닥으로 얼굴을 쓰다듬었다. 농담이 아니라 모욕적인 말투였는데도 현은 빙그레 웃었다.

"그러고 보니 형, 나 오늘 저녁을 굶었네."

"그러고도 그렇게 신수가 좋아? 어디서 부잣집 딸이라도 하나 꼬시었나 보지? 나 보기에 네가 그 방면의 소질은 제일 있어 뵈더라."

인태는 웃으면서 말했지만 시선은 날카로웠다. 현은 그 시선에서 여유 있게 비켜나면서 어수룩하게 말했다.

"아니 형, 난 그런 치사한 짓 못 해. 차라리 내가 부자가 되면 됐지."

인태의 얼굴에 강한 의혹이 스쳤다. 현은 앙갚음을 완성한 어린 이처럼 장난스러운 쾌감을 느꼈다.

그날 밤 그는 성혜에게 편지를 썼다. 상쇄하라, 상쇄해. 그건 이미 그의 소리가 아니라 그가 다스릴 수 없는 그의 내부의 악마의 소리였다. 이제 그 소리는 힘찬 응원이 아니라 고혹적인 속삭임이었다.

영자와 성혜를 상쇄시키기 위해선 먼저 성혜와 영자만큼 가까워질 필요가 있었다. 현은 될 수 있는 대로 빠른 시일 안에 집으로 돌아가고 싶었고 맨몸으로 나왔던 것처럼 순수한 맨몸으로 돌아가고 싶었다. 무형의 것이든 유형의 것이든 자신의 잔해를 그동안의 생활에다 떨구기도 싫었지만 그동안의 생활의 잔재를 묻혀 들이기도 싫었다. 그는 자신의 이런 결벽성에 긍지마저 느끼면서 조급해지고 있었다. 남녀가 빨리 가까워지기 위해선 좀 고전적인 방법이긴 하지만 편지 이상 가는 걸 생각해낼 수가 없었다.

성혜 씨.

그동안 별고 없으신지요? 성혜 씨 계신 곳은 여전히 날마다 축제겠지요? 제발 그 고장의 축제를 위해 아들딸 구별 말고 태어나되 또 딸이나 또또 딸은 태어나지 말았으면 여기서도 빌고 있습니다. 이건 결코 여권 유린이 아닙니다. 성혜 씨의 아름다운 미소를 위해서입니다. 뵙고 싶습니다. 나는 당초의 계획대로 동계 진료반에 참가해서 이곳 B동 뒷산 천막학교에 마련한 간이 진료소에 짐을 푼 지 닷새째가 됩니다. 불교반이 주동이 된 진료반인데도 염불이나 참선 같은 불교 의식은 왠지 아직 한 번도 못 가져봤습니다. 번갈아 도와주러 오는 자격을 갖춘 선배 의사 중에는 압도적으로 기독교 신자가 많은 것도 이채롭습니다. 기껏 생각해낸 재미있는 건수가 고작 그 정도군요. 성혜 씨도 이런 방면에 대해 아주 모르는 처지가 아니니 말입니다만 무료 진료 행위라는 게 생각처럼 보람 있는 일만은 아니더군요. 예과 때만 해도 멋모르고 으스대는 마음도 있었는데 해가 갈수록 회의적입니다. 어떤 선배는 우리의 행위를 인술의 소문을 퍼뜨리러 다니는 데 지나지 않는다고 비하하길 서슴지 않더군요. 뭐가 뭔지 잘 모르겠습니다. 분명한 건 성혜 씨를 다시 만나고 싶다는 생각뿐입니다. 사흘만 있으면 여기 일이 끝나게 됩니다. 실은 우리의 계획이 끝나는 거지 여기의 정작 일을 누가 무슨 수로 끝낼 수 있겠습니까.

돌아가는 대로 부속병원 스카이라운지에서 기다리겠습니다. 딱지를 떼버린 나를 혹 모른다곤 안 하실지? 무슨 말인지 알아듣겠어요? 내 갈색 세무잠바를 성혜 씨는 나의 겨울 라벨이라고 했죠. 다시 만날 땐 겨울 라벨을 떼버린 모습이고 싶군요. 겨울이 다 가서가 아닙니다. 달라지고 싶어서입니다. 새로워지고 싶어서입니다. 내가 새로워지고 싶다는 건 적어도 딴 사람들이 상투적으로 쓰는 그런 말하곤 다른 게 될 터입니다. 난 그 일을 성공적으로 이루고 싶습니다. 성혜 씨의 도움이 필요할지도 모릅니다. 뵙고 싶습니다. 일 끝나는 대로 부속병원 스카이라운지에서 기다리겠습니다.

다 쓴 편지를 한 번 다시 읽어보면서 현은 몇 군데가 너무 간사스러운 것 같아 속으로 쿡쿡거렸다. 그러나 고치진 않았다. 여자가 확실하게 찍혔다는 느낌을 받는 것도 나쁠 게 없다고 생각했다. 그는 옷 입은 채 침상에 몸을 던지고 담요를 머리끝까지 뒤집어썼다. 침상은 딱딱하고 담요는 얇고 천막 속은 외풍이 셌다. 현은 자신의 몸을 덥히는 방법을 알고 있었다. 가슴에선 음모가 번식하고 몸은 정욕으로 쾌적하게 달아올랐다. 성혜의 나긋한 몸과 진한 입술의 환상이 실제보다 감각적으로 그를 자극했다. 그는 잠망경을 올리고 잠수하는 잠수함처럼 의식의 한 가닥은 명료하게 그가 꾸민 세밀히 계산된 세계를 관망하면서 온몸이 곧장 달아오른 정욕으로 침몰해갔다.

계획된 진료 기간이 끝나고 학교로 돌아온 진료반은 진료 기구를 반납하고 곧 회식이 있을 터였다. 명색은 그동안의 활동의 성과, 미비점 등을 종합해서 분석하고 서로 토론해서 문제점을 발견하고 반성도 하고 앞으로의 계획 같은 것도 세울 제법 엄숙한 모임으로 되어 있지만 몸을 풀고 싶은 게 누구나의 진짜 속셈이었다. 아마 인태 혼자서 도맡아서 그 엄숙한 목적의 체면을 세우려고 촌스럽게 굴다가 곧 무너지고 흔한 쫑파티로 변해버릴 건 뻔했다.

현은 어찌 몸이 좀 불편하다는 핑계로 그 회식에서 빠졌다. 그리고 가회동 집으로 향했다. 정작 돌아가기로 마음이 정해지자 돌아갈 자리의 안위가 궁금했다. 가끔 그를 찾아와 집안 소식을 전하던 고모가 안 나타난 지도 오래되었다. 그동안에 집에 무슨 변화가 있을지도 모르는 일이었다. 그는 돌아가야 할 그의 집이 아침에 빠져 나갔다가 그대로 저녁에 다시 쑤시고 들어갈 수 있는 이불 속처럼 변화 없이 그의 체온에 쾌적하길 바랐다.

저만치 그의 집이 보였다. 잎을 떨군 은행나무 거목이 그 웅장한 저택에 품위와 위엄을 더해주고 있었다. 축대 위 드높은 벽돌담에 얽힌 담쟁이 줄기도 보기에 좋았다. 그는 은행나무와 담쟁이의 사계가 얼마나 아름다웠던가를 떠올리며 가슴이 울렁거렸다. 문주엔 아버지의 문패가 품위 있게 붙어 있었다.

이 동네 사람들은 적어도 집이 무엇인지를 알고 있거든. 옷 갈아 입듯이 집을 갈아대는 벼락부자들하곤 질적으로 다르니까. 현은 비로소 안도의 숨을 내쉬며 이렇게 중얼거렸다. 레이스 커튼처럼 정교하고 아름다운 철대문을 통해 동산처럼 자연스럽게 꾸민 마당이 훤히 들여다보였다. 동산의 겨울 잔디는 어린 시절 한없이 깔깔대며 굴러내릴 때와 다름없이 따습고 폭신해 보였고 짚으로 단정히 겨울 장비를 한 장미 등 추위 타는 나무들의 위치도 거의 변함이 없었다.

현은 마침내 초인종을 눌렀다. 보수적인 것도 벼락부자들과는 다른 그들만의 품위인 양 그 흔한 인터폰도 안 달린 구식 초인종이었다. 현은 자기도 모르게 7년 전의 자기의 버릇대로 방정맞게 끊어서 초인종을 누르고 있었다. 할멈이 종종걸음으로 동산을 내려오는 게 보였다. 할멈까지 그대로였다.

현은 이 거대한 저택이 그의 7년간의 가출을 감쪽같이 무화시킬 음모로 음흉하게 미소 짓고 있는 것처럼 보였다. 그러나 그게 결코 싫은 건 아니었다. 기꺼이 그 음모에 영합하리라. 이런 배짱이 생기면서 현은 마음껏 편안해졌다. 할멈 뒤에 고모가 뒤뚱뒤뚱 뛰어 내려오는 게 보였다. 고모도 여전했다. 그의 독특한 초인종 가락이 아마 고모까지 불러내게 한 모양이다. 현은 뒤통수를 긁는 척하는 간단한 의식만으로 그들 앞에 말없이 모습을 나타냈다.

"이게 누구야? 응, 이게 누구야?"

고모가 앞선 할멈을 떠다밀고 떨리는 소리로 부르짖었다. 그러나 대문을 열 생각은 안 하고 대문의 쇠창살을 양손으로 움켜잡으면서 얼굴을 바싹 갖다 댔다. 고모는 그동안 좀 더 뚱뚱해져 있었지만 전체적으로 탄력 없이 처져 보였고 부수수한 머리도 희끗희끗했다. 현은 며칠 나가 자고 들어왔을 뿐이라는 듯이 겸연쩍게 웃어 보였다.

"네가 정녕 현인 게야?"

고모는 코가 찌부러져라 쇠창살에 얼굴을 부비며 탄성을 질렀다.

"네, 고모, 저예요. 현이가 틀림이 없으니까 문이나 열어요. 감옥소에 면회 온 것처럼 창살만 붙잡고 있지 말고……."

현은 벌써 고모의 허풍스러운 반김에 싫증이 났으나 애써 좋은 낯으로 익살을 떨었다.

"할멈, 뭐 하고 있어, 빨리 도련님 문 열어주잖구."

고모가 할멈을 나무라며 비켜섰다. 할멈은 표정 없이 오그라든 얼굴로 작은 출입문을 열어줬다. 현은 그 가벼운 쇳소리를 들으며 죄책감도 같고 해방감도 같은 짜릿한 기분을 맛보았다. 그는 금의환향이라도 한 것처럼 우쭐대며 문안으로 들어섰다. 두 늙은 여자는 반갑다기보다는 겁에 질린 얼굴로 비켜섰다. 현은 드어 발자국 앞서가다가 돌아서서 다정하고도 능숙하게 고모를 부축했다. 고모가 기다렸다는 듯이 얼굴을 실룩대며 훌쩍거리기 시작했다.

"에이구, 독종, 어디서 이런 독종이 생겨났을꼬."

"독종이면 어떻게 돌아왔겠쑤?"

"진작 돌아왔으면 좀 좋아."

"왜 그동안 집에 무슨 일이 있었어요?"

"있으면. 여간 일이야."

고모가 허풍스럽게 한숨을 쉬었다.

"무슨 일인데 고모?"

"느이 아버지가 새장가드셨다."

고모는 먼 산을 바라보며 시큰둥하게 말하고 나서 곧 므너지듯이 현에게 체중을 실었다. 현은 고모가 몸으로 말하려는 게 뭔지 알아차리고 입맛이 썼다.

"글쎄 그년이……."

고모는 말을 꺼내다 말고 비굴하게 웃으면서 현의 눈치를 살폈다. 고모는 박준 씨에게 새 여자가 생길 때마다 그랬었다. 새 여자에 의해 자기의 주부 자리가 흔들릴까 봐 지레 겁을 먹은 나머지 조카들한테 필요 이상 비굴하게 빌붙음으로써 자기 편임을 과시하려 들었다.

"고모, 말씀 안 하셔도 알고 있어요. 그년이 또 여수 같다고 말씀하고 싶으신 거죠?"

현이 싸늘하게 말했다.

"에끼 이 녀석, 그년이라니? 그런 말버릇이 어디가 있어? 아버지를 모시는 여자한테 자식 된 도리로 그럴 수는 없는 게야. 누가 들으면 불쌍것인 줄 알겠다."

고모는 눈에 띄게 활기 있어지면서 이렇게 나무랐다.

"알았어요. 고모가 말라면 말아야죠. 아버지의 조강지처요, 우리를 낳아준 생모인 엄마한테도 고모가 이년 저년 하는 대로 따라하던 버릇이 아직도 남아 있어서 그만."

현은 고모를 꿰뚫듯이 날카롭게 노려보며 말했다.

현의 어머니 안 여사가 집 나간 건 현이 국민학교 다닐 때였건만 현은 어머니가 왜 집을 나갔는지 알지 못했다. 그 일은 일어날 때까지 아무도 예측하지 못할 만큼 돌연 일어났다. 여북해야 드나드는 친척이나 부리는 사람들까지 미쳤군, 미친년, 소리를 서슴지 않고 할 지경이었다. 그러다가 차츰 조심스럽게 눈치 봐가며 미친년을 화냥년으로 바꾸었다. 그게 그만 근거가 있어서라기보다는 고모가 주동이 되어 일가문중의 여론을 그렇게 이끌었다는 걸 현은 어릴 때건만 제법 확실하게 알고 있었다. 고모는 조카들이 듣는 데서까지 그녀의 손위 올케를 꼬박꼬박 년 자를 놓아 부르기 시작했다. 하다못해 부리는 사람을 야단칠 때도 그년이 그렇게 가르치더냐고 비아냥거리기부터 했고 올케의 손때 묻은 세간살이를 통틀어 "그년 거" 할 때마다 마치 옴쟁이 물건 다루듯이 치를 떨어서 그걸 취급하던 사람이 손끝까지 저절로 오그라들게 했다. 오죽해야 어린 현까지 "고모, 이 옷 그년이 사준 건데 입어도 돼?" 라든가 "고모, 할멈 보고 도시락 반찬 좀 맛있게 싸라구 일러. 그년 반찬이 훨씬 맛있어"라든가 하는 말로 고모에게 아부하기를 서슴지 않았다. 그 무렵부터 현은 대단치 않은 일을 꼬투리 삼아 울기 시작하면 한없이 오래 우는 버릇이 생겼고 거기 학을 뗀 고모가 어느 날 회초리를 휘둘면서 그 질긴 울음 버릇을 당장 고쳐놓고 말겠다고 엄포를 놓자 현은 뜻하지 않게 "그년 보고 싶어서 그런단 말야" 하고 말해 고모를 아연하게 했었다. 고모는 현이 어머니한테 년 자를 놓아 부르는 걸 신통한 재롱처럼 하인들한테까지 풍기면서도 보고 싶어했다는 대목만은 감쪽같이 숨겼기 때문에 하인들은 뒤에서 수군수군 현을 흉보았고 저래서야 누가 자식을 낳아 기르겠느냐고 한탄도 했다.

어린 현도 이런 눈치를 아주 모르진 않았지만 그때의 현의 속셈은 그렇게 철딱서니 없는 것만은 아니었다. 어머니의 가출르 손톱 만큼의 타격도 안 받고 그날그날처럼 점잖고 품위 있는 아버지에 대한 반감이 매사에 도처에서 어머니를 의식하고 적대시하느라 한시도 마음을 못 놓고 긴장해 있는 고모를 응원해주고 싶은 친화감으로 표현되고 있다면 현은 그때 차라리 조숙한 편이었다. 현의 이런 마음은 커가면서 자연스럽게 어머니와 어머니의 가출을 이해하고 받아들이는 쪽으로 이어졌다. 커가면서 어머니에게 년 자를 놓아 부르지 않게 된 것과 동시에 울음 끝도 질기지 않게 되었고 따라서 어머니를 생각하는 일도 잊어버린 것처럼 보였다. 박준 씨의 자식들 중 막내인 현을 가장 될성부른 자식으로 촉망했던 친척이나 하인들은 은근히 실망하기 시작했다. 그들은 이유 없이 남편과 자식과 유복한 생활을 버린 여자를 비난할 수밖에 없는 것처럼 당연하게 천륜을 모르는 자식도 용서할 수가 없었다. 자식을 버린 에미와 버림받은 자식 사이의 비극이 끈적끈적한 핏빛 잔액을 내면서 한없이 이어지지 않고 마치 잘 드는 칼로 무 토막 내듯 뒤끝 없이 깨끗함에 실망한 나머지 천륜이란 거룩한 것이 통틀어 모욕당했다고까지 생각하려 들었다. 구경꾼들이 그러면 그럴수록 현은 어머니의 가출이 어머니로서는 최선의 방법이 아니었을까 하는 심증을 굳혀가고 있었다. 현은 어머니의 최고의 방법을 그 나름의 방법으로 도와주고 있을 뿐이었다. 그 사이에 고모는 집 나간 년만 앵하게 되었다느니, 조강지처는 죽어도 시집 문지방이라도 베고 죽어야 사람대접을 받는다느니 하면서 자신의 시집살이는 팽개치고 살금살금 친정살이로 파고들어 자리를 굳혀 오늘에 이르고 있었다.

그동안 박준 씨에게 새로운 여자가 생겨 고모의 지위가 흔들린 적은 현이가 알고 넘어간 건만도 한두 번 아니었기 때문에 현은 별로 놀라지는 않았지만 오랜만에 년 소리를 듣자 걷잡을 수 없이 울컥 부아가 치밀었던 것이다.

고모는 현에게 의지했던 몸을 가누면서 몸집에 어울리지 않는 쇳소리를 냈다.

"세상에 애 못 낳아 본 년 서러워서 어디 살겠나. 절 이만큼 길러준 게 누군데 지금 와서 즈이 에미 역성드는 것 좀 봐. 내질른 공밖에 없는 즈이 에미 역성드는 것 좀 봐."

"역성은요, 고모."

현은 고모가 넌 소리를 고루 분배하는 걸로 쉽게 분을 가라앉히고 다시 고모를 부축했다.

"고모, 그 여자를 미워하지 말아요."

"어떻게 안 미워해? 그 여수 같은 걸. 내가 무슨 부처님이라고."

"그 여잔들 별수 있겠어요. 곧 버림받게 될걸요. 생각하면 불쌍하잖아요. 딴 여자들과 마찬가지로……."

"넌 아직도 느이 엄마를 빗대놓고 하는 소린가 본데, 말이야. 바른 대로 말이지 그것들하고 느이 엄마하고 감히 어떻게 비교를 하나? 조강지처는 하늘이 알아주는 건데."

"하늘땅이 다 알아주면 뭘 해요. 본인이 헌신짝처럼 버렸는데……."

"녀석, 사서 고생하더니 철이 다 났구나. 바로 그거야. 그것만 알고 있으면 됐다. 아무리 절 낳아 준 에미지만 못할 노릇 한 에미한테 어떤 자식인들 그만한 앙심 안 품을까. 못할 노릇인들 이만저만 못할 노릇을 했어야 말이지."

고모의 말이 자꾸만 초점에서 빗나가서 갈팡질팡하는 걸로 봐서 새로운 여자와의 갈등이 심각해 보였다.

"도대체 어떤 여자예요?"

"처녀야. 느이 아버지가 처녀장가를 드셨어."

"그럼 면사포 쓴 신부하고 정식으로……."

"설마 느이 아버지가 그러실 분이야 아니지."

현이 긴장하자 고모가 되레 질색을 하고 나서 킬킬댔다.

"올드미스래. 집안도 괜찮고 공부도 많이 한. 뉘집인지 딸자식 공부 헛시켰지. 얼굴도 안 이쁘고 요사스럽지도 않고. 그러니 이게 보통 일이냐. 그냥 재미 볼려는 게 아니라 정식으로 들어앉힐 작정인 게 뻔하지, 호적에도 올리고."

"지금도 있겠군요."

"아냐. 아직 살림 내놓으라진 않고⋯⋯. 며칠 손님처럼 들어와 살다가 둘이서 같이 제주도로 쉬러 갔는데 그게 이를테면 신혼여행이지 뭐."

높고 울퉁불퉁한 지형을 거의 그대로 살려서 동산처럼 꾸미고 그 정상에다 집을 앉혔기 때문에 양식의 철대문에서 한식의 솟을 대문까지는 경사를 줄인 꼬불탕한 길로 꽤 오래 걸렸다. 축대를 깊숙이 뚫고 만든 차고는 박준 씨가 즐겨 쓰는 양옥채의 지하실과 통하게 돼 있어서 곧장 그의 거실로 올라갈 수 있건만 밤에도 술만 몹시 취하지 않으면 즐겨 그 길을 걸어 오를 만큼 운치 있게 꾸며진 길이었다.

현은 그 길 끝에 있는 대문으로 들어가지 않고 담을 끼고 돌아 양옥채 쪽으로 가서 은행나무를 껴안았다.

그의 팔도 자라고 은행나무도 자랐음일까. 집 나갈 무렵과 다름없이 한아름이 벅찬 부피가 그의 품에 듬직하게 안겼다.

그곳에선 그의 집 전경뿐 아니라 아직 고풍이 많이 남아 있는 품위 있고 부유한 동네가 한눈에 내려다보였다. 현은 그 동네에서도 터줏대감 축에 들 만큼 오래 살았다. 현도 거기서 늫았고 현의 어머니가 시집을 온 것도 그 집으로였다. 해방도 6·25도 그 집에서 겪었지만 그 집 식구의 털끝 하나 다치지 않고 지나갔다. 어떻게 그럴 수가 있었는지 현은 그 비결까지는 모른다. 다만 그 억세게 좋은 가운은 난세뿐 아니라 그의 어머니처럼 스스로 집 나간 여자와 타의에 의해 내쫓긴 여자들의 앙심이나 일가친척들의 막연한 시기심, 타인들의 악담, 자식들의 방탕, 그리고 남상이 따위의 저주쯤으로는 결코 미동도 안 하리라는 걸 알고 있을 뿐이었다.

그런 가운의 자식이란 건 타고난 백이었다. 거스를 수 없는 운명이었다. 그는 그 가운의 그늘로 들어왔다는 데 안도감을 느꼈다.

고모는 대문간에서 멍하니 그를 기다리고 서 있었다. 터무니없이 야한 빛깔의 실크 홈웨어 속에서 살집의 처진 모습이 민망하도록 명료하게 드러나 보였다. 그는 느닷없이 해부학 실습 시간에 그가 칼을 댄 인체의 두터운 지방층으로 떠오르면서 기분이 언짢아졌다. 그리고 밖으로 그렇게 억센 가운이 안에서 스스로 키우고 있는 붕괴의 조짐을 누가 볼 수 있으랴 싶은 방정맞은 생각이 뾰족한 송곳처럼 그의 허를 찔렀다.

"고모 내 방은 그대로겠지? 목욕도 할 수 있었으면……."

현은 생각나는 대로 지껄이면서 호기 있게 제 방으로 들어갔다.

"그럼 누가 감히 거길 건드려. 아버지가 얼마나 네 생각을 하신다고. 그년도 말짱 헛물켜는 거야. 자식도 못 낳을걸."

현은 고모의 그년 얘기에 호락호락 말려들었다간 밤새도록 아무것도 못 할 것 같아서 목욕이 급하다는 핑계로 고모를 내몰았다. 모든 것이 그대로였다. 3박 4일쯤의 연휴 여행에서 돌아왔을 때 같은 서먹서먹한 냉기를 가시게 하는 데는 10분도 안 걸렸다. 그가 겪은 7년 동안의 가난은 이제 아득하다 못해 신비하게 미화될 조짐마저 보이고 있었다. 그는 목욕을 하고 향기 좋은 로션을 처덕거리고 양실에 있는 우아한 흑단의 장롱에서 정결한 내복을 꺼내 갈아입었다. 돌아올 결심을 굳혔다곤 하지만 이렇게 급하게 굴 작정은 아니었다. 오늘의 방문의 목적은 어디까지나 사전 답사일 뿐이었다. 돌아오고 싶은 마음이 급하지 않아서가 아니라 돌아올 자리가 만만한지 어떤지 일단 염탐을 해볼 필요성을 느꼈었다. 7년이란 세월은 실상 긴 세월이었다. 그러나 그를 기다리고 있는 의외의 호조건 아버지의 부재와 고모가 그를 얼마나 필요로 하나가 그의 사전 답사를 귀가로 확정지어 놓고 말았다.

그는 고모가 신이 나서 잔치상처럼 푸짐하게 차린 저녁을 포식하고 초저녁부터 곯아떨어졌다. 7년 동안의 노독을 한꺼번에 풀려는 듯 그는 길고도 깊은 잠에 빠졌다.

다음 날 저녁 무렵에나 일어나서 말쑥하게 차리고 나서는 현을 보더니 고모는 득의의 미소를 띠고 대견한 듯이 말했다.

"야아 이 집 밥이 좋긴 좋구나. 하룻밤 새에 어쩌면 그 상티 그 궁기를 허물 벗듯이 벗어버렸냐. 녀석 꼭 씻은 배추 줄거리같이 인물 한번 훤하게 빠지긴. 속에 철도 그렇게 후딱 났으면 금상첨화겠다. 이 집 가문의 복이구……"

고모는 어쩌면 7년 동안의 바깥 생활에 대해선 일언반구도 호기심을 나타내지 않았다. 그 완벽한 무시가 오히려 현의 마음에 들었다.

"오오라, 너 연애 걸러 나가는구나. 애인 생겼지? 그래서 들어왔구나. 돈 없이 되는 노릇 없지만 그중에도 연애는 제일로 돈을 타거든. 그렇지만 결혼까지 네 맘대로 할 줄 알았다간 큰코다친다. 우리 집이 이만저만한 가문이냐. 넌 아버지가 특별히 애끼는 자식이니만큼 더더욱 손수 고르고 싶어 하실 게야. 그러니까 고모 말 허투루 듣지 말고 연애는 연애 결혼은 결혼으로 숫제 두 마음을 먹고 있어. 알았지? 느이 형들처럼 계집 일로 뒤끝 흐리게 굴면 못쓴다. 그런 일 뒤끝이 맺고 끊은 듯이 깨끗하기야 느이 아버지를 누가 따르겠니? 그렇다고 연애 걸지 말라는 게 아니다. 온갖 쓰잘데없는 걸 다 돈 주고 배우는 세상에 계집 공부에 돈 좀 쓰면 대수냐? 용돈 두둑하게 넣어가지고 나가거라 내 듬뿍 줄게."

고모는 위협과 아부를 능숙하게 뒤섞어서 너스레를 떨었다. 현은 문득 환각처럼 몽롱하게 멀미를 느꼈다. 그 멀미의 기억은 7년 전보다 훨씬 더 예전으로 거슬러 올라가면서 아, 이놈의 집구석, 하면서 집으로 돌아왔다는 사실을 영탄케 했다. 위협과 아부로써 사람을 임의로 밀어냈다 끌어 잡아당겼다 하는 건 이 집안의 독특한 리듬이었다. 현은 그의 생모와 함께 그런 리듬에 동승을 해서 멀미를 한 기억을 어렴풋하고도 확신을 가지고 떠올렸다. 고모도 그런 리듬의 현상일 뿐 원인은 아니라고 그는 생각했다. 현은 부속병원 스카이라운지에 이틀이나 죽치고 앉았다가 겨우 성혜를 만났다. 그러나 성혜는 차를 마시러 들어왔다가 만났을 뿐이라는 듯이 덤덤하게 굴었다. B동에서 띄운 편지가 그녀와의 사이를 특별한 관계로 만들었다는 생각은 혼자만의 착각이었을까. 그는 적이 실망했다. 그는 그녀가 의당 기다리고 있을 줄 알았다가 자기가 기다리는 입장이 된 것만도 억울한데 그녀의 태도까지 종잡을 수 없게 되자 갑자기 의기소침해지기 시작했다.

그러나 상쇄하라, 상쇄해. 그래야 놓여날 수 있다는 악마처럼 냉혹하고 간교한 목소리는 아직도 현을 충동질하고 있었다. 이제 그가 성혜를 이용해 말살하고 정을 떼고 싶은 건 영자뿐이 아니었다. 실상 영자는 별로 중요하지 않았다. 7년 동안 그가 몸담았던 끔찍한 삶과 미련 없이 결별하기 위해선 그 정도의 상처는 입어야 할 것 같았다. 그는 자기의 결별을 완성하는 데만 매우 초조해 있어서 왜 영자가 온몸으로 그가 등지려는 삶의 환부 노릇을 해야 하는지 그 잔혹성에 대해선 생각하려 들지 않았다. 그는 스스로 그런 삶을 선택했었음에도 불구하고 그런 삶에 불가항력적으로 붙들렸던 것처럼 여기면서 앙갚음으로라도 그 정도의 상처는 내놓고 떠나야 한다고 생각했다. 그가 7년 동안 몸담았던 삶은 무고하게 그런 앙갚음을 받아 마땅할 만큼 추악하고 비천한 것이었다. 그 정도까지 추악하고 비천한 건 이미 무고한 게 아니었다. 그는 그의 7년 동안의 경험을 돌이키면서 끝내 몸서리를 쳤다. 그러나 자기가 정말로 두려워하고 있는 건 그 7년 동안의 삶에 대한 어떤 미련이라는 걸 그는 애써 덮어두려 했다.

"앙, 고단하고 재미없어."

성혜가 하품을 우물우물 되새김질하며 우울하게 중얼거렸다. 눈가에 피곤이 거무스름하게 테를 두르고 있었고 전체적으로 생기가 없어보였다.

"나이트였어요?"

"그게 문젠가요?"

"그게 문제가 아니라면, 그럼 또 딸이나 또또 딸이 문제였겠군요?"

"뭐 그런 시시한 걸 다 기억하고 있다가 달달 외고 있어요? 누가 칭찬할까 봐?"

성혜가 비로소 조금 웃으면서 눈을 흘겼다. 요염한 눈길이었다. 새로 바른 듯한 도발적인 진홍색 입술도 현에게 그러면 그렇지 하는 자만심을 불러일으켰다. 그러나 몸 전체로 강하게 풍기는 직업적인 피곤과 새로 바른 진하고 싱싱한 루주와의 위화감은 아직도 그녀를 종잡을 수 없게 했다.

"더 외볼까요?"

"저런, 뭘 게 또 있어요? 알사탕이라도 몇 개 준비할걸.'

"날마다 축제라더니 그렇지도 않은가 본데요? 초상집에나 데리고 갔으면 똑 알맞을 얼굴을 하고 있으니."

"어느새 겨울 라벨을 떼어버렸어요? 아직 봄이 먼데……."

성혜가 처음으로 현의 달라진 옷차림에 관심을 나타냈다. 그러나 화제를 돌리기 위해서일 뿐 그런 일에 홍미가 있는 것 같진 않았다. 저 여자는 도대체 뭣에 흥미가 있는 걸까. 그는 문득 난감해졌다. 전번처럼 피차에 직업에 얽힌 이야기라면 그럭저럭 화제에 궁할 것 같지는 않았지만 그는 적어도 그 이상의 어떤 특별한 관계를 겨냥하고 있었다.

“계절의 봄만 봄입니까? 마음의 봄에 대해서도 너무 모른 척하지 마슈.”

그는 대담한 추파를 던지면서 능글맞게 웃었다.

“어머머 징그러워, 자기가 무슨 사춘기나 되는 것처럼. 집어치워요. 능구렁이 다 된 늙은이가…….”

“사춘기는 안 바랐지만 늙은인 너무 심한데. 이래봬도 아직 1년은 더 대학 배지 달고 있어야 할 젊으나 젊은 놈을 가지고. 그리고 사춘기가 어디 봄입니까? 아직 봄이지. 말이야 바른 대로 말이지 지금 우리가 바야흐로 봄인 겝니다. 안 그래요?”

“어머, 이이 좀 봐. 왜 은근 슬쩍 나까지 걸고 넘어져요?”

“그럼 누굴 걸고 넘어질까요?”

“나 지금 농담할 기분 아녜요. 눈치 없이 까불지 말아요.”

성혜가 정색을 하고 딱 잘라 말했다. 그리고 그 여자 독특한 사람을 얕잡는 것처럼 입술을 삐뚤어뜨리며 웃는 웃음을 짧게 보여주고 다시 무뚝뚝해졌다. 잘 나가다가 왜 이러지. 이런 게 바로 여자의 단수라는 건가. 단수 부리는 것도 좋지만 너스가 닥터한테 까불지 말라는 말버릇이 어디 있담. 그런 무례는 적어도 너스와 닥터 이상의 흉허물 없는 사이임을 인정하는 짓이렷다.

현은 가능한 한 피차의 직업의식으로부터 무관해지려고 벼른 것과는 딴판으로 그의 미래의 직업의 권위의식을 다친 것에 대해서까지 매우 민감하다.

"왜 그래요? 분만실에서 무슨 좋지 않은 일이라도 있었어요? 사산? 기형아?"

"그런 불가항력적인 것으로 속썩이는 풋내기 시절은 이미 지났어요."

"그럼 왜 그래요. 다시 만나면 마음껏 즐겁게 해주려고 별렀었는데 지금도 두둑하게 준비하고⋯⋯."

그는 고모한테 받아서 세어보지도 않고 넣어둔 앞가슴을 툭툭 치며 말했다.

"현 씨야말로 왜 그래요? B동 진료 다녀오시더니 사람이 다 달라진 것 같아, 신수도 훤해지고 꼭 벼락부자라도 된 것 같아요."

"B동 갔다 와서 부자 안 될 사람 없을걸요."

"하긴 그래요. 내려다보고 살면 그럭저럭 부자 노릇 하기 쉽죠. 그렇다면 더더욱 부자 노릇이란 못할 노릇이다 싶잖아요?"

"글쎄요."

현은 애매하게 대답했다. 성혜가 그 유연한 몸매를 또아리듯이 꼬며 편한 자세로 소파에 파묻혔다. 이야기가 하고 싶은 눈치였다.

"오늘 같은 날은 정말이지 직업적인 회의가 심각해져요. 날마다 축제, 그건 실상 좀 지나친 허풍이었구요. 물론 아주 거짓말은 아니지만요. 현 씨는 혹시 의료의 낭비와 사치화에 대해 생각허본 적 있어요?"

화제가 직업에 관계되는 이야기로 옮겨지자 성혜의 표정은 단박 생기 있게 살아나면서 눈이 어떤 열의로 빛났다.

일을 가진 여자는 매력을 반쯤 깎고 봐줘야 하거늘 더군다나 그 일에 대한 열의까지 충만해 있다니 현은 실망한 것 같기도 하고 주 눅 든 것 같기도 한 어중간한 마음으로 그런 여자를 지켜보고 무성 의하게 대답했다.

"B동 다녀온 사람한테 할 질문이 아닌 것 같은데요."

"관계가 있으니까 하는 거예요. 오늘 어떤 일이 있었는 줄 알아 요? 산모와 산모 가족이 애를 꼭 한 시에서 세 시 사이에 낳게 해달 라는 거예요. 두 번이나 순산한 경험이 있는 경산분데 제왕절개를 하더라도 꼭 시간 안에 낳아야 된다는 거예요."

"우리 대학병원이 그런 짓도 합니까?"

"물론 안 했죠. 분만의 진행으로 봐, 예정 시간이 그쯤 되니까 자 연분만으로 그 시간 안에 낳도록 해보자고 산모를 설득시켰죠. 그 런 일은 생각보다 자주 있지만 일일이 신경쓸 만한 일은 못 되지 않 아요? 그렇지만 산모가 오늘처럼 뭣쯤 되는지 특별히 고명한 박사 님한테 청탁인지 압력인지 넣어가면서까지 그걸 원하는 경우는 좀 다르게 양상이 돌아가거든요. 생각해보세요. 사계의 권위를 자타가 공인하는 고명한 박사님과 국내 굴지의 의료 시설이 아직 태어나지 않은 아기의 사주팔자에 봉사하는 꼴을. 그것이 성공을 해도 꼴불 견이긴 마찬가지였지만 실패를 하니까 정말 꼴이 우습게 되더군요.

조산의 시술로선 조금도 하자가 없었는데도 그 콧대 높은 산모와 산모의 가족은 우리가 자랑하는 소위 최고의 시설과 최고의 의술을 그까짓 것 하나도 제대로 못 하는 것, 하면서 어이없이 경멸하더군요. 그 산모는 간호원의 조산만으로도 충분히 순산을 할 수 있는 건강한 경산부였어요. 제가 뭐라고 최고의 의료진을 동원시키고도 의료가 목적으로 하는 것 외에 엉뚱한 목적을 만족시켜주지 못한 걸로 의료 행위를 감히 비난하고 경멸할 수가 있다는 거죠?"

"그런 경우 의료진이란 의료 행위가 목적으로 하는 것만 달성했으면 스스로 만족하는 걸로 끝나야지 그 따위 천박한 사람들의 눈치까지 살펴야 할 까닭이 어디 있다는 겁니까?"

"바로 그런 생각이 문제란 말예요. 닥터들의 그런 생각이 얼핏 듣기엔 아주 고고한 것 같죠. 실상 손톱만큼도 고고할 것 없는 사람들이 고고한 척 의료의 현실을 외면하고 있는 사이에 우리가 요 모양 요 꼴이 된 거 아녜요?"

"우리라니요? 우리가 요 모양 요 꼴이 되다니요? 달 삼가요. 누군지 모르지만 어느 지각 없는 사람들에 의해 의료 행위가 사주팔자를 고치는 데 이용당하려 했다고 해서 당장 닥터와 너스가 모조리 박수와 무당이 되는 것 같은 말투는 감정이 지나치군요. 병적인 피해망상이거나."

성혜의 과장된 말투에 질세라 현도 의식적으로 격앙해서 언성을 높였다.

"난 의료 혜택이 극소수에게 편중됨으로써 그 극소수에 의해 얼마나 낭비되고 일종의 사치로까지 전락되냐를 말하고 있을 뿐이에요.”

성혜가 조금도 굽히지 않고 당당하게 맞섰다.

“그게 우리 탓인가요? 어디.”

“우리 자신의 문젠데요. 낭비되고 사치와 허영의 수단이 되고 있는 게 우리 자신인데도 우리 탓이 아니면 그만인가요?”

“성혜 씨가 하고자 하는 말이 무슨 뜻인지 못 알아듣고 이러는 게 아녜요. 그럼 가령 우리가 정말 우리의 혜택을 필요로 하는 곳에 우리를 쓰이게 한다고 합시다. 그건 자신의 낭비가 아니라고 누가 보장을 한답니까? 우리가 쓰이는 대가를 한 푼도 못 받을지도 모르는데요. 10의 능력을 갖고 1의 능력만 있어도 되는 일에 봉사하는 것이 자신의 낭비라면 10의 능력을 발휘하고 나서 1의 대가도 못 받는다는 건 과연 자신의 낭비가 아닐까요?”

현은 자신 속에서 점점 배짱이 생기는 걸 자못 든든하게 생각하면서 거침없이 이죽거렸다. 성혜의 총명한 눈에 윤기처럼 장난기가 빛나면서 입술은 비꼬는 것처럼 일그러졌다.

“솔직해서 좋군요. 돈벌이가 괜찮을 것 같아 의사 노릇하겠다는 소리를 그 정도로만 솔직하게 말해줘도 밉지도 않겠어요. 그렇지만 그렇게 되면 닥터들이 특권처럼 누리고 있는 권위의식부터 포기해야지 않았을까요? 의술도 한낱 돈 주고 매매하는 기술이라면 그렇게 철저하게 권위로 위장할 필요가 어디 있겠어요?”

성혜의 언성이 날카로워졌다. 유연하고 가냘픈 몸매가 현의 눈에 질기고 집요하게 느껴졌다. 영자와 상쇄시키기엔 성혜의 개성이 너무 짚다는 생각으로 현은 문득 낭패스러워졌다. 잘못 짚었구나 싶었지만 영자 일을 떠나서도 흥미 있는 여자이긴 했다.

"전자계산기나 텔레비전 냉장고를 상대로 한 기술이 아니라 적어도 인간을 상대로 한 기술이니까요. 성혜 씨가 정 기술이란 말로 얕잡고 싶다면 말입니다."

"바로 그거예요."

성혜가 그 말을 기다리고 있었다는 듯이 손뼉을 찰싹, 치면서 발랄한 소리를 질렀다.

"바로 그거예요. 텔레비전이나 냉장고 기술자가 조그만 고장에 큰돈을 받고 고쳐주든 큰 고장을 가격이 안 맞아 모르는 척하고 가버리든 누가 뭐래요. 으레 그러려니 하고, 그래서 돈을 모았으면 모았나 보다 하죠. 그 대신 그렇게 해서 아무리 큰돈을 모았건 또는 기술이 남보다 뛰어나서 아무리 큰 고장을 잘 고치건 우리가 존경까지 할 필요는 없잖아요. 물론 경멸까지 할 필요도 없고요. 그렇지만 염통 곪은 걸 치료할 만한 의술을 가진 의사가 염통이 곪아서 죽어가는 사람을 다만 돈이 없다는 이유 하나만으로 방치한 채 손톱 밑에 가시 든 사람한테 염통 곪은 걸 치료할 만한 대금을 우려내면서 염통 곪은 걸 치료하는 것처럼 어마어마한 시술을 하고 있다고 해보세요. 아무리 혹독한 세상의 비난과 노여움을 사도 싸죠. 바로 대상이 인간이기 때문이에요. 우린 사람이 이렇게 존엄하다는 데 대체로 이의가 없지만 존엄하기 위해선 무엇을 챙겨가져야 하고 또 무엇이 사회적으로 보장되어야 하는가엔 막연하잖아요. 기본권에 대해서조차요. 그렇지만 기본권을 해치려는 것엔 즉시 반발하고 혐오하는 정의감이야 사람마다 왜 없겠어요. 사람은 병 들면 치료받을 권리가 있다는 건강권도 바로 그런 기본권에 속하는 거 아니겠어요. 사회적으로 아무런 실권도 없는 의사가 스스로 권위 있고 저하고 또 사람들이 그걸 인정하고 존경해주려는 까닭도 그 기본권을 책임지고 보장해주는 사람에 대한 예의뿐이죠. 염통이 곪아 죽어가는 사람 방치하고 손톱 밑에 가시 든 사람에게 봉사하는 의술에 대해 비난을 퍼부을 수 있는 것도 기본권 유린에 대한 노여움의 표현이고요."

"그래서 도대체 어쩌겠다는 겁니까? 너스로서 닥터들의 권위의식에 대한 콤플렉스가 대단한 아가씨로군요."

현은 점점 열의와 집요함이 더해가는 성혜의 달변에다 이렇게 모욕적인 제동을 걸었다. 그러나 성혜는 현이 기대한 것만큼 화를 내지도 않았고 입을 다물지도 않았다.

"내가 이런 말 할 때 얼마나 매력 없어지나를 잘 알아요. 비록 매력은 없어도 참을성은 있는 편이니까 참죠. 누굴 위해 참는 거 아녜요. 하고 싶은 말을 끝까지 해버리고 싶어서 참는 거지."

"미안하지만 의료의 낭비와 사치화에 대해 근심하고 있는 건 성혜 씨 혼자가 아녜요. 이번 불교반에서 B동으로 무료 진료 가서도 그 문제가 진지하게 토의됐어요. 진료반 반장인 인태라는 선배는 졸업 후 그 방면으로 발벗고 나설 뜻이 확고했구요. 성혜 씬 날마다 축제를 망친 분풀이로 해보는 소리지만 실제로 지역사회 의료 문제를 위해 행동적인 일을 할 사람은 그래도 우리 젊은 의학도들일걸요."

"지역사회 의료 문제라면 곧 무료 진료인 줄 아는 사람이 얼마만큼 한심해 보이는 줄 알아요? 무의촌 문제가 나올 때마다 국민 한 사람당 의사와 병상의 수효가 선진국에 비해 얼마나 모자라고 그 모자라는 걸 단계적으로 몇년도까지는 선진국 수준으로 끌어올릴 작정이라고, 마치 그 수치상의 비율만 맞춰놓으면 모든 것이 해결되는 줄 아는 당국자만큼이나 한심스럽다구요."

"그럼 도대체 어째야 된다는 말입니까?"

"지금 절대로 부족한 게 의료 자원은 아니거든요."

"그건 지금 성혜 씨가 막 그 낭비의 현장으로부터 나왔기 때문이죠. 의료 자원이 태부족인 건 사실 아닙니까?"

"부족한 것일수록 적절히 나누어 써야죠."

"그건 의료의 체계상의 문젠데 의료보험 등으로 자꾸만 좋아지고 있고 앞으론 더 좋아질 테고, 실상 의료 전달 체계 수립의 군제는 의사들의 권한 밖의 문제 아닙니까?"

"닥터마다 다들 그러더군요. 다들 그러니까 도리어 권한 밖의 일이 아니라 의식적인 외면일지도 모른다는 의심이 나는 걸 보면 나도 엔간히 짓궂죠. 가장 현장에 있는 사람이 그 문제를 외면하니까 그 어렵게 익힌 의술이 낭비와 사치에 봉사하게도 되고 나아가서는 남의 기본권을 유린할 수밖에 없는 궁지에까지 몰리는 거 아닐까요? 이 이상 더 나빠져선 안돼요."

성혜는 마음으로부터의 동의가 필요하다는 듯이 간곡하게 말했다. 도발적인 입술조차 차분하게 메말라 보였다. 현은 그가 욕정을 느꼈던 여자와는 생판 딴 여자와 마주 앉았는 것 같은 황당함을 느꼈다.

이 여자가 나한테 바라는 건 뭘까? 설마 여자의 지적인 냄새가 남자를 매혹시킬 수 있다고 생각하는 건 아니겠지. 딱하게도 이 여잔 자신의 매력에 대해서 뭔가를 크게 착각하고 있다. 저 정도의 미모와 저 정도의 섹시한 몸매를 가지고 기껏 바가지깨나 긁는 여자보다 더 나쁜 여자로밖에 연출하지 못하다니. 더 나쁜 건 아무한테도 결코 이용당할 것 같지 않은 저 숨막히는 똑똑한 체라는 걸 저 똑똑한 여자는 알기나 할까?

현은 화제를 바꾸고 싶은 눈치를 보이기 위해서 하품을 하며 이죽댔다.

"성혜 씨 얘기를 듣고 있으니까 한결 젊어지는 기분인데요."

"젊어지는 기분이라구요? 도대체 자네 춘추가 올해 몇이야? 불혹을 넘기고 지천명이라도 바라보나?"

성혜가 눈을 성깔 있게 치뜨고 발끈했다.

"취소 취소, 어렸을 때 생각이 났다로 정정하죠."

"그럼 내 말이 유치하다는 뜻인가요?"

"유치하기보다는 순진하다는 뜻이죠! 국민학교 아이들한테 장차의 희망을 물었을 때 뭐가 압도적으로 많이 나오는지 알아요? 예나 지금이나 단연 판검사와 의사일걸요. 왜 판검사나 의사가 되고 싶지 하고 음흉한 어른은 만면에 웃음을 띠고 재차 물어보기를 결코 빼먹지 않죠. 그러면 아이들은 신통하게도 한결같이 가난하고 억울한 사람 또는 가난하고 병든 사람을 위해 일하고 싶어서라고 대답하거든요. 그런 대답은 적어도 대학입학 시험을 치를 때까지 계속되죠. 대학 수석 합격생이 신문기자와 회견할 때 가장 많이 써먹는 말도 아마 그 말일걸요. 다른 게 있다면 국민학교때보다 목청이 낮아지고 몸짓이 겸연쩍어졌다는 정도겠죠. 그도 그럴 것이 마지막 재롱이니까요. 돌쟁이의 도리도리 짝짜꿍만큼이나 보편적인 의사 지망생의 이런 재롱은 의과대학에 입학하자마자 곧 잊어버리게 되는 게 또한 정해진 순서죠. 아시다시피 의과대학 공부라는 게 의사로서의 인격적인 자질은커녕 자격을 획득하기 위하서만도 극도로 이기적 배타적 초인적이 되지 않으면 낙오할 수밖에 없게끔 짜여져 있지 않아요? 자나 깨나 공부, 암기, 시험. 항상 고개를 발딱 제치고 위를 보고 걸어야지 잠시도 자기보다 못한 놈을 보기 위해 내려다봤다간 추락해서 영영 낙오하고 말 것 같은 불안, 초조. 이런 가혹한 경쟁을 견디게 하는 건 개인주의적인 입신양명이나 치부도 할 수 있고 존경도 받을 수 있는 직업인 등, 전도에 대한 양양한 약속밖에 더 있겠어요. 남이 안 하는 치열한 경쟁을 거쳐 어렵게 획득한 걸수록 높은 교환 가치를 인정받고 싶은 건 당연하죠. 또 남이 부러워할 안정된 전도를 믿으면서 어렵고 지루한 공부시켜준 가족들의 기대도 저버릴 수 없구요."

현은 자기도 모르는 새에 당초의 성실치 못한 태도를 고치고 제법 진지해져 있었다.

"가족들 핑계까지 댈 건 없어요. 집안에서 의사 하나 생긴 게 개천에서 용 난 것처럼 대단하게 아는 미천한 집안만 아니라면 가족들의 기대에 꼭 그런 통속적인 코스로 보답해야 할 까닭은 없지 않을까요? 남이 못 하는 보람 있는 일을 해보여 주는 것도 훌륭한 보답이 될 텐데요. 남이 못 하는 보람 있는 일이라면 역시 가난하고 병든 사람들을 위해서 자기를 나누는 일이 되겠군요. 사회적으로 그런 사람이 제아무리 절실하게 요구돼도 내 자식이 그런 사람이 되는 거 원치 않기는 미천한 집안이건 부유한 집안이건 매일반일걸요. 가난하고 병들고 불행한 이들을 위한 사랑을 몸 바쳐 실천하기를 예수만큼 한 이가 누가 또 있겠어요. 교인 아니라도 아무도 예수를 공경하는 마음까지 부인할 수 없는 것도 그런 까닭이죠. 그렇지만 어느 누구도 자기 식구나 자기 자식 중 예수가 나기를 원치 않을걸요. 성혜 씨가 지금 나에게 우리 사회가 진정으로 바라는 의사상을 요구하는 것도 그만큼 우리 사이가 친하지 않기 때문이에요. 성혜 씨가 내 애인이라도 돼봐요. 오히려 그런 의사가 될까 봐 벌벌 떨걸요. 아내가 되면 더하겠죠. 남편이 어떡허든 우리 대학에 남아 시설과 기술과 두뇌의 최첨단을 자랑하는 의료팀의 한 사람이 되어 학생들로부터 존경받고 환자들은 단 몇 분간의 특진을 위해 열흘 전서부터 순서를 기다리게 하는 명의와 명교수의 권위를 누리길 바라겠죠. 그게 뜻대로 안 되면 영업에 능한 개업의. 이도저도 안 돼도 최소한 박사는 바랄 테죠. 어때요, 내 말이 틀렸어요? 우리 좀 더 솔직해집시다."

"솔직히 말해서……."

성혜가 별안간 어리둥절한 표정이 되면서 더듬거렸다. 잠시 동안이었지만 그녀의 그런 표정이 현이 보기에 매우 좋았다. 순간적으로 지나가버린 게 아까울 지경이었다.

"솔직히 말해서 현 씨를 염두에 두고 한 푸념은 아니었어요. 더군다나 현 씨더러 이래라저래라 할 처지도 아니구요. 현 씨의 애인이 아니더라도 앞으로 현 씨가 아무쪼록 의학계의 최첨간에 도달할 수 있기를 바라고 있어요. 그럴수록 오늘 내가 목격한 건 충격적이었다니까요. 가장 어렵고 지루한 공부를 해야 하는 의학도가 최종적으로 도달하기를 바라는 최고봉이란 데가 실은 얼마나 하찮은 인간으로부터 의사로서의 최소한의 품위마저 포기하게끔 짓밟힐 수 있나를 본 것 말예요. 일부에서 마음껏 의료를 사치의 한 방법으로 낭비한다는 건 그게 절대적으로 부족한 층을 위해서도 용서할 수 없는 악덕이지만 의료인 자신의 품위를 위해서도 결코 그냥 보아 넘길 수 없는 문제다 싶었어요. 난 의사는 아니지만 팔은 안으로 굽는 입장인 것만은 틀림없잖아요."

"나 보기에 성혜 씨의 분개는 팔이 안으로 굽는 것처럼 단순한 게 아녜요. 복잡하고도 주제넘어요."

"주제넘다니요?"

"여자답지 못하다고 해도 좋아요. 개가 갈비를 뜯고 있으면 어머머 개도 나처럼 갈비를 좋아하나 봐, 정도가 여자다워요. 좀 똑똑한 체하고 싶으면 저 개는 부잣집 갠가 봐, 정도가 분수예요. 그 분수를 못 지키고 마치 그 부자가 가난한 사람의 것을 빼앗아다가 자기네 개에게 던져준 것처럼 법석을 떨면 주제넘은 게 되는 거구요. 나는 말예요……."

현은 좀 더 모욕적인 말을 아끼고 있는 것처럼 말끝을 흐리고 망설였다. 그러나 성혜는 현의 다음 말을 채근하지 않았다. 마지막 자구책으로 그녀는 애써 현에게 무관심하려는 것 같았다. 그러나 입술을 비뚤어뜨리며 웃는 그녀의 독특한 웃음이 가신 입가는 겉늙어 보였고 눈 속은 그렁그렁 흐려 보였고 경우 바르게 오똑한 코의 콧구멍이 유난히 벌렁대는 게 몹시 힘겨워 보였다. 그러나 전체적으로 그 어느 때보다도 강직해 보였다. 마치 살이 빠져 수척해지면 뼈대가 드러나듯이 그녀가 맥을 놓고 후줄근해 있을수록 단단한 심처럼 그녀를 일관하고 있는 남다른 정직함이 확실하게 드러나 보였다.

현은 돌연 성혜의 이런 모습에 열등감을 느꼈다. 어떻게든 그걸 꺾어놓고 싶었다. 그는 빙그레 웃으며 여유 있게 말했다.

"나는 말예요. 비록 신변의 위험을 무릅쓰고 정의를 위해 싸운 적은 없지만 정의를 구현하자고 아우성치는 소리를 듣기는 아주 좋아하죠. 적어도 사회적 이념을 가진 자는 못 가진 자보다 떳떳해 보이거든요. 배부른 친일파의 자손보다는 배고픈 독립투사의 자손이 떳떳해 보이는 것만치나. 떳떳한 건 좋은 거지만 힘든 건데, 남이 떳떳한 걸 보는 건 힘 안 들이고 좋아서 좋은 건가 봐요. 난 또 아름다운 여자가 나불나불 지껄이는 뜻 없는 수다에 귀기울이는 것도 좋아하구요. 그렇지만 아름다운 여자가 정의를 구현하자고 외치는 소리를 듣기는 처음인데 생각보다는 안 좋군요. 좋은 것끼리 합쳤다고 해서 곱절로 좋아질 순 없나 봐요. 조화가 빠진 결합은 그 어떤 경우에도 비극이다 싶어요. 난 여자에게도 사회적 이념이 있을 수도 있다는 걸 믿어본 적이 없거든요. 혹 허영으로서의 그런 거라면 또 모를까.”

현이 야유를 마치자 성혜가 몸을 꿈틀하면서 바르 앉았다. 화내는 대신 생소하게 웃었다.

“고작 그게 현 씨의 여성관인가요?”

그녀는 약간 더듬댔다.

“뭐 어떻게 관까지 붙일 것도 없잖아요?”

그는 짐짓 겸손까지 하려 들었다.

“하긴 여자 하나쯤 넘보는 데 관을 붙이기가 아깝기도 하겠죠.”

성혜는 전혀 비꼬려는 투가 아닌 차분한 어조로 쓸쓸하게 말했다. 그녀는 검정 외투를 입고 있었고 검정 부츠를 신고 있었다. 의자의 양쪽 팔걸이에 늘어진 손은 창백하고 힘 빠져 보였고, 루주가 짙은 모양 좋은 입술만이 아직도 도발적이었다. 그러나 본바탕은 늙은이처럼 퇴색해 있을지도 모른다. 여자의 화려한 루주를 난폭하게 지우고 그 회색빛 본바탕을 확인하고 싶단 욕정이 불똥처럼 순간적으로 따끔하게 현의 관능을 스쳤다. 그가 그녀에게서 허물어뜨린 건 아무것도 없다는 생각이 문득 들었다. 그는 자신도 모르게 야비하게 웃으면서 느물거렸다.

“연애 경험이 많아요?”

“그래 봬요?”

“글쎄요.”

“그랬으면 좋겠죠?”

성혜의 눈가에 까닭 모를 조소가 파문졌다.

“그건 또 왜요?”

“얕잡고 함부로 다루고 싶을 테니까?”

잠깐이었지만 그녀는 상처를 가진 짐승 같은 눈초리로 그를 쏘아 보면서 대들듯이 말했다.

“당신 아주 고약한 데가 있어. 남성관이 왜 그렇게 불순하지?”

그는 옳다꾸나 허점이라도 발견한 것처럼 그녀의 그런 시선을 놓치지 않고 이죽댔다. 그러나 그녀는 어느 틈에 저만치 비켜난 것처럼 침착하게 말했다.

“그걸 설명하자면 현 씨가 듣기 싫어하건 말건 여성관 소리를 또 한 번 써먹을 수밖에 없겠는데요.”

“실컷 써먹어요. 참고 들어줄 테니.”

현은 선심 쓰듯이 말하고 어깨를 으쓱했다. 그는 자기가 허세 부리고 있을 뿐더러 초조해하고 있다는 데 필요 이상 신경이 써졌다.

“가엾게도 연애를 한 번도 못 해봤어요.”

“거짓말.”

“믿거나 말거나 정말이에요. 호감을 느낀 남잔 수도 없이 많았죠. 이성 간에 호감이란 한 발만 내디디면 연앤데 그게 왜 안 됐을까요. 순전히 남자들의 고약한 여성관 때문이었어요. 이제 나는 남자를 보면 곧 암초가 많은 바다를 연상하죠. 겉보기엔 너그럽고 사납고 웅장하고 가슴 설레게 하기가 꼭 바다 같지만 수없는 암초를 감춘 옹졸하고 비열한 바다 말예요. 그 암초가 뭔 줄 알아요. 남자들의 그릇된 여성관이란 말예요. 최초의 호감이 돛을 달고 연애를 구가하기 전에 번번이 그 암초에 좌초해서 참담하게 난파하고 말았다면 현 씬 물론 비웃겠죠. 여자에게 이념이 있는 걸 못 참는 이가 여자의 자의식인들 참아주겠어요?"

그녀는 마치 선언문을 낭독하는 것처럼 여자기 없이 다만 씩씩하게 말하고 씩 웃었다.

"당신은 어쩌면 남녀평등주의자군요? 그렇지만 않았어도 아무리 고약한 바다기로서니 건너는 방법이 아주 없지는 않았으련만……."

현은 일부러 과장된 영탄조로 말했다.

"어떻게요?"

"그런 바다엔 처음부터 배를 띄우는 게 아녜요. 아예 맨발로 건너야지. 암초를 징검돌 삼아……."

"어쩌면 나는 남녀평등주의자가 아니라 몽상가일 뿐인지도 모르겠어요. 배에는 그래도 꿈을 실을 수 있지만 맨발로 피 흘리며 확인할 수 있는 건 있는 그대로의 실재뿐이니까요."

그녀가 눈치 보지 않고 풍기는 쓸쓸함은 차라리 청승맞았다.

둘은 한동안 말이 없었다. 창밖은 변함없이 겨울이었다. 물 마른 분수대에서 대리석 나부들이 두 손을 높이 쳐들고 하늘을 우러르고 있었고 분수가의 철제 벤치들은 모조리 비어 있었다. 현은 그 쓸쓸한 분수대의 나부들을 연상하고 돌연한 감상에 젖곤 했다.

"어쩌면……."

성혜가 속삭이는 것처럼 조용히 말했는데도 현은 흠칫했다. 뜻밖에 성혜의 눈은 아름답게 빛나고 있었다.

"어쩌면 당신이란 바다엔 배를 띄울 수 있을 것도 같아요."

"어째서요?"

그는 얕잡힌 것처럼 썩 불쾌하게 대들었다.

"당신의 여성관이 틀려먹고 고약하긴 딴 남자들과 마찬가지만 그래도 암초는 아닌걸요. 아무도 당신처럼 그걸 드러내서 발설하진 않았어요. 밖으로 드러난 바위는 안 무서워요. 드러난 바위는 암초가 아녜요. 비켜갈 수도 있을 거예요."

현은 상황이 급전한 걸 느꼈다. 그러나 자기가 속한 상황으로서가 아니라 객석에서 무대를 보는 것 같은 거리를 두고 있기 때문에 흥미진진할 뿐이었다.

"도대체 성혜가 남자한테 바라는 건 뭐야?"

그는 마치 자기가 온 세상 남자를 대표해서 그녀에게 선심을 쓸 각오가 돼 있는 것처럼 무엄하게 굴었다. 그가 잘난 체할수록 그걸 부추기기라도 하는 것처럼 성혜는 다소곳이 위축되면서 말했다.

"여자도 사람이라는 것만 알아주면 돼요. 더도 덜도 안 바래요."

현은 그런 소리를 들으며 불현듯 영자 생각을 하고 있었다. 그가 영자를 학대할 때마다 영자는 소리 없이 당하고 나서 말했었다.

"내가 만일 오빠를 못 만났더라면, 그래서 아무리 열심히 일해서 두둑한 월급을 타봤댔자 그걸로 잘해주고 기쁘게 해줄 사람이 없었다면 그건 생각만 해도 끔찍한 일이야. 나도 아마 딴 애들처럼 재봉틀 기름이나 돼버렸을 거야. 그래 재봉틀 기름이 돼버린다니까. 참 오빠가 그걸 알 리가 없지. 아무도 직접 겪어보지 않으면 몰라. 우리들이 어떻게 재봉틀 기름이 되는지. 일류 미싱사가 된다는 게 뭔 줄 알아? 자신을 조금씩 조금씩 녹여서 재봉틀 기름을 만드는 거야."

영자에게서 기름을 짜낸 게 어찌 재봉틀뿐이었으랴. 자기야말로 영자의 고혈을 짜내어 일상의 윤활유로 살아왔음을 그는 일찍부터 알고 있었다. 영자, 그 아둔한 계집애는 아마 먼 훗날에 그것을 알리라.

"무슨 생각을 해요?"

성혜가 갑자기 무서운 얼굴로 고개를 갸우뚱하고 미심쩍어했다. 영자 생각을 하다가 문득 마주친 성혜의 얼굴은 달리아 꽃처럼 그늘 없이 화려했다.

성혜와 영자는 딴판이었다. 여자라는 것밖에는 공통점이 없는 것 같았다. 그러나 성혜가 여자도 사람이라는 것만 알아주길 바란다는 말을 할 때와 영자가 재봉틀 기름이 안 되길 바라는 말을 할 때만은 두 여자가 섬찟하도록 닮아 있었다. 영락없이 닮은 것은 말씨도 표정도 용모도 아닌 그가 한 묶음으로 받아들인 어떤 느낌뿐이어서 더욱 그를 헷갈리게 했다. 두 여자가 똑같이 가장 겸손하게 거의 애걸하다시피 그런 말을 했지만 그로선 도저히 이해할 수도 범할 수도 없는 마지막 자존심 같은 걸 악착같이 걸고 있다는 걸 그는 느낌으로 알고 있었다. 두 여자의 이런 공통점이 그에게 매우 불쾌한 혼란을 일으키고 있었다.

그는 그런 혼동에서 벗어나려는 듯이, 혹은 성혜가 무섭다고 한 그의 얼굴이 다만 가면이 아니었다는 걸 보여주려는 듯이 손바닥으로 두어 번 얼굴을 쓸어내렸다. 그리고 아무 일도 아니라는 듯이 피식 웃었다. 제법 선량하기조차 하게.

"이제 됐어요."

성혜는 뭔가 정말 됐다기보다는 우선 스스로를 위로하는 것처럼 어렴풋이 말하고는 따라 웃었다. 여러 말로 다투고 탐색했고 화해했던 것보다 훨씬 서로의 친밀감이 와 닿는 웃음이었다.

"우리가 왜 이렇게 갑자기 친해졌죠?"

성혜가 생급스럽게 놀라는 시늉을 하면서 명랑하게 말했다.

"갑자기라고 시침 뗄 거 없어요. 1학년 때부터 나한테 흑심 품었었다고 고백한 거 나 아직 안 잊어먹었어요."

"어머나. 마치 내 단수에 말려든 것처럼 책임 전가하는 저 능청 좀 봐. 난 현 씨가 먼저 수작 걸었다는 물적 증거를 가지고 있단 말예요."

"물적 증거? 그럴 리가 있나. 나 절대로 그렇게 어수룩한 놈 아닌데."

"이래도요?"

성혜가 핸드백을 뒤지더니 그가 B동에서 부친 편지를 꺼내서 자랑스럽게 쳐들었다. 그가 그걸 빼앗으려는 시늉을 하자 성혜는 손을 높이 쳐들면서 일어섰다. 현은 뱃속이 근질근질하도록 즐거워져서 그걸 달라고 떼를 쓰고 성혜는 용용 죽겠지 하는 얼굴로 한사코 두 손을 높이 쳐들고 있었다. 그러나 그런 화기애애한 순간에도 그는 그녀의 옷을 벗기고 있었다. 옷을 벗고 손을 높이 쳐든 그녀는 영락없이 물 마른 분수대의 나부였다. 그는 자신 속의 불모의 땅이 그녀의 발 밑에 함정처럼 어두운 입을 벌리고 있음을 느꼈다.

한 남자에 의해 자신이 재봉틀 기름으로 소모되는 운명을 면할 수 있기를 바라는 영자의 꿈과 여자도 사람이란 걸 인정해주는 남자만 만난다면 사랑을 하고프다는 성혜의 꿈은 그 여자들에겐 각각 최소한의 겸손한 꿈이겠지만 현에겐 아니꼽도록 과람해 보였다. 그는 그 두 개의 작은 꿈을 동시에 유린할 수 있다는 데 가학적인 쾌감을 느꼈다. 가책받을지도 모른다는 생각이 없는 것도 아니었다. 자신이 받을 가책을 최소한으로 줄이기 위한 변명까지 벌써 마련해놓고 있었다. 미싱공에게 의사가 가당치도 않은 것처럼 간호원에게도 의사는 과람하거든. 나는 내 가치를 스스로 알고 있고 거기 맞게 처신하고자 할 뿐이야.

그는 용의주도하게 스스로의 형식적인 가책을 위한 치료제는 미리미리 마련하면서도 그 여자들이 받을 깊은 상처에 대해선 대책 없이 무책임했다.

"자리를 옮기지 않을래요?"

편지를 핑계로 한 즐거운 장난질을 남들의 시선 때문에 호지부지

멎고 나서 현이 말했다.

"그래요. 내가 저녁 살게요."

성혜도 허둥지둥 편지를 핸드백 안에 챙기면서 따라 일어섰다. 현은 성혜가 행복해 보인다고 생각했다. 행복에 도취해서 살짝 상기한 여자를 가깝게 바라보는 건 즐거운 일이었다. 그런 여자의 날숨에는 독특한 향기가 있었다. 그는 자신의 즐거움을 한껏 고조시키기 위해서라도 성혜를 좀 더 행복하게 해주고 싶었다. 그런 자신의 기분을 그는 큰소리로 이렇게 표현했다.

"그런 건 나한테 맡겨요. 우리 오늘 저녁에 기분 한 번 내보자구."

푹신한 카펫이 깔린 조용한 실내, 아름다운 수정 샹들리에, 풀먹인 식탁보와 냅킨, 향기 짙은 한두 송이의 프리지아가 꽂힌 깔끔하게 세팅된 테이블, 담배를 꼬나물기가 무섭게 정중하게 라이터불을 켜대는 충직하고 날렵한 웨이터, 조용히 밀고 온 은빛 서비스 카 속 작은 빙산 한가운데 파묻힌 교만한 양주병……. 그런 분위기에서 여자를 바라봤으면…….

여자는 지금 비록 수녀처럼 단정하고 검소한 검정 외투를 입고 있지만 그걸 불가불 벗어 맡기고 난 여자의 그 다음 옷은 필시 잘 익은 수밀도 껍질처럼 난숙한 몸매를 위태롭게 겨우겨우 감싸고 있으리라. 그런 여자를 감미가 뚝뚝 흐르는 속살을 다치지 않고 수밀도 껍질을 벗기듯이 그윽하고 음탕한 시선으로 샅샅이 훑어봤으면…….

그윽함보다는 음탕함이 더한 시선일지라도 여자에게 경계심을 일으키는 일은 없으리라. 경계심은커녕 황홀해할지도 모른다. 장소가 장소니만큼. 여자란 무드에 약하거든.

그래서 이 세상엔 속에 들은 게 음탕한 생각밖에 없는 남녀를 신사 숙녀 시켜주는 값으로 비싼 돈 받고 고상한 분위기 파는 장소가 얼마나 많은가. 성혜와 더불어 그런 무드 있는 장소에서 적당히 놀아나 보고 싶단 생각은 마치 참을성 없는 아이의 군것질에의 욕망처럼 별로 깊지 않은 곳 혓바닥 밑에쯤에 있었지만 걷잡을 수 없이 다급했다.

그가 그렇게 하고 싶은 걸 막는 건 아무것도 없었다. 그에겐 충분한 돈이 있었고 그런 분위기가 놀던 물처럼 친근했고 성혜는 생각했던 것보다 훨씬 더 고분고분했다. 아닌 게 아니라 여자는 무드에 약했다.

두 사람은 급속히 친해졌다. 불과 며칠 사이였다. 무드란 시간관념에까지 혼동을 가져오는지 다시 만나서 일주일도 안 되는 동안에 그렇게 가까워졌다는 걸 누구보다도 두 사람이 믿으려 들지 않았다. 오래오래 사귄 줄 착각하고 있었다. 그런 착각은 물론 성혜 쪽이 심했다. 그건 어쩌면 현의 용의주도한 계략일 수도 있었다.

그는 먼저 해마다 그거 하나로 겨울을 나서 성혜가 현 씨의 겨울 라벨이라고 명명한 적이 있는 때가 콜타르처럼 엉겨 붙은 세무잠바와 현재의 변모와 돈 씀씀이 사이에서 여자가 의당 느낄 의혹과 혼돈을 씻어줄 필요성을 느꼈다. 그는 극히 자연스럽게 그가 부잣집 아들이라는 것과 부잣집 아들임을 거부하고 집을 나와 순전히 자발적으로 사서 한 고생에 대해 이야기했다.

물론 그 일의 직접적인 동기가 된 주문 '매국노는 친일파를 낳고 친일파는 탐관오리를 낳고 탐관오리는…… 동학군은 독립투사를 낳고 독립투사는 수위를 낳고'는 살짝 빼먹었다. 따라서 남상이와의 우정의 파탄에 대해서도 언급할 필요가 없었다.

동기 같은 건 적당히 얼버무리고 그냥 "문제아였거든요" 한마디로 충분했다. 요즈음 세상에 고생을 사서 하는 귀공자가 다 있었다니 그것만으로 여자는 벌써 황홀했다. 고생을 핑계로 악에 물들거나 먹고살기에만 급급했어도 매력있을 텐데 자력으로 공부를, 공부 중에서도 그 고되고 어렵고 지루한 의학 공부를 거의 끝마쳐 가다니 여자는 오직 감격 감동할 수가 있을 뿐이었다.

성혜는 스스로 똑똑한 여자를 자처해왔던 만큼 젊어서 돈 잘 쓰는 남자를 우습게 한심하게 알아왔지만 현의 씀씀이만은 조금도 허황하지 않고 안정돼 보였다. 그가 사서 한 7년 동안의 고생은 현재의 호탕한 씀씀이를 정당화시키기에 충분한 것이었다.

현의 과거 7년간의 행적에 대한 고백은 성혜에겐 황홀한 무용담이었다. 현재는 바야흐로 태평성대였으므로 남자에게 무용담이 없는 시대였다. 그런데 현에겐 그게 있었다. 성혜는 자신의 행운에 거의 도취돼 있었다.

현의 고백은 일거양득의 효과를 가져왔다. 자신을 우상화시킬 수 있었을 뿐더러 불과 사나흘의 데이트로 십년지기 같은 착각을 일으키게 했다. 황홀한 데이트를 마치고 늦게 집으로 돌아오면서 성혜는 문득 자신의 매력에 대한 의혹에 사로잡히곤 했다. 왜 그가 내 몸을 요구하지 않는 걸까? 그렇게 오래 사귀고 몸을 요구하지 않는 건 그가 신사이기 때문일까, 내가 매력 없기 때문일까. 물론 그녀는 줄창 그녀의 몸을 핥던 그의 뜨겁고 끈끈한 시선을 생각하고 결론은 그가 신사인 쪽으로 내렸다. 그리고 그의 오랜 자제력에 가슴이 뭉클했다. 나를 진정으로 사랑하기 때문이야. 그렇게 생각하면 행복하기 이를 데 없었다. 그녀는 그들이 오랫동안 사랑하는 사이였고 그의 자제가 무지무지 오랜 걸로 착각을 하고 있었다 너무 짧은 동안에 이루어지기도 하고 깨지기도 하는 그녀 주위의 남녀들의 너무나 손쉬운 이합집산을 싸늘하게 비웃어왔던 그녀건만 이런 착각 때문에 자기가 얼마나 성급하게 몸달고 있나를 전혀 모르고 있었다.

성혜는 영악하고 실제적인 여자였다. 자기의 가장 큰 약점은 어수룩한 데가 너무 없다는 것까지 알고 있는 여자였다. 그래서 남자가 바다이기를 꿈꾸면서도 실제라는 암초에 가장 먼저 좌초해버리는지도 몰랐다. 그런 그녀건만 일단 고백과 무드에 현혹되자 아무것도 보이는 게 없었다. 바다 속에 암초가 있는 것만 알았지 달콤한 무드 속에 얼마나 추악한 음모가 감추어져 있다는 건 깜깜소식이었다. 도리어 어쩌면 당연한 건지도 모르지만 현이 가끔 걷잡을 수 없이 우울해질 적이 있었다. 고급 양식집에 성혜와 마주 앉아 고기가 지글지글 맛있게 익어가는 냄새를 즐기다가도 문득 영자와 살던 동네의 꼬꼬센타의 산패한 기름 냄새를 맡곤 했다. 또 성혜가 농후하게 풍기는 육감을 아직은 눈요기로만 즐기는 그 미흡하고드 짜릿한 쾌락의 순간 느닷없이 영자의 현실적이지만 재미라곤 없이 수동적이기만 한 몸뚱이가 떠오르곤 했다.

영자를 최초로 범한 방의 눅눅한 열기, 비닐 꽃장판, 꽃장판 밑의 곰팡이와 무수한 벌레들, 목판만 한 창을 통해 들어오던 지린내, 오빠, 아아, 오빠, 하던 영자의 슬프디슬픈 외마디 비명……. 그런 것들은 현의 백주의 악몽이었다.

악몽으로부터 벗어나는 방법은 하나밖에 없었다. 상쇄해라, 상쇄해. 두 여자가 부딪쳐 상쇄케 한다는 방법은 향기 짙은 독주의 유혹처럼 강했고 피할 수 없었다.

"오늘 나 좀 도와줘야겠어. 아직은 몸만 집으로 들어갔지 짐은 안 옮겼거든. 짐이라야 넝마장수 거저 줘도 안 가져갈 것뿐이지만 책은 챙겨야지. 개학도 며칠 안 남았는데 책만도 이만저만한 부피가 아니거든. 나 있던 자취방에 같이 가줄래? 그동안 혼자 이사도 숱하게 다녔건만 그 생활 청산하고 나니 어째 혼자 책 한 권 움직이기 싫은 거 있지? 이해해줘라."

물론 성혜는 이해했다. 이해하고말고. 언외의 말까지 이해하고 있었다. 남자가 여자를 자취방까지 꼬이는 저의는 뻔했다. 성혜의 정숙성으로 보아 사귄 지 일주일도 안되는 남자의 자취방을 호락호락 따라간다는 건 상상도 할 수 없는 일이었다. 주위에서 흔히 일어나는 그런 유의 사건에 대해 그녀는 냉담한 경멸을 표시했을 뿐 관심조차 없었다. 그러나 현과의 경우는 그런 유의 부박한 사귐과 엄연히 구별되어야 한다고 그녀는 믿고 있었다. 현과의 사귐은 어디까지나 서로의 순결을 어렵게 지켜가며 7년을 끌어온 고전적인 사

이였다. 그녀의 착각은 이제 7년 동안이나 그를 기다리느라 자신이
올드미스가 돼버린 게 돼 있었다. 자취방으로 와달라는 그의 제안
을 들으며 반사적으로 그녀는 자신의 내부에서 자신의 순결이 곪아
터지려는 걸 느꼈다.

한편 현은 성혜를 실없이 자취방으로 꼬인 게 아니었다. 이삿짐
을 날라야겠다는 건 거짓말이 아니었다. 그는 이삿짐과 더불어 그
가 몸담았던 7년 동안의 생활에서 뒤탈 없이 산뜻하게 발을 빼고자
했다. 남상이를 의식하지 않아도 되는 이상 그 생활은 생각만 해도
몸이 군실거릴 뿐 한때의 객기도 못 되는 것이었다.

그는 용의주도한 계산 속으로 성혜를 최단시일 내에 애인을 만들
었을 뿐더러 자취방으로 꼬인 날 역시 영자가 와 있을 것을 빈틈없
이 예측한 날이었다. 영자의 공장은 휴일이 한 달에 두 번밖에 없었
다. 현이 방을 비운 사이 틈틈이 들러 자자분한 빨래며 꾀죄죄한 것
은 대강 끝마쳤으나 이불 홑청을 빨아 시치는 일은 휴일로 미루고
있었다. 언제 돌아온다고 곰상스럽게 고하고 떠나진 않았지만 막연
한 추측으로 돌아올 날짜를 넘긴 것 같았으나 크게 걱정하진 않았
다. 오히려 밀린 너절한 일을 다 끝내놓은 후에 돌아오길 바라고 있
었다. 그날이 바로 그날이었다.

영자는 싸구려 솜이 여기저기 밥자루처럼 뭉친 이불을 가까스로
꼴을 만들어 판판히 매만진 홑청을 시치면서 내년 겨울엔 어떡하든
폭신한 햇솜이불을 꾸며줘야겠다고 벼르다가 얼굴을 붉혔다. 그때
두 사람이 나타났다. 처음엔 현이 혼자뿐이어서 오빠하고 반색을

하다 말고 영자의 얼굴이 굳어졌다. 미처 성혜를 발견하기도 전이었다. 그도 그럴 것이 현은 그녀가 아는 현이 아니었다. 달라진 옷차림 때문만이 아니었다. 그녀가 이해할 수 없는 딴 사람의 넋이 들어앉은 것처럼 현은 현이의 표정은 생소했다. 그녀는 오싹 두려움을 느꼈다. 그 사이에 무슨 일이 그에게 일어났단 말인가. 그녀의 이런 의혹에 대답이라도 하듯이 그의 어깨 너머로 화려한 여자의 얼굴이 떠올랐다. 영자는 그 여자가 이름 모를 서양 꽃 같다고 생각했다. 기가 질리게 요염할 뿐더러 향기도 짙었다.

새중간에선 현이 흰 이가 드러나도록 크게 웃었다. 정떨어지게 무책임한 웃음이었다.

"저 여자가 누구예요?"

성혜가 먼저 외마디 소리를 질렀다.

"누구겠어?"

"능청 떨지 말아요. 자취했다더니?"

"혼자 자취했다곤 안 했어."

"오오, 그럼 저 계집애하고 같이 자취를 했단 말예요?"

"줄창 같이는 아니었지만……."

"아아, 사기꾼, 난 몰라. 난 속았어. 세상에 이럴 수가."

성혜는 영자를 팰 듯이 달겨들다가 두 손으로 허공을 젓고 나서 현에게 매달려 와이셔츠를 부득부득 쥐어뜯으며 이를 갈았다. 분해된 마네킹처럼 성혜의 추태는 처참했다. 현은 이런 성혜에겐 관심도 없었다. 그는 얼굴을 찡그리고 성혜로부터의 피해를 최소한으로 줄이려는 듯 요리조리로 몸을 피하면서도 눈은 집요하게 영자를 좇았다. 영자는 제자리로 돌아와 하던 일을 계속했다. 손도 떨리지 않고 안색도 변하지 않았다. 그렇다고 독해 보이는 것도 아니었다. 침착했지만 전체적으로 달무리처럼 몽롱하고 슬퍼 보였다. 일은 조금밖에 남아 있지 않았으므로 곧 끝마치고 그녀는 손털고 일어섰다. 그때 그녀는 현이 한 번도 본 적이 없을 만큼 당당해 보였다.

현은 견딜 수 없는 기분으로 마른침을 삼키며 그녀의 거동을 지켜보았다. 그녀는 여왕처럼 거만하게 추태 부리고 있는 성례와 현 앞을 지나갔다.

현은 자석에 이끌린 것처럼 영자의 뒤를 좇으면서 부르짖었다.

"그만둬. 그만두라니까."

"흥, 그년을 붙드는군요."

성혜가 현에게 죽자꾸나 매달려 악다구니를 쳤다.

"그만둬. 그만두라니까."

현은 성혜한테 붙들린 채 고함쳤다. 그가 그만두라는 건 결코 가지 말라는 뜻이 아니었다.

"그만둬, 그만두라니까. 잘난 척 좀 그만두라니까. 이 바보 같은 계집애야."

현은 거의 울먹이고 있었다. 통곡으로 목이 메어왔다. 그가 알고 있는 그 바보 같은 계집애가 그만큼 잘난 척하기란 도대체 얼마만큼 힘이 드는 걸까? 생각만 해도 뼈가 저렸다. 남을 위한 연민으로 육체적인 아픔까지 경험하긴 처음이었기 때문에 그의 표현은 적나라했다.

"이 바보 같은 계집애야, 제발 그만, 그만둬, 잘난 체 그만둬."

그러나 영자는 사라졌다. 그가 지켜볼 때까진 결코 잘난 체를 안 그만두고 그들의 시야를 벗어난 곳에선 폭삭 주저앉아도 그만이라는 듯이 잘난 체에다 혼신의 힘을 모았다.

"나쁜 자식, 개새끼, 난 속았어."

성혜는 혼자서 좌충우돌 푸념을 하다 말고 악몽에서 깬 것처럼 얼떨떨한 얼굴이 됐다.

"이게 무슨 꼴이지."

그녀는 산산이 조각난 마네킹 조각을 모으듯이 허둥지둥 자신을 수습하려 했지만 그걸 어떻게 다시 원상 복구시킬 수 있을지 몰라 난감했다.

"이게 무슨 꼴이람."

그녀는 거듭 망연히 중얼거렸다. 누구보다도 콧대 높은 그녀였지만 방금 만났다 놓친 보잘것없는 계집애의 도도함에는 발끝에도 못 미친단 낭패감과 꿈을 깬 허망감으로 초라해 보였다. 그러나 역시 똑똑한 여자였기 때문에 그 다음에 할 일을 알고 있었다.

그녀는 도망치듯이 현의 곁을 떠났다.

혼자 남은 현은 오랜 체증을 토해버린 것 같은 허전함으로 휘청거렸다.

6

빛나는 기적

5년 후.

남상이가 B동 철거민촌에서 7년 만에 현을 극적으로 만나보고 나서 서로 다시는 만나는 일 없이 다시 5년이란 세월이 흘렀다. 그동안 남상이는 많이 변했다.

무엇보다도 그는 이제 30대였다. 체구가 당당하고 눈이 침착하고 입이 과묵하고 표정이 우울해서 비록 남루를 걸치고 있어도 어딘지 함부로 할 수 없는 기상 같은 걸 엿볼 수 있는 늠름한 청년이 아니었다. 아랫배가 튀어나오고, 말을 잘하고 눈빛은 영악하면서도 자주 흔들렸고 전체적으로 자신만만해 보였지만 적당히 비굴한 30대로선 좀 조로한 월급쟁이로 변해 있었다. 물론 그 또래의 월급쟁이들이 갖추고 있는 구색도 그럭저럭 아쉽잖게 갖추고 있었다.

아내와 집, 그리고 생활에 불편함이 없을 정도로 가재도구와 가전제품 등, 5년 동안에 그는 그것들을 문자 그대로 정신없이 쟁취한 것이다. 행정구역상으론 서울이지만 야산과 밭이랑 사이에 있는 그의 연립주택은 양지바르고 아담했다. 맨 앞의 동이라 조그만 뜰은 주인 없는 공터와 연해 있었고 그의 아내는 그곳에다 푸성귀를 가꾸어 반찬도 하고 이웃에 나누어주는 걸 큰 낙으로 삼았다. 그의 아내는 착하고 부지런했다. 재봉틀 앞에 앉아 있지 않으면 밭에 나가 있었다. 아직 아이가 없어 집 안은 늘 티끌 하나 없이 정돈돼 있었고, 아내의 맛깔스러운 음식 솜씨는 끼니때마다 그를 즐겁게 했다. 2층에 사는 집엔 아이가 셋이나 있어서 그 아이들이 어울려서 극성을 부릴 때면 날림 연립주택의 천장이 와르르 와르르 무너져 내리는 소리를 냈다. 그러나 2층이나 아래층이 똑같이 집주인이었으므로 싫은 소리를 할 계제는 못 되고, 무식한 사람들 같으니라구, 자식을 저렇게 버르장머리 없이 길러서 어쩔려구……, 하면서 점잖게 눈살이나 찌푸리는 게 고작이었다. 그것 말고는 그 집은 나무랄 데 없는 집이었다. 미루나무가 늘어선 개천과 무덤들이 있는 야산과 밭농사를 주로 하는 들판이 이루는 평범한 시골 풍경 속에 지붕이 빨간 연립주택 단지는 그림에서 본 구라파 쪽의 농가를 연상시켰다. 공기는 신선하고, 알뜰히 가꾼 내부는 오붓하고 안락했다. 그는 그의 집을 저만치서 바라보기도 좋아했고 그 안에서 쉬기도 좋아했다. 그는 그의 아내와 함께 그의 집을 끔찍이 사랑했다.

동학군이 독립투사를 낳고, 독립투사는 수위를 낳고, 수위는 도배장이를 낳고, 도배장이는 남상이를 낳고…….

매국노는 친일파를 낳고, 친일파는 탐관오리를 낳고, 탐관오리는 악덕 기업인을 낳고, 악덕 기업인은 현을 낳고…….

그의 젊은 한시절을 악몽 같은 정열로 휘몰아쳤던 그 주술적인 족보를 외지 않게 된 지도 오래됐다. 설사 그걸 다시 욀 수 있다고 한들 그때의 양심이나 기개가 되살아날 리 만무했다. 아무도 적당히 타협하고 출세한 후 대학시절 한때 정의감에 불타 데모대에 앞장서서 외치던 구호를 기억할 수 없는 것처럼 기억해봤댔자 한때의 객기였었다, 하고 제풀에 면구스러워하는 것처럼 이제 그는 그의 특이한 족보와 아무런 상관도 없었다.

동학군과 독립투사의 마지막 후예. 그 드높은 기개의 마지막 신도였던 그의 할아버지가 그로부터 우정의 진실까지를 빼앗아가며 물려주려 했던 건 과연 무엇이었을까? 그 수수께끼를 풀지 못해 밤잠을 못 자고 번민하던 것도 옛일이었다. 물론 그것이 그의 속에서 뭔가 빛나는 것으로 움터서 그를 다른 예사 가난뱅이들하고 구별할 수 있는 특별한 표시가 되기를 바라는 치기도 없어진 지 오래였다.

그는 다만 30대의 자수성가한 가장일 뿐이었다. 자수성가란 그에게 실로 자랑스러운 사업이었다. 부모 덕을 안 입었다는 뜻에서보다도 족보의 영욕의 그늘로부터 홀로 자유로울 수 있었다는 걸로.

5년 전에 있었던 현과 남상이와의 7년 만의 해후가 현을 자유롭게 했던 것처럼 남상이 역시 자유롭게 했다. 결국 그의 할아버지가 마지막 짧은 여생에 불을 댕기듯이 비정상적인 열정으로 한 일은 기껏 서로 얼토당토않은 두 줄기의 혈통 한 줄기는 줄창 양지에서만, 한 줄기는 줄창 음지에서만 이어 내려온 이 서로 한동안 엉키게 하는 구실을 한 데 지나지 않았다. 둘의 만남은 쉽사리 그 엉킨 것을 풀고 서로의 길을 가게 했다. 엉킨 것이 풀리자 모든 것이 순조로워지는 건 당연지사였다.

남상이가 제 분수를 찾고 나서 제일 먼저 한 일은 나 사장의 사람이 되는 거였다. 그가 자신의 족보에 특별한 의미를 부여하지 않는한 그 일은 매우 수월했다. '사람 잘못 보셨습니다.' 이렇게 도도하게 선언하고 나 사장 곁을 떠나기를 그는 얼마나 별렀던가? 그러나그러기를 차일피일 미루기는 참 잘한 짓이었다.

나 사장의 사람이 됨으로써 그가 해야 할 일이 무엇인가를 그는분명하게 알고 있었다. 구태여 그 일이 옳은 일인가 그른 일인가를따질 필요는 없었다. 그 일을 함으로써 그에게 돌아올 이익과 손해만 따지면 되었다. 무슨 일을 이해로 따지기 전에 옳고 그름으로 따지는 건방지고 불편한 버릇은 할아버지가 물려준 혈통의 긍지를 망각함과 동시에 깨끗이 고쳐졌다.

나 사장의 사람이 되는 걸 더 이상 망설일 필요가 없다고 생각되자마자 그는 B동 집을 나와 거처를 공장으로 옮겼다. 그때만 해도서울화학이 공단으로 입주하기 전이라 그가 비집고 들어갈 어수룩한 구석이 많았다. 나 사장은 공장 부지를 사들이는 데는 인색하지않았지만 시설의 확장은 사업의 번창에 따라 마지못해 조금씩 무계획하게 했기 때문에 어쭙잖은 가건물이 여러 채가 난립한 게 마치 작은 무허가 공장촌 같은 모습을 하고 있었다. 비능률적인만큼 불필요한 공간도 많았다.

나 사장은 B동이 어디 사람 살 데냐고 동정하면서 남상이네를 위해 무질서하게 산재한 공장 건물 중 한 귀퉁이를 살림집으로 개조해서 내주겠다고 떠벌릴 때와는 딴판으로 이 핑계 저 핑계로 텃세를 부리려고 했지만 남상이는 배짱 좋게 목적을 달성했다. 그러나 식구들까지 이끌고 그곳으로 비집고 들어오진 않았다. 그것은 그 정도까지는 그가 뻔뻔스럽지 못해서가 아니라 그 이상의 교활함과 잔혹성 때문이었다.

물에 빠진 집단이 한꺼번에 살아나려는 것은 한꺼번에 죽으려는 거나 마찬가지의 어리석은 짓이라고 그는 생각했다. 다 죽는 것보다도 하나라도 사는 게 덜 어리석은 짓이었다. 그 집단 중의 한 사람이라도 검부러기든 밧줄이든 살아날 단서를 잡았으면 우선 집단의 결속으로부터 이탈해서 혼자가 되고 볼 일이었다. 그건 단서를 잡은 자의 최소한의 권리였다. 그는 그렇게 했고 추호도 양심에 거리낄 게 없었다. 그는 자못 떳떳했다.

양심이란 악을 미워하고 그것을 안 하려는 마음이거늘 그에겐 가난이야말로 악 그 자체였다. 그가 양심을 걸고 싸워 물리쳐야 할 적이었다. 무엇으로도 수식할 수 없는, 무엇으로도 용서받을 수 없는 최악의 것이었다. 그것을 면하기 위해 무슨 일을 저지른대도 그것 이상 가는 악일 순 없겠고, 그의 가족도 그 악의 일부분일 뿐이었다.

남상이는 가족들에게 독립을 선언하고 짐을 쌌다. 강 씨댁은 붙잡지 않고 눈물만 짰다. 그녀는 한 번 마음이 뜬 자식을 붙들어둘 수 없다는 걸 알고 있었다. 남상이는 생활비를 다달이 보태겠다는 약속으로 어머니를 위로했다. 그는 어머니를 떠나는 데 거의 아픔을 느끼지 않았다. 그는 그가 현과 다시 만날 수 있도록 어머니가 한 짓에 대한 노여움과 치욕에서 아직도 못 벗어나고 있었다. 현의 순백의 가운과 귀족적인 얼굴 앞에 더러운 가랑이를 벌리고 치부를 내보이는 어머니의 모습은 그에게 구원의 여지가 없는 지옥도였다. 자식에게 그런 치욕을 안기고도 계속 어머니일 수는 없다는 극단적인 생각까지 했다. 생활비를 보낼 약속에 감지덕지하는 모습이 더욱 어머니를 정떨어지게 했다.

실상 그 동네에선 자식이 집 나가는 건 보통 일이었다. 무턱대고 나가기도 하고 못된 꼬임에 넘어가거나 바람이 나서도 집을 나갔지만 남상이처럼 조금만 잘돼도 대개는 혼자서 B동을 떴다.

강씨네만 해도 큰딸 남숙이가 집 나간 지 오래됐지만 아무도 그 일로 애태우지 않았다. 잘되면 좋고 못 돼도 여기서 더야 어떻게 못 되랴 싶은 배짱이 그들로 하여금 자식의 가출을 대담하게 받아들이게 했다. 식구 중 하나만이라도 그 처지를 벗어나려면 구태여 말리지 않는 게 그쪽 가난뱅이들의 법도이자 아량이기도 했다. 도덕적으로 더 못 될 수 있다는 생각 같은 건 처음부터 아예 하려 들지 않았다. 자신의 가난에 청렴이란 관을 씌우고 싶어하는 건 그래도 좀 처지가 괜찮은 가난뱅이들의 허영이자 B동의 가난뱅이들하곤 어차피 상관없는 짓이었다. 무슨 짓을 해서든지 바닥만 면했다 하면 우러러볼 수밖에 없는 게 바닥을 지키는 자의 비애이자 본분이었다.

집 나간 남숙이 일만 해도 강 씨나 강 씨댁은 남부끄러워하기보다는 혹시나 하고 은근히 기대하는 마음이 더 컸다. 남희, 남영이 두 동생에겐 그 언니가 숫제 유일한 꿈이요 희망이었다. 언제 금의환향할지 모른다는 기대로 곧잘 가슴을 울렁거렸다. 소녀들에게 가슴 울렁거릴 만한 일이 있다는 건 좋은 일이었다. 금의환향이라야 별게 아니었다. 몰라보게 예뻐지고 세련돼서 한껏 멋 부리고 돌아와 약간의 용돈과 현란한 헌 옷가지와 쓰다 남은 향기로운 화장품을 떨구고 가는 일이었다. 설사 언제까지 금의환향을 안 한다 해도 최소한 훗날 그들 역시 그 지긋지긋한 B동을 벗어나 넓고 넓은 세상에서 뭔가 새롭게 시작하려고 할 때 부빌 수 있는 언덕은 되어주리라 믿었다. 누구나 자기가 처한 처지보다 더 나쁜 상태를 상상할 수 없을 때 그 정도는 파렴치해질 수밖에 없었다.

남상이는 짐을 꾸리면서 어쩔 수 없이 할아버지의 유물인 사발통문과 김구 선생과 함께 찍은 사진과 신문 스크랩을 그의 짐 갈피에 챙겼다. 한때, 만약 그의 집에 불이 난다면 목숨 걸고 불 속으로 뛰어들어가서라도 그것만은 갖고 나와야 한다고까지 성각한 적이 있었다. 그의 집 속에 그게 있는데도 그의 집에서 거룩한 후광이 비치는 일 없이 속속들이 보잘것없는 사람이 사는 딴 판잣집과 똑같은 판잣집일 따름인 걸 억울해한 적도 있었다. 그러나 그때는 이미 그런 치기만만한 감상과는 상관없이 차마 찢어버릴 수가 없어서 그것을 챙겼을 따름이었다. 그것의 가치를 모르는 식구들에게 남기고

가는 건 찢어버림만도 못한 것 같았다.

공장으로 입주한 후 남상이가 제일 먼저 시작한 일은 공원들의 동태를 살피는 일이었다. 공원들은 대개 공장 근처의 구마을 주민이 아니면, 그 근처에서 자취를 하고 있었기 때문에 접근하고 흉허물 없이 친해지기가 쉬웠다. 공장들이 생겨나는 속도와 근처에 공원들의 주머니를 겨냥한 술집, 음식점, 잡화상, 옷가게, 하숙집 등이 생겨나는 속도는 거의 같아서 그런 데서도 곧잘 어울렸다. 같이 술을 마시기도 했지만 정도를 넘어 외상술을 먹거나 서로 시비가 붙고 행패를 부리는 걸 보면 당장 귀찮은 잔소리꾼이 되었다. 자취방이나 하숙방에서 노름판을 벌이는 걸 들키면 판이 적든 크든 호통을 쳐서 떠엎고는 두 번 다시 노름을 했다가는 사장님한테 일러서 당장 해고를 시킬 거라고 공갈을 쳤다.

"내 말 한마디면 느들 어떻게 되는 줄 알지? 사장님은 내 말이면 전적으로 믿게 돼 있으니까."

이렇게 그가 나 사장과 특별한 사이라는 걸 감추는 대신 과시했기 때문에 도리어 아이들은 그걸 믿지 않았다. 그건 남상이가 미리 계산한 역효과였다. 그걸 믿지 않는 대신 주책없이 사장님까지 팔아가며 저희들을 이롭게 해주려는 그에게 친근감을 나타내기 시작했다.

아이들 사이에서 덕환이의 인기는 그가 추측했던 것보다 더했다. 거의 존경에 가까운 거였다. 주먹도 세고 아는 것도 많고 말도 잘했다. 그러나 현실과 통하지 않는 과격한 생각을 갖고 있어서 그것이 아이들을 선동하고 매혹시킬 순 있었을지 몰라도 구체적으로 어떤 이익을 얻어내야 할 때는 뜻밖에 유약성을 드러냈다. 복실이 문제만 해도 그랬다. 덕환이는 그들이 여지껏 감수해온 선례를 무시하고 그가 닥치는 대로 탐독한 외국의 노동문제에 관한 책어서의 이론과 투쟁 방법대로 일을 벌이려고 했다. 실상 그의 그 방면의 지식은 아직은 설익은 거여서 아이들에게도 먹혀들기보다는 막연한 존경심을 불러일으킨 데 지나지 않았다.

아이들은 또 덕환이를 존경하는 것 못지않게 복실이를 좋아했기 때문에 과격한 방법으로 사장과 맞서서 복실이 치료를 뒷전으로 미루게 하느니 사장한테 빌붙어서라도 치료의 시기를 놓치지 않는 게 수라는 생각들을 하기 시작했다. 덕환이는 치료뿐 아니라 그 후의 보상 문제까지를 강력하게 들고 나왔지만 제대로 된 치료도 못 받고 있는 마당에선 지나친 욕심으로밖에 안 보였다.

"첫술에 배부를 생각하면 쓰나? 일엔 다 순서라는 게 있는 법인데."

남상이는 이렇게 아이들을 일단 눙쳐주고 나서 복실이 문제를 자기가 해결해보겠다고 맡고 나섰다.

"사장님은 내 말이라면 무시 못 하게 돼 있으니까."

이렇게 나 사장과 특별한 관계임을 과시할수록 아이들은 그가 자기네 편임을 믿어 의심치 않았다. 아이들을 꽉 잡았다는 자신이 붙을 즈음 그는 나 사장에게 정색하고 복실이의 치료를 제안했다. 복실이는 그때 상처가 다 아물어 붕대를 풀고 있었지만 흉한 흉터가 남았을 뿐더러 힘줄이 오그라붙어 조막손이가 돼 있었다. 그걸 제대로 성형을 해주려면 적지 않은 치료비가 들 터였다.

"자넨 도대체 내 편인가? 아이들 편인가? 비용은 비용대로 갖다 쓰고 그까짓 조무라기들 여론 조작 하날 제대로 못 해? 사업이 커지다 보니 나도 남들처럼 내 사람 하나쯤 거느리려고 했더니만 내가 사람을 잘못 봤나? 원 사람이 변변치 못하긴……."

"사장님이 사람 하난 제대로 보셨습니다. 전 틀림없이 사장님 사람입니다. 앞으로 제가 일하는 걸 두고만 보십시오."

"내 사람 노릇한 게 뭐 있나?"

"언제 어디서나 사장님의 눈과 손발이 되어 아이들의 동태를 염탐하는 일을 한시도 게으르게 하지 않았습니다."

"그래 뭘 알아냈나?"

"덕환이란 친구 큰일 저지를 친구더군요."

"그건 자네 아니더라도 알고 있어. 나쁜 새끼."

"그렇지만 이 바닥에서 혼자서는 아무 일도 못 저지릅니다. 설사 저질러봤댔자구요. 단 혼자서는 말입니다. 모래알처럼 흔하고 힘없는 게 갸아들이거든요. 그렇지만 모래알도 뭉치는 수가 아주 없는 건 아니지요."

"무슨 뜻인가?"

"아이들이 덕환이보다 저를 더 믿도록 해야 합니다. 덕환이는 모래알을 능히 뭉칠 수 있기를 꿈꾸는 놈이거든요."

"제가 씨멘트 가루라도 된다든가?"

"바로 보셨어요. 바로 그겁니다. 그렇지만 아직은 실력이 딸려요.

놈이 보통 놈은 아닌데……."

"그 녀석 인기가 대단한가 보던데 무슨 수로 아이들이 자넬 더 믿게 하겠다는 건가?"

"사장님하고 저하고 짜야죠. 전 어디까지나 사장님 사람이니까요. 아시겠어요? 이번 복실이 건에 사장님이 슬쩍 저한테 져주시는 겁니다. 제가 사장님으로부터 복실이 치료를 따내는 거죠. 그건 덕환이도 못한 일이고, 아이들이 절실히 바라는 일이고 또 저를 믿고 위임한 일이기도 합니다. 물론 사장님의 인품과 회사의 우신에 관한 일이기도 하구요. 말이야 바른 말이지 복실이 치료는 마땅히 회사 측에서 책임져야 할 문제가 아닙니까?"

남상이는 자기가 썩 잘하고 있고, 일이 썩 잘 풀릴 것 같은 예감으로 말이 점점 더 매끄럽게 흘러나오는 걸 느끼고 흐뭇한 미소를 곁들였다. 한때 그는 공원들 편에 서야 할지 나 사장 편에 서야 할지 몰라 고민한 적이 있었다. 둘 다 어리석은 생각이었던 걸 이제야 알겠다. 그는 오로지 자신의 이익의 편이었다.

"나도 그건 인정하네. 그 계집애 오그라든 손가락 펴주는 것쯤 나도 벌써부터 해주고 싶었다구. 나도 그렇게 인정 없는 놈 아니구. 경우 없이 돈독만 오른 놈도 아니거든. 나도 딸자식 기르고 있고 돈 쓸 데 쓸 줄도 알아. 그렇지만 치료가 끝나는 걸로 이 문제가 일단락 짓는 건 아니란 걸 자네도 명심하고 있어야 할 걸세. 덕환이란 녀석이 이 일을 조종하고 있는 한 말일세."

"사장님까지 덕환이를 두려워하시는 겁니까?"

남상이는 일부러 얕잡는 투로 물었다.

"이 사람아 두려워하긴. 그까짓 깡패가 되다 만 녀석 따위를. 그렇지만 시끄러운 건 딱 질색이야. 그렇다고 안 시끄럽게 굴려고 그것들 술수에 호락호락 말려들 수는 없는 거구. 자네도 이거 하나는 알고 있어야 되네. 이 바닥에서 돈 벌고 못 벌고는 아이들을 휘어잡느냐 못 잡느냐에 달렸어. 시체 풍속따라 사람 대접합네 하구 아이들한테 얕보였다간 당장 휘어잡히게 되고 그래서 거덜난 공장이 좀 많은 줄 아나. 그런 아새끼들이란 잘해줄수록 분수 모르고 기어오르게 마련이니까. 여북해야 아무리 잘해주고 싶어도 그런 후유증이 무서워 못해주겠나? 잘해준 후유증으로 망한 공장은 있어도 못해준 후유증으로 망한 공장은 없거든. 욕 좀 얻어먹더라도 마음 독하게 먹는 게 수야. 알겠나?"

"저도 그 정도는 알고 있습니다. 후유증이 없이 깨끗이 일을 처리해야죠."

"자네가 무슨 수로?"

남상이의 자신 있는 태도에 나 사장은 반신반의하면서도 호감을 갖는 눈치였다.

"덕환이 대신 제가 아이들을 조종하면 됩니다. 전 사장님 사람이란 걸 다시 서약해야 할까요?"

"알았네. 알았으니까 아무쪼록 잘해보게. 나 이래 봬도 자수성가한 놈인 거 자네도 알지? 자넨 처음부터 나하고 동고동락했으니까. 내가 사람 보는 눈 하나는 있단 말야."

　결국은 자기 칭찬으로 결론을 내렸고 약속대로 복실이의 성형수술은 시작됐다. 잘하기로 소문난 의사를 찾아다닌다는 명목으로 실은 치료비가 싼 소도시의 의사들 사이를 전전하는 인색한 치료였지만 공원들은 일단 승리를 거둔 것으로 만족해했고 남상이의 인기와 신뢰도는 어느 틈에 덕환이를 앞질렀다.

　의당 받아야 할 최소한의 대우를 받고 있을 뿐인데도 싸워서 크게 이긴 것 같은 승리감과 도취감을 줄 수 있었던 건 순전히 나 사장 덕이란 걸 남상이는 알고 있었다. 나 사장이 처음에 박하게 군 건 잘한 일이었다. 처음에 후하다가 점점 박해졌더라면 아마 비용은 곱절로 더 들고도 공원들의 불평불만은 훨씬 더했을 것이다.

　남상이가 나 사장의 실력을 인정한 것만큼 나 사장 역시 남상이의 실력을 인정했다. 서로 사람 하나는 제대로 잘 만났다고 만족하고 있는 셈이었다. 그러나 남상이가 결정적인 공을 세워 나 사장으로 하여금 내 사람 둔 기쁨을 만끽하게 할 기회는 그보다 한참 있다가 돌아왔다.

　장장 1년이나 걸린 치료 끝에 복실이의 손의 기능은 다시 작업을 할 수 있을 만큼 회복됐지만 미관상으론 아직도 보기 흉한 상태였다. 복실이의 상심과 열등감을 위로하느라 그랬는지 사랑하는 사이의 정열을 이기지 못해 그랬는지 덕환이와 복실이는 동거 생활에 들어갔고 복실이의 배가 눈에 띄게 불러오기 시작했다. 그런 일은 흔하디흔한 일이었지만 같은 공장 내에서의 일이고 또 특히 여공들 사이에서 인기가 높았던 덕환이가 저지른 일이라 덕환이의 신망에 적지 않은 금을 가게 했다.

때를 놓치지 않고 남상이는 나 사장을 부추겼다.

"이 기회에 갸아들을 둘 다 해고시키시죠."

"둘 다 시키면 욕먹을 것 같은데. 하나만 시키지 뭐."

"하나야 배는 자꾸 불러오겠다 저절로 그만둘 테고, 둘 다 시켜서 본때를 보여줘야 합니다."

"이 사람아 그래도 인정이라는 게 있지 않은가."

되레 나 사장이 수세였다.

"이런 기회는 다시 안 옵니다. 구실 없이 해고를 시키는 건 삼가야 하니까요. 풍기문란, 좀 좋아요. 아무도 감히 사장님을 비난 못 할걸요."

"세 식구 밥줄을 끊는데도?"

"원 사장님도 마음 약하시긴. 덕환이가 이 바닥에서 취직 못 할까 봐 그러세요. 걔 능력쯤 되면 반나절도 쉴 새 없이 취직할걸요."

"나도 그 녀석 능력 알아. 일꾼이지. 그래서 놓치고 싶지 않은 게야."

"그 녀석 요새 틈틈이 무슨 공부 하는지 알기나 하세요?"

"제까짓 게 설마 고등고시 공부를 할라구. 하면 또 어때, 하라지 안 말릴 테니까."

나 사장이 호탕하게 웃으면서 대범하게 말했다.

"고시공부보다 더 무서운 공부를 하고 있대도 그렇게 속 편하게 웃으실 수가 있겠어요? 사장님."

남상이는 의미심장하게 느물댔다. 그는 나 사장이 가장 두려워하는 게 뭔가를 알고 있었다.

"고시공부보다 더 높은 공부가 어딨어? 중학교밖에 안 나온 게 박사 공부라도 한다던가?"

"녀석이 요새 노동 문제랑 관계 법규에 관한 책에 미쳐 있는 눈치예요. 큰 공장에서 이미 한바탕 홍역을 치른 노조 바람이 우리한테도 미구에 불어오려나 봅니다."

"뭐 노조라구? 이까짓 졸때기 하꼬방 공장에 노조라구? 당치도 않아. 그만큼 가족적으로 해줬는데도 그 은공을 모르고 제가 감히 나한테 칼을 빼?"

남상이가 예상한 것보다 더 나 사장은 노발대발했다.

"칼은요? 노조라니까요."

남상이는 침착하게 타일렀다.

"누구 망하는 꼴을 보려구. 배은망덕하게시리."

나 사장의 노조에 대한 공포는 거의 미신적이었다. 나 사장이 미구에 불어닥칠지도 모를 노조 바람에 대항할 방패는 오로지 가족적이었다. 큰 공장과 달라 남녀 합해 이삼십 명 정도의 공원을 거느린 작은 공장의 가족적인 분위기를 깨고 노조 바람이 불어닥치는 날은 곧 공장이 망하는 날쯤으로 생각하고 있었다. 나 사장은 남상이 하나쯤을 자기 사람으로 눈 코 입 손발 삼아 공원들을 부려가며 온갖 실권과 이권을 자기 혼자 손에 쥐고 있는 오붓하고 마음 편한 가내 공업식 운영 방법을 좋아했다. 돈을 아무리 많이 벌어도 그 이상으로 사업을 확장해서 속썩이고 남 좋은 일 할 생각은 없었다. 그런 의미로 그는 자신의 그릇됨을 자신이 알고 있다고나 할까.

노조가 생겨날지도 모른다는 공갈로 덕환이와 복실이를 내쫓자는 동의를 어렵게 나 사장으로부터 얻어낸 남상이는 한술 더 떠서 두 사람에게 계산해줘야 할 임금과 퇴직금에서 복실이의 치료비를 떼자는 제안을 했다. 결국 월급 한 푼 안 주고 내쫓자는 소리였다.

"자네 정말 너무하는군 그래. 사람이 그럴 수야 있나. 과부 사정은 과부가 안다고 없는 사람 사정은 없는 사람이 알아줘야지 자네가 중간에서 한술 더 뜰 건 또 뭔가?"

나 사장조차도 남상이에 대한 혐오감을 감추려 들지 않았다.

"저는 그들에 대해 사장님보다 뭘 좀 더 알고 있습니다. 저는 사장님의 충실한 염탐꾼이니까요."

"알고 있다니 말이네만 돈 한 푼 안 주고 내쫓으면 가만히 내쫓길 놈은 또 어디 있나? 듣자 하니 덕환이란 친구가 그렇게 똑똑하다며?"

"아무렴요. 절대로 무일푼으로 내쫓길 친구가 아니죠. 제 일이 아니라 남이 그런 일을 당해도 아마 그 친구 성질로 가만히 보고 앉았지는 못할걸요. 그렇지만 사장님, 그 친구는 줄 만큼 다 계산해줘도 가만히 있지 않을 친구란 걸 아셔야죠."

"아니 줄 거 다 주고 나가라는데 가만히 있지 않으면 제가 어쩔 거야. 아무리 잘난 친구기로서니 경우가 있지."

"복실이 손이 어디 그게 다 나은 겁니까? 여자의 손이라는 게 일만 할 수 있으면 다는 아니잖아요. 외관상의 문제가 사실은 더 클지도 모르죠. 반드시 덕환이는 그걸 트집 잡아 거액의 위자료를 요구할 겁니다. 능히 그럴 수 있는 친구죠."

"자네 정말 누구 망하는 꼴을 보려나. 그런 줄 알면서 그 친구를 건드리자는 심뽀가 도대체 뭔가? 자네 내 신임을 믿고 너무 날치는 것 같아. 나 이래 봬도 아첨이 지나친 거 안 좋아한다구."

나 사장은 심히 못마땅한 듯 노골적으로 무안을 주었다. 그러나 남상이는 얼굴빛 하나 안 변하고 말했다.

"다 사장님과 공장을 위해서입니다. 사장님도 걔들에게 임금과 퇴직금은 계산해주실 작정이시죠? 저도 찬성입니다. 임금 착취해 먹고 잘된 사장 못 봤으니까요. 그렇지만 그 이상을 뜯길 순 없는 거 아니겠어요. 줄 것만 주되 더 뜯기지 않기 위해서 우선 줄 것도 안 줘보자 이거예요."

"이 사람이 도대체 무슨 뚱딴지 같은 소릴 하구 있는 게야?"

나 사장은 아직도 경멸하는 투였다.

"고리대금하는 사람 혹시 못 보셨어요? 이자 주는 날짜를 하루만 어겨도 노발대발 참 무섭죠. 그렇지만 상대방이 부도가 나거나 파산을 해보세요. 세상 없는 고리대금업자도 제발 원금이라도 해달라고 애걸복걸하고 원금을 몇 번에 나누어 받아도 마치 공돈을 얻은 것처럼 즐거워하죠. 바로 그 수를 써보자는 거예요. 임금도 안 주겠다면 감히 위자료까지 청구할 엄두를 못 낼걸요. 서로 진이 빠지게 실랑이질을 한 연후에 임금이라도 계산해주면 아마 대단한 승리를 거둔 것처럼 의기양양해하겠죠. 알아들으시겠어요? 사장님 제 말 뜻을……."

"아, 알아들었네. 이제야 알아듣겠어. 자네 나이도 얼마 안 되는 친구가 도대체 그런 높은 단수는 어디서 배웠나?"

나 사장은 신기하기도 하고 뜨악하기도 한 표정으로 남상이를 새삼스럽게 관찰하듯 바라보며 말했다.

"사장님한테서요. 사장님이 복실이한테 처음 부린 단수도 바로 이런 거 아니었던가요?"

남상이는 시침 딱 떼고 이렇게 말했다. 그의 계략은 그대로 적중했다. 처음엔 덕환이도 복실이도 무일푼으로 내쫓는 부당한 해고를 아무런 항변도 안 하고 당하기만 해서 계략이 빗나가는 줄 알았다. 계략이 그렇게 빗나가면 그들에겐 너무 못할 노릇을 한 것 같아 마음이 편치 않던 차에 공단에 있는 노동청으로부터 호출이 왔다. 덕환이가 그 문제를 노동청에 호소한 것이다. 나 사장은 그런 데 드나드는 일을 죄짓고 경찰서나 드나드는 일만큼이나 겁을 먹고 싫어했기 때문에 남상이가 대신했다.

그곳에서도 노사의 문제는 될 수 있는 대로 온건한 화해를 보는 것을 목적으로 하고 있었기 때문에 몇 번 불려 다니는 사이에 쌍방의 의견이 타협을 본 선은 바로 남상이의 계략이 들어맞는 선이었다. 두 사람을 회사로 불러 타협을 본 한도 내에서의 임금과 퇴직금을 지불하고 나서 남상이는 짐짓 풀이 팍 죽은 시늉으로 패배를 자인하면서 악수를 청했다. 덕환이의 손은 크고 든든하고 따뜻했다.

"축하하네. 자네가 이겼네. 하여튼 사람은 끈질기고 볼 거야. 우리 사장 그 천하에 없는 구두쇠를 이겼으니. 아무쪼록 나한테는 악감 갖지 말게. 가재는 게 편이라고 나야 아무러면 자네들을 위해 한마디라도 거들면 거들었지 사장 배불릴 생각은 추호도 없었으니까."

"압니다. 형님이 중간에서 애 많이 써서 이만큼이라도 받게 된 건 저도 알고 있습니다."

덕환이는 남상이가 생각했던 것보다 어수룩한 구석이 많은 친구였다. 아니면 승리감이 그로 하여금 긴장을 풀게 했는지도 모른다. 남상이는 멀어져가는 덕환이의 등 뒤에다 대고 그 승리감을 조소했다. 그가 정말 똑똑한 친구라면 곧 그 승리감이 조작된 것임을 알리라.

그 일이 그렇게 뜻대로 처리되자 나 사장의 신임은 이제 움직일 수 없는 게 되었다. 천막지의 용도가 점점 다양해지고 수요가 급증함에 따라 경쟁자도 늘어났다. 대자본과 근대적인 경영 방식으로 뛰어드는 의욕적인 동업자도 생겨났다. 사장은 그가 고수하고 있는 전근대적인 방식으로는 조만간 밀려나리라는 걸 예견한 것 같았다. 생산성을 높이고 원가를 절감하기 위해선 시설의 확충, 새로운 기계의 도입도 불가피했지만, 큰돈이건 잔돈이건 제 주머니에 찔러넣고 제 주머니에서 내주는 구멍가게식 경영 방식을 탈피하는 것도 시급했다.

나 사장은 자기 사업이 마치 타의에 의해 부풀어 오르는 걸 보는 것처럼 비명을 지르며 그의 주먹구구식 경영 방식에 연연했지만 시류를 아주 안 타지는 못했다.

우선 나 사장은 남상이에게 영업권을 주어 남대문 시장 일대의 도매상과 지방을 뛰게 했다. 듣기 좋고 부르기 좋아 정해진 부서도 없이 강 과장이라 부르던 게 비로소 정식 영업과장의 직책이 주어졌다. 나 사장이 남상이를 그 정도로 믿고 의지하기까지는 덕환이 사건을 해결한 그의 능력이 크게 주효했음은 말할 것도 없다.

그때서부터 남상이에겐 행운이 계속됐다. 영업과장 자리란 머리 쓰기에 따라서는 잔돈푼은 아쉽지 않은 자리였다. 나중에 그의 영업 솜씨를 높이 산 동업회사 간에서 그를 스카우트해가려는 은밀한 교섭이 들어오기까지 했다. 그는 그것을 나 사장에게 솔직하게 털어놓음으로써 보다 유리한 대우를 흥정했고, 나중에는 고정급 외에 실적에 따른 배당을 요구하기까지 이르렀다. 종당엔 남상이가 쥐고 있는 거래선만 해도 작은 공장의 생사가 달릴 지경에 이르른지라 나 사장은 꼼짝없이 남상이의 횡포를 당할밖에 없었다.

대략 이런 까닭으로 해서 남상이는 단시일 내에 집을 장만할 수가 있었다. 그뿐이 아니었다. 덕환이 사건이 남상이에게 가져온 행운은 또 있었다.

덕환이 임금 문제로 뻔질나게 노동청에 드나들다가 그곳에서 지금의 아내 영자를 만난 것이다. 그녀는 시든 들꽃처럼 초라한 모습으로 일자리를 찾아 헤매고 있었다. 오래 전 공동묘지 위령탑에 들꽃을 바치며 부모의 명복을 빌던 그 앳되고 귀여운 소녀티는 이제 없었다. 그러나 눈빛은 여전히 맑고 순하고 신실했다.

그는 그의 마음속에서 기쁨 같기도 하고 정열 같기도 한 게 걷잡을 수 없이 넘치는 걸 느꼈다. 아아, 그건 사랑이었다. 자신의 마음 속엔 사랑이 없을지도 모른다는 생각이 헛된 근심이었다는 걸 처음으로 깨닫게 해준 소중한 사람이 바로 영자였다. 그대는 그것만 가르쳐주고 어디론지 자취를 감춰버렸지만 이제 다시는 놓치지 않을 작정이었다.

남상이는 그때 즉각 영자를 자기의 거처로 유인했고 영자는 울다 지친 미아처럼 얼빠진 얼굴로 순순히 따랐다.

그때까지만 해도 물론 남상이는 집 장만하기 전이었다. 아직 공장 한 귀퉁이에서 자취를 하고 있을 무렵이었기 때문에 이목이 번다했다. 남상이가 딴 데도 아닌 조그만 공장 속 자취방으로 여자를 끌어들인 건 사건이었다. 여기저기서 수군대고 비죽댔다.

더군다나 남상이는 잘생기고 유능한 총각이었다. 혼자서 애태우고 가슴을 앓던 여공들만 해도 한두 사람이 아니어서 영자는 즉각 독한 질투와 악랄한 구설이 집중되는 신세가 되었다.

그러나 둘 사이에 당분간은 아무 일도 없었다. 남상이는 그때까지 아주 여자 경험이 없는 건 아니었지만, 직업적인 여자오 그럴 수 있는 기회나마 자주 있었던 건 아니다. 누구의 꼬임에 넘어가서 그런 경험을 갖게 됐다기보다는 참을 수 없는 생리적 욕구에 의해 스스로 그러고 나서도 그는 번번이 불쾌한 수치감을 맛보아야 했다. 그의 그런 방면의 경험은 한 번도 발설되지 않은 음흉한 것이었다.

공장을 상대로 한 밥집, 술집은 창녀 몇 사람은 끼고 있었고, 또 남녀 공원들끼리의 풍기문란도 그쪽 동네의 풍속도처럼 돼 있었기 때문에 남상이의 깨끗한 처신이 한층 돋보였었고, 처신이 깨끗한 여공들이 저절로 흠모하는 바 되었었다. 그런 남상이가 여자를, 그것도 어딘지 진이 다 빠져 바스러질 것처럼 보잘것없는 여자를 끌어들였으니 그 정도의 파문은 조금도 이상할 게 없었다. 이상한 건 오히려 남상이였다. 그는 실속 없이 구설수에만 오르내리면서 실속을 채울 엄두를 못 냈다. 그만큼 영자가 지쳐 있기 때문이기도 했지만 영자에게 최초로 품었던 사랑의 추억이 정결한 때문이기도 했다.

그는 자기가 서른 안팎에 이미 세상의 신산과 혼탁과 비리를 골고루 겪었다고 생각하고 있고 그런 것들에 의해 속속들이 오염당했음을 인정하고 있었다. 특히 현과의 굴욕적인 재회 끝에 한번 살아보기로 작심하고 우선 나 사장의 신임을 얻기 위해 덕환이와 복실이를 적절하게 남김없이 이용한 대목은 그를 항상 도취시켰고 자신 있게 했지만 문득 퉤퉤 침이라도 뱉어주게 자신이 더러워질 때도 있었다.

그럴수록 정결한 추억은 소중했다. 어떡하든 그의 사랑만은 그 정결한 것의 연장선상에 꽃피우고 싶었다. 그는 영자를 만나자마자 다짜고짜 집으로 유인한 것과는 딴판으로 허약하고 얼빠진 그녀를 돌보기에 정성을 다할 뿐 그녀를 소유하기를 서둘지 않았다. 마치 다 죽어가는 꽃나무에 물과 거름과 햇볕을 주는 정성처럼 그의 영자를 향한 사랑은 식물성인 것에 머물러 있었다. 만일 영자가 먼저 그를 유혹하지 않았던들 그런 기묘한 동거관계는 좀 더 오래 계속됐을지도 모른다.

"남상이 오빠, 나를 어떡헐 거야?"

영자가 보잘것없는 물건의 쓸모에 대해 묻듯이 감정이 섞이지 않은 소리로 물었다.

"어떡허긴? 우선 건강을 되찾아주고 싶을 뿐이야. 그 야들야들한 뺨과 건강한 혈색을."

"왜 이렇게 됐는지 남상이 오빤 궁금하지 않아?"

"가난에 대해선 더 이상 알고 싶지 않아. 너도 잊어버려. 영영 잊어버려도 돼. 내가 너를 다신 혼자서 그런 괴물하고 싸우게 하지 않을 테니까."

"고마워 오빠."

"짜식 고맙긴."

"오빠, 너무 고마운 게 어떤 건지 알아? 가난보다 더 불편해."

영자가 까칠하게 바랜 입술을 조그맣게 오그리면서 말했다.

"너 무슨 말을 하고 싶은 거니?"

"밥값을 하고 싶어. 편안한 값도. 정말 편해지고 싶어서 그러는 거야."

영자의 얼굴이 영악해질수록 남상이는 멍청해져서 말했다.

"빙빙 돌리지 말고 하고 싶은 말을 해보라니까. 네가 무슨 수로 밥값을 하겠다는 건지."

"나 오빠 색시 노릇 하면 안 될까?"

영자는 얼굴을 붉히거나 몸을 꼬지 않고 꼿꼿하게 대들 듯이 말했다.

"그걸 말이라고 하니?"

"그럼 오빠는 나를 색시감으로 생각해본 적이 없어?"

"왜 없어. 그렇지만 지금은 아냐. 너 건강해지는 게 먼저고, 그러고 나서 결혼식 올리고 어엿한 내 신부를 만들 테야."

"그건 바보짓이야."

영자의 표정에 연민 같은 게 어렸다. 그 얼토당토않은 게 남상이의 자존심과 함께 욕정까지 건드렸다. 그는 발끈 성이 났다.

"그게 왜 바보짓이니?"

"그렇게 되면 싫어졌을 때 버릴 수가 없잖아."

영자는 조금도 흥분하지 않고 사무적인 소리로 말했다. 뜻밖의 대답에 남상이는 낭패해서 부르짖었다.

"널 버린다구? 바보 같은 소리. 널 다시는 안 놓칠 테야. 이 바보 같은 계집애야."

남상이는 영자를 쥐어짜듯 난폭하게 포옹했다. 영자는 그 속에서 조그맣게 경직된 채 흐느꼈다.

"그래, 난 바보 같은 계집애야. 오빠라도 바보같이 굴지 마. 밖에 나가 한뎃잠 잘 거 없어. 여기서 나하고 같이 자. 싫을 땐 언제든지 버려도 돼. 그렇지만 좋을 때 참을 것도 없어."

"널 다시는 다시는 안 놓칠 테다."

"싫을 땐 언제든지 버려도 돼. 난 바보 같은 계집애니까."

"바보같이, 그까짓 소리를 고깝게 듣고……. 난 널 다시는 안 놓칠 거야. 얼마나 찾았다구, 얼마나 보고 싶었다구."

"싫을 땐 언제든지 버려도 된다니까."

이런 엇갈린 주장을 하면서 둘은 비로소 몸을 합쳤다. 영자의 몸은 열려 있었지만 결코 달아오르지는 않았다. 망설임도 없지만 정열도 없었다. 수치심이 없으면서도 처음부터 끝까지 수동적이었다.

남상이 마음에 한 번도 영자의 순결을 의심하는 마음이 없었기 때문에 그런 정열 없음까지 순결의 표시처럼 사랑스러웠다. 그러나 기쁨을 탐한 뒤엔 문득 여지껏 죽자꾸나 부둥켜안았던 게 영자의 실체가 아니라 추억이었던 게 아닐까 싶은 허전한 마음을 달랠 길이 없었다. 달랠 길 없는 허전함 때문에 더더욱 열심히 너는 안 놓칠 테다라는 맹세를 되풀이하면서 영자의 몸을 탐했고, 영자는 무슨 종신의 형벌처럼 순결을 못 면한 채 언제든지 싫을 땐 버려도 좋다는 섭섭한 대답으로 그를 새롭게 허전하게 만들었다.

남상이는 이제 그 허전함까지를 영자의 일부로서 사랑했다. 그건 그의 자구책이기도 했다. 그가 사랑하고 자랑스럽게 여기는 24평의 연립주택도 실은 그의 그런 허전함의 소산이었다. 영자는 그들이 실질적인 부부가 된 후에도 결혼식을 올리는 걸 반대했고, 그녀의 반대는 전혀 엉뚱한 곳으로부터 지원을 받고 있었다 남상이의 부모는 물론 누이동생들까지도 영자와의 결혼은 적극 반대였다. 그들이 찬성을 해봤댔자 자식 결혼을 위해 할 일이라곤 옷 한 벌 해달래서 차려입고 꽃 달고 맨 앞자리에서 사진 찍고 예물이나 청기는 게 고작이련만 반대는 사뭇 도도하고도 끈질겼다.

탄탄한 출셋길에 마가 끼어도 분수가 있지, 큰 회사 영업과장까지 올라가지고 뭐 부족해 에미 애비도 없이 어려서부터 공장바닥으로만 굴러먹던 계집한테 걸려들었을꼬. 내 자식은 사내니까 한때 난봉이 흉이 될 거야 없다지만, 계집이 불쌍하지. 그렇지만 그것도 제 팔자지 우린들 어떡허노.

그들은 남상이가 영업과장 된 것을 개천에서 용 난 것 정도로 생각했기 때문에 집 나가 살겠다는 남상이를 감히 못 붙들었지만 용이 용답지 못하게 행동하는 걸 보고만 있을 수 없었다. 용이 용답게 살기를 바라는 건 용을 낸 개천의 최소한의 긍지요 권리였다. 그들은 남상이가 품행 단정히 할 일만 하고 있으면 저절로 사장집에서 구혼이 들어오리라고 생각했다. 그들의 상상력의 한계는 개천에서 난 용의 정규 코스에서 한 발자국도 벗어나지 못했다.

결혼식이란 어차피 보이고 보기 위한 놀음인데 보이고 싶은 쪽의 반쪽과 보고 싶은 쪽의 우두머리들이 원하지 않으니 성립될 수가 없었다. 결혼식을 안 하기 위한 양쪽의 이런 기묘한 협력관계에 남상이는 속수무책이었다. 그는 다만 그녀를 다시는 안 놓치기 위해 실질적인 담이라도 쌓을 수밖에 없었다. 그는 죽어라 돈을 벌었다. 노력도 했지만 꾀도 썼다. 발로도 뛰었지만 머리는 더 빠르게 회전했다. 쉬운 일 어려운 일도 안 가렸지만 할 노릇 못할 노릇도 안 가렸다. 그렇게 악착같이 벌어서 장만한 24평짜리 연립주택이 어찌 대견하지 않으랴. 더구나 그것은 사랑하는 여자를 불의에 놓치는 일이 없도록 안전한 담장의 구실까지 해주고 있으니. 집을 장만하자 그는 비로소 안정감을 얻었다.

그는 버스에서 내려서 산모퉁이를 돌아 그의 집이 보이자 발걸음을 늦추었다. 그의 집을 저만치서 바라보기를 즐기기 위해서였다. 똑같은 집이 서른 채나 있었지만 그의 집은 하나밖에 없는 그의 집이었다. 그의 아내는 언제나처럼 집 앞 공터에 일군 작은 채마밭에 있었다. 오줌을 누는 자세로 앉아 먼 산을 바라보고 있었다. 밭에는 아욱, 상치, 파, 고추, 열무, 들깨 등 채소도 심었지만 일년초도 채소 가짓수만큼이나 여러 가지를 조금씩 가꾸고 있었다. 아내는 금잔화 포기 사이에 앉아 있었다. 아내는 먼 산을 바라보느라 움직이지 않았다.

정말 오줌을 누고 있을지도 모른다고 생각했다.

그러나 그가 인기척을 하고 다가갔을 때 아내는 사뿐히 일어났다. 포플린 원피스 밑으로 미끈하고 건강한 다리가 드러났다. 아내는 금잔화 포기를 다칠세라 조심스럽게 헤치고 걸어나오기 시작했다. 아내의 몸에서 약초 냄새 비슷한 금잔화 냄새가 났다. 아내의 머리에도 금잔화가 한 송이 꽂혀 있었다. 키는 작달막했지만 머리는 곧고 길었다. 아내는 이제 건강한 몸이었다. 등판은 듬들고 푹신해 보였다.

"아, 덥다."

그는 날이 저물거든 아내에게 목물을 해달래리라, 그도 아내의 목물을 해주리라 마음먹었다. 미루나무에서 매미가 자지러지게 울었다. 연립주택 2층 유리창이 핏빛으로 물들어 괴기해 보였다. 들판이 곧 타오를 것처럼 불꽃빛으로 밝아지더니 급하게 사위어갔다.

그러나 조금도 서늘해질 것 같진 않았다.

"야유회는 재미있었어요?"

"엉망이었어. 같이 안 가길 잘했어. 제기랄."

그는 야유회에서 있었던 일에 대해 잊어버리려고 머리를 저었다. 생각할수록 불쾌한 사건이었다. 그러나 그가 책임질 일은 아니었다.

"무슨 일인데요?"

"난 책임 없어."

"누가 책임을 물었어요?"

"알 거 없어. 그럼."

그는 밖에서 일어난 일에 대해 집에서 말한 적이 없었다. 아내가 알고 싶어하는 것을 알고 싶어했으면 아마 화를 냈을 것이다. 그 바닥에 제품이 달릴 때 그는 남대문 시장 일대에서 '강 과장님'으로 통했다. 아무리 늙은 장사꾼도 그에게 비굴하게 머리를 조아리고 선금을 건네주지 못해 했다. 추석이나 음력설엔 설탕표나 미원표도 생겼다. 요샌 사정이 달라졌다. 원료를 국산으로 충당할 수 있게 된 후부터 천막지 공장도 난립해서 덤핑으로 제품을 푸는 데도 생겨나자 반대로 장사꾼들 콧대가 높아졌다. 제품을 굽신거리며 갖다 떠맡기고 수금은 석 달, 심할 때는 여섯 달 앞 날짜의 어음으로 받아도 받기만 하면 감지덕지였다. 추석때 설탕을 한 트럭이나 싣고 가 푼 것도 이쪽이었다. 그 바닥에선 인간성 이전에 장사꾼 근성이 있을 뿐이었다. 이 장사꾼 근성에만 통달하고 보면 호경기 불경기가 문제가 아니었다. 호경기로 돈 버는 건 장사꾼이나 제품공장이지 일

개 영업사원이 아닌 것처럼 불경기로 망하는 것도 공장이나 상인이
지 일개 영업사원은 아니었다. 영업사원은 돈이 달리지 않으면 물
건이 달리는 돈과 물건의 불균형을 교묘하게 틈탈 줄만 알면 언제
고 부수입에 궁하진 않았다. 남상이는 물건이 달릴 땐 물건에 붙어
먹고 돈이 딸릴 땐 돈에 붙어먹는 일에 능숙했다. 그는 요사 나 사장
과 시장 도매업자 사이에서 어음을 할인하는 일을 중개하면서 그
차액을 얻어먹는 일에 쏠쏠하게 재미를 붙이고 있었다. 나 사장은
언제부터인지 남상이의 애칭을 '내 사람'에서 '내 돈줄'로 바꿔 부
르고 있었다. 한때 내 사람이란 소리를 두드러기가 돋을 것처럼 싫
어한 적도 있었다. 내 돈줄이 더 낫다고 생각한 것은 아니지만 이래
도 그만 저래도 그만이었다. 그는 유능한 영업사원일 뿐이고 나 사
장 사람이란 걸 부정할 생각도 없었지만 이해관계에 다라선 얼마든
지 딴 사람의 것으로 변신할 수도 있는 문제라고 생각했다.

　오늘 야유회에서 나 사장이 오래간만에 또 그 '내 사람' 소리를
했다. 오래간만에 듣는 그 소리를 아마 다섯 번은 더 되풀이했을 것
이다. 오늘 나 사장은 초조하고 비굴해 보였다. 남상이는 아내가 말
끔히 치워놓은 마루로 올라서면서 그 문제는 나중 생각하기로 했
다. 나 사장이 애걸하지 않더라도 덤벼보고 싶은 문저였다. 덤벼서
한번 본때를 보여줘? 그는 어깨를 으쓱했다. 그러나 돈은 한 푼도
안 생기는 일이었다. 돈 한 푼 안 생기는 일에 강하게 디끌리고 있는
자신에게 위기의식마저 느끼고 있었다. 공원들 얼굴 뒤에 덕환이의
얼굴이 숨어서 그들의 표정을 조정하고 있다는 발상은 기발하다 못

해 황당한 거였으나 문득 떠오른 그 생각이 아직까지도 그의 의식에 가로걸려 있었다. 문제로 그 가로걸려 있는 거지 나 사장의 애걸이 아니었다. 이제 남상이도 능구렁이가 다돼 있었다. 사장의 '내 사람' 소리를 차마 못 떨쳐 실속 없고 골치 아픈 일에 말려들 숫보기가 아니었다.

"원 사장님도. 언젠 제가 사장님 사람이 아니랍니까? 그렇지만 노사문제에선 손뗀 지 오래잖습니까? 전무님이 알아서 잘하시겠죠 뭐."

전무님이란 나 사장의 처남을 두고 하는 말이었다. 하는 일 없이 월급만 많이 타고 공원들의 인사권을 쥐고 있었다. 이번 야유회도 아마 부당 해고시킨 공원문제로 작업 분위기가 험악해지자 그걸 무마시키기 위해 그가 꾸민 일일 것이다. 꼴 조오타. 안 전무를 우습게 보는 남상이는 야유회가 그꼴이 된 걸 고소해할 수도 있었다. 그러나 그래지질 않았다. 보이지 않는 적이 대상으로 삼은 건 결코 안 전무나 나 사장 따위가 아닌 남상이 자기일 거라는 생각이 들었다. 자기가 나 사장이나 안 전무보다 거물이라고 생각해서가 아니라 일종의 자격지심 때문이었다. 그런 자격지심은 나 사장도 그와 일맥상통하고 있었을 것 같다. 그들의 뒷갈망을 안 전무 제쳐놓고 그에게 떠맡겼던 것도 그에 대한 각별한 신뢰감 때문이라기보다는 책임감 때문이었을까?

그는 우울하게 어깨를 추슬렀다. 아내가 쟁반에 얼음냉수에 미숫가루 탄 걸 받쳐들고 왔다. 밖이 서서히 어두워지고 있었다. 멀리 미루나무 숲에 바람이 지나는 게 보였다. 그의 집 마루는 시원하고 오밀조밀했다. 마루에 갖춰놓을 만한 구색은 다 갖추고 있었다. 바닥엔 돗자리가 깔리고 선풍기와 냉장고도 있었다. 탁자인 화분과 인형과 술병이 장식되어 있었다. 술병은 모조리 양주병이지만 속에 든 건 과일주었다. 포도주는 물론 매실주, 오디주, 진달래주, 살구주, 모과주, 솔잎주 등이 각기 다른 영롱한 빛깔을 자랑하고 있었다. 그는 그걸 한 번도 마셔본 적은 없었다. 그러나 바라보고 있으면 즐거워졌다. 그가 정신없이 얻은 것들을 정신차리고 바라보게 했다. 정신차리고 바라봐도 그건 소중했다.

아내가 봐놓은 밥상엔 쑥갓과 상추가 청청했다. 밥상은 아직 저만치 있고 아내는 괜히 왔다 갔다 했다. 그는 아내가 아직도 소녀 같다고 생각했다. 어렸을 때 읽은 동화 속에서 똑같은 소녀와 만난 적이 있는 것 같았다. 그러나 어떤 동화였는지는 생각나지 않았다. 위령탑에 들꽃을 바칠 때의 아내의 모습이 떠오르면서 짜릿한 기쁨이 지나갔다.

"오늘 무슨 일이 있었는 줄 알아?"

그는 오늘 일이 암만해도 걸려서 이렇게 운을 떼었다. 아내는 흘긋 쳐다만 보고 아무 소리도 안했다.

"전에 우리 공장 초창기에 덕환이란 애가 있었는데 말야."

"덕환이요?"

뜻밖에 아내의 얼굴이 우울하게 변색하며 목소리가 떨렸다.

"왜 그래 여보? 당신이 덕환이를 어떻게 알지?"

"아이들한테 들어서 그냥 이름만 알아요."

공장이 가깝고 또 영자의 인심이 후해서 공원들이 자주 드나들었다.

"이름만 아는 것 같진 않은데. 아는 대로 얘기해봐."

"당신이 그애한테 못할 노릇 했다는 것 같았어요. 그애하고 그애 애인을 슬프게 했다면서요?"

슬프게 했다는 표현이 영자답게 유치해서 그는 큰소리로 낄낄댔다. 그러나 유쾌한 건 아니었다.

"그애가 무슨 일을 저질렀나요? 좋지 않은 일이 있었군요? 오늘."

아내가 눈을 크게 떴다. 곧 눈물이 고일 것처럼 겁에 질린 눈이었다.

"바보같이……."

그는 입맛을 다셨다.

"나는 바보가 아녜요."

아내가 대들듯이 말했다. 탁자 위의 수많은 과일주의 빛깔처럼 그건 그를 잠깐 즐겁게 했다.

"덕환이와는 상관없는 일이었어, 오늘 일은. 문득 덕환이 생각이 떠올랐을 뿐이야."

"그럼 참 다행이에요."

아내는 크게 안도의 숨을 내쉬며 그에게서 멀어져가려고 했다.

"잠깐."

그는 아내를 불러 세웠다.

"당신은 덕환이를 두려워하고 있군."

"난 아직 그 사람을 본 적이 없어요. 그 사람에 대해 직접 아는 건 하나도 없어요."

"그래도 두려워하고 있어."

"그래요. 당신이 그 사람을 상하게, 슬프게 했으니까요. 다시는 누굴 슬프게 하지 말아요. 부탁이에요."

"바보같이……."

"나는 바보가 아녜요. 야유회는 재미있었어요?"

아내는 빠르게 말했다.

"재미있을려고 그랬지. 열흘 전서부터 그걸 꾸민 사람들은 재미 생각만 했으니까. 아마 재미로다 정신을 몽땅 빼먹을 작정이었을 걸. 재미에 만전을 기하려고 가수에 개그맨까지 불러들였다면 말 다했지. 그 구두쇠들이 비록 삼류에도 못 끼는 무명가수들이었지만 큰돈 들었을걸."

"왜 그랬을까요?"

"지금 왜가 문제가 아니라니까. 들어볼래? 그 후 무슨 일이 일어났나."

"왜가 정작 문제예요."

아내가 간죽간죽한 어조로 그의 말을 가로막았다. 여지껏 한 번도 그런 적이 없었다.

"왜?"

그는 버럭 화를 냈다.

"당신 말짝으로 그 구두쇠들이 왜 큰돈까지 들여가며 별안간 아이들에게 재미를 주려고 그 법석을 떨었을까요?"

"그걸 내가 어떻게 알아?"

"당신은 알고 있어요. 그건 그들이 아이들에게 못할 노릇을 했기 때문이 아니겠어요. 그에게는 큰 슬픔이 있단 말예요. 등 치고 배 어루만진단 말 있죠. 등을 아프게 하고 배를 아무리 어루만져봤자 그의 아픔이 가실 순 없어요. 그렇지만 그건 아무래도 좋아요. 그건 그들 문제고 당신 문젠데 말예요, 그들이 아이들에게 한 못할 노릇이 당신이 전에 아이들 길들일 때 써먹던 수법을 고스란히 본뜬 거였다면서요?"

아내가 그를 빤히 바라보면서 좀체 안 하던 긴 말을 막히지도 않고 술술 했다.

"누가 그래? 그 싸가지 없는 계집애들은 오냐오냐 받자위를 하니까 못할 말들이 없이 나불댄단 말야. 그들이 저지른 일은 그들이 저지른 일이고 내가 저지른 일은 내가 저지른 일이야. 서로 아무런 관계도 없어. 더군다나 내가 그 일을 저지를 땐 당신을 만나기 전이야."

"그것도 알아요. 그래서 좀 안심이 되긴 하지만 남을 슬프게 한 일은 두고두고 걸려요. 대신 우리를 슬프게 하려고 어디서 벼르고 있을 것 같아요. 슬픔이 고리처럼 한없이 이어진다고 생각하면 견딜 수가 없어요."

"바보같이."

"제발 날 바보 취급하지 말아요."

"알았어. 바보 같은 건 나야. 오늘 일은 실상 아무것도 아닌 거였어. 보기에 유쾌한 일은 아니었지만 나하곤 상관도 없는 일이었는 걸. 야유회를 아이들이 생각보다 덜 즐거워한 게 왜 내 책임이야. 실컷 먹고 마셨으면 의당 노래나 춤이 있어야 할 게 아냐. 둘러앉으라니까 둘러앉고 사장, 전무, 부장들이 다 한 가락씩 뽑으니까 짝짝짝 마지못해 박수를 치고. 나도 물론 한 가락 뽑았지. 어쩔 거야. 그 다음엔 저희들이 신명을 낼 차렌데 서로 짠 것처럼 맹숭맹숭한 얼굴로 도무지 신명을 안 내는 거야. 고기에 술에 지천으로 처먹고 그렇게 맹숭맹숭한 얼굴을 하다니, 미치겠더구먼. 할 수 없이 가수가 기타를 메고 나서서 다같이 노래하자고 부추기더군. 개그맨인지 익살꾼인지 하는 치는 엉덩이를 실룩대며 손뼉 치고 아이들 사이를 누비며 바람을 들입다 넣고. 아무리 바람을 넣어도 어디선지 픽픽 바람 새는 소리가 나는 데야 당할 재간 있나. 나아는 행복합니다. 정말 정말 행복합니다……,라고 노래를 끝까지 가스 혼자 불렀다면 말 다했지. 처음엔 간부들만 따라 부르다가 곧 떨어져나가고 나 사장 돼지 목 따는 소리만 남은 걸 가수가 차마 못 들어주겠는지 손짓으로 틀어막더구먼."

그는 유쾌하게 웃으려고 했지만 잘 되지 않았다.

"아아, 보지 않아도 본 것 같아요."

아내가 이마에 깊은 주름을 잡으며 도리질을 했다.

"그뿐인 줄 알아. 가수하고 익살꾼이 두 손 번쩍 들고 도망가버리자 반장애가 하품을 늘어지게 하면서 일어서더니 '그럭저럭 시간은 채운 것 같으니 돌아가 쉴 수 있도록 일요일 특근수당이나 지급해주십시오.' 글쎄 이러는 거야."

"특근수당이요?"

"그래. 즈희들이 자발적으로 온 놀이가 아니라 회사에서 강제로 시켜서 억지로 온 놀이니까 근무나 마찬가지로 해줘야 한다는 거야. 만약 안 그러면 내일 오늘 못 쉰 걸 대신 쉬겠다니 나 사장 그 혈압 높은 양반이 졸도 안 한 것이 다행이지. 나 사장도 나 사장이지만 회삿돈 울궈내서 선심공세 편 안 전무 꼴은 뭐가 되고. 노래 한 곡조씩 뽑고 화답은커녕 비웃음만 산 우리 간부진 꼴은 또 뭐가 됐겠어. 참 잔치판 한번 더럽게 재미없이 파장나더구먼."

처음 그 말을 꺼낼 때 내키지 않았던 것과는 달리 그는 제법 신이 나서 이렇게 지껄였다.

"그러니까 일이 그렇게 된 걸 덕환이가 시켰다고 생각하는군요? 당신은. 그렇죠?"

아내의 목소리도 표정도 더할 수 없이 착 가라앉아 있었다.

"누가 그래? 응, 누가 그래. 덕환인 거기 얼씬도 안 했다구. 해고당한 지가 벌써 언제라고 제가 거길 얼씬거려. 걘 우리 공장하곤 상관없는 애야. 딴 데 가서 자리 잡고 일 잘할걸. 새 직장에선 평판도 좋은 편이야."

"일자리는 달라도 같은 바닥이에요. 이 바닥에서 그 사람은 평판

도 좋고 영향력도 큰가 보던데요. 내가 그 사람에 대해 얻어들은 것
도 당신과의 관계 때문이 아니었어요. 그 사람은 당신하곤 상관없
이 유명해요."

"홍, 제까짓 게 유명해 봤자 공돌이야. 더군다나 오늘 일 같은 건
누가 시켜서 될 일이 아냐."

그는 더 무슨 말을 하려다 꿀꺽 참았다. 나아는 행복합니다, 정말
정말 행복합니다. 삼류 가수는 그 노래를 꼭 정신병자처럼 얼빠진
소리로 불렀고, 그걸 따라 부르지 않고 바라만 보는 공원들의 표정
이 맹숭맹숭했다고 아내에게 말했지만 더 정확히 말하면 정신의 고
삐를 꼭 움켜잡고 있는 것처럼 긴장된 표정이었다. 야외에서, 더구
나 고기 먹고 술 먹은 젊은이들이 제정신을 잡고 있기는 쉽지 않다.
무엇이 그들을 그렇게 만들었을까? 그 의문은 처음부터 있었고 해
답으로 덕환이의 얼굴이 떠오르는 것도 처음과 마찬가지였다.

"그들이 옳았어요."

아내가 푸듯이 말했다. 곧고 흰 다리를 쭉 뻗고 마루 끝에 걸터앉
은 아내는 꼭 소녀 같았다. 그는 또다시 동화 속의 소녀를 생각했
다. 동화의 이름도 줄거리도 생각나지 않았지만 소녀가 어른의 마
음을 찌르는 소리를 했던 것이 밑도 끝도 없이 명료하게 떠올랐다.
문득 미루나무 숲과 푸른 들판이 보이는 작은 양옥집 속의 갖가지
빛깔 고운 과실주와 싱싱한 채소가 놓인 식탁이 있는 생활이 동화
적인 허구일지도 모른다는 아찔한 비현실감이 그를 엄습했다. 안
돼, 그것만은 안 돼. 그는 목구멍 밑에서 괴롭게 신음했다.

“그들이 옳았어요.”

아내가 그의 주의를 환기시키려는 듯, 같은 소리를 반복했다.

“뭐가?”

“노래나 술이나 고기로 그들의 큰 슬픔을 잊게 해서는 안 된다고 열심히 정신을 차렸을 게 아녜요. 누가 뭐래도 그건 옳은 일이에요. 또 누가 시켜서 되는 일도 아니구요. 걔들의 맹숭맹숭한 얼굴을 생각하면 울 것 같아요. 그게 얼마나 힘든 일인가 당신은 아마 모를걸요.”

그는 무심히 물었을 뿐인데 아내가 예민하게 놀라는 게 보였다.

그게 애처로워 그쪽에서 먼저 눙쳐주는 말을 했다.

“당신은 언제까지 공순이 공돌이 편만 들 거야? 개구리가 올챙이 적 생각 너무 안 해도 욕먹지만 너무 하는 것도 우스워. 차라리 조금도 안 하는 게 자기를 위해서도 남 보기에도 속 편해. 그게 또 자연스러운 세상 인심이기도 하고. 더군다나 당신의 처지는 특별하잖아? 간부의 부인이야. 간부의 부인답게 좀 거만하게 굴어도 상관없어. 걔들한테 잘해줘 봐야 좋은 소리 들을 줄 알아? 인정 있단 소리보다는 공순이 출신 아니랄까 봐 티 내고 있단 소리나 들을걸. 요새 애들 다들 그 정도는 배배 꼬였다구. 순진한 맛 조금도 없으니까 괜히 바보 노릇할 생각 말아.”

“한 번 바보 노릇하기가 잘못이에요. 이래도 바보, 저래도 바보, 바보 노릇 생전 면할 것 같지 않아요.”

“미안 미안, 이제 그만 화내. 생각하니까 걱정을 할 건덕지가 하나도 없는 문젤 괜히 집안까지 끌고 와갖고……. 이제 생각하니 그건 한 바탕의 코미디였어. 그 개그맨이 연출했는지도 모르지. 그렇다면 희대의 천잰데. 여운이 있는 웃음일수록 하이코미디란 소리를 어디서 들은 것 같은데. 여운이 길고 길어 지금에야 그 맛을 알겠으니. 참 웃기는 일이었어. 자다가 또 한바탕 웃어야 할 것 같아. 자아 이제부터 우리 쓸데없는 걱정하지 말고 기분 내자구. 저기 저 색 가지고 와봐. 내 좋은 것 줄게."

별로 필요하지도 않으면서 야외 나가는 폼 잡으려고 한쪽 어깨에 메고 나갔던 색이 마루 끝에 동그라져 있었다. 아내는 그걸 집어다 놓았지만 아직도 그 눈엔 호기심이나 기대보다는 근심이 더 많이 그렁이고 있었다.

그는 장만만 해놓고 사용해보진 않은 새 코펠과 버너를 꺼냈다. 코펠 뚜껑을 여니까 작은 통닭이 엎드려 있었다.

"짜식들 아무리 회삿돈이라도 좀 규모 있게 쓰지. 불고기를 지천으로 쟁여가지고 온 데다가 통닭을 사람 머릿수만큼 샀으니 그걸 누가 다 처분하냔 말야. 나중엔 슬금슬금 몇 마리씩 즈네 보따리에다 챙기길래 나도 당신 생각이 나서 한 마리 넣어가지고 왔지."

그는 변명하듯이 이렇게 중얼거리며 통닭을 아내에게 밀어놓았다. 말라 비틀어진 채 기름이 느글느글하는 통닭은 깡충 뛰어오를 기회만 엿보는 개구리처럼 온몸으로 경계 태세를 취하고 누워 있었다.

아내는 조금 물러앉았다. 그는 아내의 눈에 여지껏 본 적이 없을 만큼 강렬한 혐오감이 번들대는 걸 보았다. 아내는 잠자코 있었다.

이마에 땀방울이 굵게 열리면서 입이 씰룩댔다. 아내가 더 이상 참지 못하고 얼굴을 겁에 질린 어린애처럼 아무렇게나 허물어뜨렸다. 이어서 아내는 얼굴 전체를 두 손으로 싸쥐며 맨발로 뜰로 뛰어내렸다.

"왜 그래, 영자야. 도대체 왜 그러는 거야?"

남상이는 덩달아 겁이 나서 이렇게 부르짖으며 따라 나왔다. 하수도 옆에 있는 물확 언저리를 양손으로 짚고 영자는 몸부림쳤다. 입에서 흐르는 탁한 게거품이 그녀의 단말마의 고통을 한층 실감나게 했다. 이마에 맺혔던 땀방울이 소나기처럼 그녀의 얼굴을 씻겨 내리고 있었다. 남상이는 혼비백산해서 그녀를 붙들고 와들와들 떨었다.

"왜 그래? 도대체 왜 그래? 뭐가 잘못된 거야? 나한테 업혀. 병원으로 가야겠어, 병원으로. 어서. 죽지만 마."

부글부글이 게거품을 왈칵 뱉어내고 난 영자는 탈진한 듯 땅바닥에 주저앉았다. 조금도 남아 있지 않은 입술에서 흘러내린 침이 거미줄처럼 늘어져 있었다. 그는 손등으로 그걸 닦아주고 나서 영자의 머리를 안았다. 팔에 닿는 그녀의 이마는 죽은 사람의 것처럼 싸늘했다.

"제발 죽지만 마, 죽지만 마."

그는 침이 말라서 분명치 않은 소리로 이렇게 절규했다. 그에게 영자가 얼마나 소중하다는 게 그녀를 잃은 후의 깜깜한 절망감을 앞당겨 경험으로써 생생한 공포감이 되어 엄습했다.

"안 죽어요."

영자의 입가에 잔잔한 미소가 떠올랐다. 그러나 아직도 이마는 싸늘하고 손끝은 파르르 떨고 있었다.

"정말 괜찮겠어? 병원에 안 가도 괜찮겠어?"

"병원은요. 들어가서 눕고 싶어요."

아내가 몸을 일으키려고 했다.

"가만, 가만히 있어. 내가 안아다 눕혀줄게."

"그것보다는 통닭을 먼저 치워주세요. 생각만 해도 또 구역질이 날려고 그래요."

그는 안으로 뛰어들어가 통닭을 주섬주섬 싸더니 둘 데가 마땅치 않아 부엌으로 돌아서 뒷문 밖 쓰레기통에다 내던지고 나와서 아내를 부축했다. 아내는 부축할 필요 없이 이미 생기를 회복하고 있었다.

"정말 사람 한번 겁나게 놀래주네. 닭 싫어하는 사람도 더러 봤지만 그런 요란한 발작이 어디 있어? 난 그것도 모르고 치사하고 주접스러운 걸 무릅쓰고 그걸 싸가지고 왔으니…… . 아무튼 오늘은 재수 더럽게 없는 날이야."

아내에게 아무 일도 없을 것 같자 그는 금세 화가 나서 투덜댔다.

"미안해요. 우리에게 아기가 생긴 것 같아요."

"뭐라구? 다시 한 번 말해봐. 뭐라구?"

그가 펄쩍 뛰어오르며 기성을 질렀다.

"미안해요. 아무리 애기가 생겨도 싫어지면 날 버려도 돼요."

아내의 뺨에 땀 대신 눈물이 하염없이 흘렀다.

남상이는 그의 손등으로 아내의 뺨의 눈물을 어설프게 문질렀다.

그러고 나서 한 손으로 아내의 턱을 잡고 한 손으로 아내의 따귀를 몇 번 연거푸 후려쳤다. 그의 매질은 까닭도 분명치 않았거니와 유치하도록 감상적일 뿐 도무지 맥아리라곤 없는 것이어서 치는 쪽도 맞는 쪽도 슬며시 서글퍼지는 게 고작이었다. 그러나 표정만은 단단히 맺힌 데가 있는 것처럼 엄격하게 굳어져 있었다.

"미안해."

그는 따귀 때리기를 멈추고 아내의 머리를 가슴에 품었다. 그녀는 맞을 때와 마찬가지로 거역하지 않았다.

"미안해, 당신을 때리다니. 내 정신이 아니었어."

"처음이었어요. 우리가 같이 살고 나서……."

"이왕이면 듣기 좋게 결혼하고 나서라고 하면 안 되나? 아무리 식은 안 올렸다지만."

남상이는 눈살을 찌푸리고 까다롭게 굴었다.

"별걸 다 신경쓰는 것 같아요, 당신."

영자는 남상이의 내밀한 마음의 소리에 귀기울이고 있는 것처럼 잔뜩 집중된 표정으로 다소곳이 남상이 가슴에 파묻힌 채 속삭였다.

"이것 봐. 전서부터 벼르다가 이제서야 말하는 건데, 앞으로 우리 사이가 달라져야 된다고 생각하지 않아? 적어도 자식이라는 걸 가지려면 말야."

"아이는…… 아이는 지워도 돼요. 정 당신이 싫다면."

"아이 애기가 아냐. 우리 애기를 하려는 거야."

남상이가 짜증스럽게 영자를 밀어내면서 말했다. 영자는 냉큼 탄력 있게 물러나면서 이상하도록 또렷한 얼굴로 그와 마주 앉았다.

분위기의 싸늘함이 남상이의 피부에 찬바람처럼 와 닿았다

"아무튼 당신이 아이를 원치 않는 것만은 사실 아녜요."

영자의 표정은 또렷하다 못해 이악스럽기까지 했다. 남상이는 고개를 절레절레 흔들면서 사뭇 신경질적으로 언성을 높였다

"미안해. 미안하다고 했잖아. 처음부터 이럴 작정은 아니었어. 여편네가 첫애를 가졌다는 소리를 듣자마자 여편네 따귀를 쳤으니 여편네가 토라지는 건 당연하지. 실은 나도 내가 한 짓에 놀라고 말았어. 그렇지만 맹세코 아이가 싫어서가 아냐. 내가 참을 수 없는 건 당신의 고약한 말버릇이야. 싫을 땐 언제든지 버려도 된다는 그 뜨내기 헌계집 같은 말버릇 도대체 언제까지 써먹을 거야?"

그가 심문하듯 눈을 부릅뜨고 대들었다. 영자의 뜨렷한 표정이 비로소 부드럽게 흔들렸다.

"그 소리가 그렇게 듣기 싫었어요? 미안해요."

"듣기 싫지 않으면. 여하간 그 고약한 말버릇을 첫애가 생겼다는 얘기를 처음 하면서까지 써먹을 건 또 뭔감?"

남상이가 한탄하듯이 말했다. 실상 그 여자 그 말이 언짢기는 그가 방금 말이나 몸짓으로 표현한 것 이상이었다. 그걸 나타내기는 돌발적이었지만 그게 얼마나 오랫동안 쌓이고 쌓인 허전함인가는 그만이 알고 있었다. 저 철없는 말버릇이거니 심상히 들어 넘기면서 맛본 뒷맛 쓸쓸한 허전함에다 영자를 안을 때마다 느끼는 마치 알맹이는 얻다 빼놓은 빈껍데기를 안고 있는 것 같은 터구니없는

허전함까지를 보탠 거였다. 그런 것들이 왜 느닷없이 한꺼번에 엄습했을까. 그는 반성하듯이 거슬러 올라가면서 문득 아이 아버지가 된다는 사실에 새롭게 부딪쳤다.

"아기 가졌다는 건 틀림없겠지?"

"거의……."

"거의라니, 내일 당장 병원에 가서 확실한 걸 알아놓도록 해."

"두고 보면 알 걸 뭐하러 병원까지 가요?"

"자랑시키고 싶어서 그래."

"자랑할 게 뭐 있어요, 남도 다 낳는 아길?"

"남의 아길 우리가 알 게 뭐야. 우리에게 우리 아긴 아직 하나밖에 없어. 자랑스럽게 태어나야 자랑스러운 인물이 될 수 있을 거야. 그나저나 좀 더 열심히 돈을 벌어놓는 건데. 우리 사는 게 요 모양으로 초라해서 어쩐다지?"

남상이는 심각하게 고개를 갸우뚱하고 그의 집을 둘러 보았다.

"당신도 참, 아기가 무슨 큰손님 같네요."

"큰손님이고말고. 최고의 귀빈이지. 여지껏 해놓은 게 우리 살기엔 부족한 줄 몰랐는데……. 부족한 게 뭐야? 과람했었는데, 귀빈을 맞이하려니 없는 것 천지야. 더 벌고 더 갖춰놓았어야 하는 건데……."

"너무 욕심부리지 말아요. 이만하면 됐어요. 아기에겐 재물보다는 덕이 더 중요해요."

영자는 수심에 쌓인 것 같기도 하고 겁에 질린 것 같기도 한 눈으로 그를 쳐다보면서 타이르듯이 말했다.

"덕?"

"네, 덕이요."

"내가 남에게 못할 노릇이라도 했단 소리야 뭐야?"

그는 덕이란 소리에 다시 버럭 화를 냈다. 그는 그가 단시일 내에 애면글면 이룩한 것이 아기를 맞기 위해선 어딘지 크게 허술하고 모자란 것 같아 불안했던 것이 덕이 모자라서였다고는 생각지 않았다. 그에게 덕이란 바로 재물과 상극되고 가난과 내통하는 어떤 것일 뿐이었다. 그는 그것을 현의 집안의 내력과 자기 집안의 내력과의 관계를 통해 증명할 수도 있다고 생각했다. 그의 아버지인 도배장이 강 씨가 덕과는 거리가 먼 사람이라는 것쯤은 그도 알고 있었지만 그럴수록 덕이 미치는 화는 대를 물리는 질긴 거라고까지 그는 풀이하고 있었다.

"화만 내서 미안해. 그렇지만 내 탓은 아냐. 저녁이나 먹읍시다."

아내가 냉큼 일어나 부엌으로 나갔다. 그는 마룻바닥에 배를 깔고 엎드려 어두운 들판을 바라보았다. 아내가 가꾼 채마밭에서 풋풋한 냄새가 끼쳐왔다. 금잔화 냄새도 섞여 있었다. 비로소 그의 입가에 흐뭇한 미소가 감돌았다. 위층에서 아이들이 쿵쾅대며 싸우는 소리, 어른이 짜증내는 소리, 텔레비전에서 시시덕대는 소리가 함께 들렸다.

아내가 밥상을 가지고 들어왔다. 아욱국엔 마른 새우가 새빨간 꽃잎처럼 떠 있었고, 상추와 쑥갓은 싱싱했고 마늘장아찌는 알맞게 곰

삭아 있었다. 조촐한 저녁상이 식욕보다는 행복감을 자극했다. 나아는 행복합니다, 정말 정말 행복합니다를 아무도 따라하지 않고 끝내 가수 혼자 부르게 한 음울한 야유회 생각이 났다. 그건 이미 지난 일이고 처음부터 그와는 상관없는 일이었다. 그는 지금 행복했다. 너무 완벽하게 행복해서 미지의 그의 아이가 파고들어 오려고 금을 낼 것이 싫고 두려운 생각이 들 지경이었다. 그는 그런 생각을 떨어버리기 위해 가볍게 도리질을 하면서 밥숟갈을 뜨기 시작했다. 아내는 처음부터 상추쌈을 싸기 시작하더니 끝까지 상추쌈으로만 밥 한 사발을 비웠다. 아내는 상추쌈 속에다 밥이나 된장 말고도 쑥갓, 실파, 열무김치 따위를 욕심껏 챙겨 넣었다. 아내의 작은 입속에서 그런 푸성귀들이 씹히는 소리는 맑고 상쾌했다. 밖에선 채마밭이 검은빛으로 한결 다가와 보였고 언덕과 미루나무 숲도 온통 검게 보였다. 가끔 미루나무 숲이 전체적으로 흔들렸고 들판에 얼키설키한 길들이 어슴푸레 희고 정답게 보였다. 금잔화 냄새가 또 났다. 채마밭에 섞인 꽃밭에서 풍겨오는 것 같았고, 아내의 입속에서 뭉개진 푸성귀에서 나는 것도 같았다. 아내의 체취에 본디부터 섞여 있었던 것도 같았다. 아내의 살 속에 코를 박고 그것을 확인해보고 싶단 생각이 그의 행복감을 더욱 북돋웠다. 그는 맥없이 실실 웃음을 흘리며 말했다.

"작작 좀 먹어둬라. 새파란 아기 태어날까 봐 겁난다."

"입덧 안 하는 것도 큰 복이래요."

"누가 그래?"

"윗집 여자가."

아내는 아직도 요란스러운 위층으로 눈을 치떠 보이면서 말했다.

"뭐야? 그럼 나한테보다 먼저 윗집한테 그 소식을 전했단 말야?"

그는 허풍스럽게 눈을 부라리며 따지고 들었다.

"여보, 위에서 듣겠어요. 소식을 전하고 말고가 뭐 있어요? 그 여자가 나보다 먼저 눈치를 챘는데요."

"그 여편네가 먼저 눈치를 채다니? 아아니 누구 맘대로? 정작 아기를 만든 장본인은 누군데?"

그는 다시 한 번 눈을 부라리며 익살을 떨었다. 아내는 일을 가리고 곱게 눈웃음을 쳤다.

"당신도 참. 그런 일은 경험자가 먼저 눈치채게 돼 있는 거라구요."

"아무리 경험자라도 그건 월권 행위야. 용서할 수 없어."

"용서 안 하면요?"

"내쫓든지 우리가 이사를 가든지……."

그는 지금까지의 유쾌한 장난기에서 돌변해서 정색하고 다부지게 말했다.

"여보, 당신 지금 무슨 소리 하고 있는 거예요? 우리나 윗집이나 이게 어떻게 장만한 집이라고."

아내의 얼굴에 놀라움과 어둠이 서렸다. 그는 터무니없이 당당해져서 소리쳤다.

"이까짓 게 어디 집값에나 가? 집이란 우선 프라이버시가 보장돼야 하는 거라구?"

“프라이버시가 뭔지는 잘 모르지만 이건 문서까지 있는 우리 집이에요. 윗집도 마찬가지구요. 저 윗집에서 아이들이 온종일 시끄럽게 싸움박질을 해도 우리가 못 말리는 것처럼 장차 우리 애가 아무리 울고 떠들어도 윗집에서 뭐라지 못해요. 윗집이나 우리나 똑같이 내 집 쓰고 살고 있는 거예요.”

아내가 어두운 안색을 못 고친 채 차분하게 타일렀다.

“우리가 지금 쓰고 있는 게 내 집이라구? 문서가 엄연히 다른 남의 집인걸. 안 그래?”

그는 어디까지나 장난스러운 표정으로 아이들이 지치지도 않고 쿵쾅대고 있는 천장을 손가락질하면서 말했다. 아내도 덩달아 피식 웃었다.

“두고 보라구. 내 그 놈이 태어날 때까지는 어떡허든 이까짓 연립주택이 아닌 정말 버젓한 내 집을 장만해놓을 테니까.”

그가 뽐내기 좋아하는 소년처럼 무턱대고 어깨를 으쓱댔다. 그러나 그의 표정은 그 어느 때보다도 나이 들고 경험 많은 무슨 꾼처럼 천박하게 반짝거렸다. 영자는 처량한 얼굴로 그를 물끄러미 바라다보기만 했다.

“뭐 먹고 싶은 거 없어?”

상을 물리고 나서 그가 건성으로 물었다.

“저녁 잔뜩 먹은걸요. 신경쓰지 말아요. 아까도 말했잖아요. 입덧 안 한다구.”

“입덧을 안 한다구? 그럼 아까 통닭 보고 일으킨 발작은 뭐야? 입

덧이라는 것에 대해 더러 듣기는 했지만 설마 그렇기 사람 혼 빼는
건 줄은 몰랐어."

"통닭 소리는 하지도 말아요."

아내가 헛구역 나는 시늉을 하면서 손으로 입을 가렸다.

"거봐. 그러면서 으스대긴……. 젠장, 나 좀 나갔다 올게."

그는 통닭 소리만 듣고도 민감한 반응을 일으키는 아내를 바라보
면서 몸둘 바를 몰라 하다가 마당으로 내려서면서 말했다. 미루나
무 꼭대기에 달무리가 걸려 있고 날씨는 후텁지근했다.

"이 시간에 어딜?"

아내가 잦아드는 소리로 말했다. 그는 엄살을 부리고 있다고 생
각하면서 돌아보지 않았다.

"멩동까지만 갔다 올 거야."

물론 서울 한복판의 명동하곤 얼토당토않은 곳이었다. 공단을 상
대로 발달한 제법 희번드르르한 상지대가 명동과 방불하다 해서 붙
인 이름이었으나 그곳 상인들이나 거기 단골들이나 그같이 '명' 자
에다 심한 코맹맹이 악센트를 붙여서 멩동이라고 부르는 게 유행이
었다.

"거긴 뭣 하려요? 지금이 몇 시라구……."

"뭐 좀 사가지고 올려고 그래. 당신이 좋아할 만한 과일이든지 과
자든지. 혹시 또 누가 알아. 친구라도 만나게 될지. 만나면 술을 살
테야."

"당신도 친구가 있어요?"

아내의 말이 빈정거리는 것처럼 들렸다.

그는 발걸음을 멈추면서 되돌아가서 다시 한 번 따귀를 때리고 싶은 충동을 가까스로 억제했다. 멩동까지는 호젓한 길이 한참이었다. 버스로 두 정거장은 실히 될 것이다. 그는 고독했다. 요컨대 나는 아버지가 되려고 한다. 따라서 나는 기뻐하고 있는 거다. 이 세상에서 나 혼자만 아버지가 되는 것처럼 뭐든지 혼자서만 하는 건 고독할 수밖에 없다. 그는 그 나이가 되도록 경험한 여러 종류의 고독들 중에서 뭔가 의미 심장하고 색깔이 다른 고독이었기 때문에 억지로 멋대로 이런 해석을 붙였다.

그는 이제 서른을 훨씬 넘은 나이였다. 영자를 아내로 삼은 지도 3년째가 된다. 그러나 한 번도 아이를 기다려본 적이 없었다. 둘이서 왜 아기가 안 생기나를 근심해본 적도 물론 없었다. 왜 그랬을까. 그건 나의 아내를 향한 진실성이 믿는 바 아내가 그에게 아기를 낳아주기 전에 의당 주어야 할 거, 일체감이랄까 소유감이랄까 하는 걸 한 번도 준 적이 없기 때문이었을까. 그러나 그는 그 생각에 깊이 파고들진 않았다. 영자에게 속속들이 파고들지 못했던 것처럼.

밤늦은 멩동은 썩어 문드러진 과일처럼 반쯤 허물어진 채 달착지근한 썩은 내를 풍기고 있었다. 작은 유리창 속에 들은 양념한 돼지고기나 큰 유리창 속에 들은 수영복 입은 마네킹이나 권태와 부패의 조짐은 동등했다. 그 시각까지 그 거리를 휩쓸고 있는 젊은이들은 거의 그가 아는 얼굴들이었다. 그는 새삼스럽게 그가 그 바닥에 투신해서 허우적대던 청춘의 부피를 서리서리 길게 느꼈다. 그러나 아무도 그를 알은척하진 않았다. 아아 이 바닥에서 브낸 청춘의 덧없음이여……. 그는 계집애 같은 쇠약한 영탄이 목구멍까지 치미는 걸 참았다. 그는 허망감에서 헤어나려고 허둥지둥 그의 집을 생각했다. 윗집에 아이가 많아 살기엔 좀 시끄럽지만 멀리서 보면 그림같이 아름답고 공기 좋고 비록 남의 땅이긴 하지만 채마밭과 꽃밭이 딸린 연립주택이 그의 청춘의 총결산이라면 그야 있는 놈이야 비웃겠지. 그렇지만 이 바닥에서 나처럼 맨주먹과 순전히 남보다 영리한 머리 하나 돌리기 나름으로 나만큼 성공한 놈 있으면 나와 보라지.

마침 새파랗게 젊은 애송이가 빛바랜 청바지 뒷주머니에 양손을 찌르고 양어깨를 구부정하게 추스르고 술기운 탓인지 길게 뺀 모가지를 건들건들 흔들면서 그러나 눈만은 제법 또렷하게 그를 째려보면서 지나쳤다. 역시 아는 녀석이었다. 그는 불쾌할 겨를도 없이 피식 웃음부터 났다. 그리고 똑같은 모습으로 현에게 고별을 고하던 젊은 날의 자신이 눈부시게 떠올랐다. 그는 그때 얼마나 당당하게 외쳤던가?

"나는 예비고사 안 본다. 대학에 안 갈 거니까. 나는 더 이상 자신을 속여먹지 않을 테다. 대학은 잘난 돼지새끼들이나 간다. 그러니까 넌 갈 수 있지만 난 못 간다. 난 못난 사람새끼니까. 넌 왜 잘난 돼지새끼고 난 왜 못난 사람새긴지 가르쳐줄까?"

그러면서 청산유수처럼 왼 양가의 족보조차 그는 벌써 몇 년째 한 번도 떠올린 일이 없었다. 그러나 지금 느닷없이 그 장면이 그의 젊음의 하이라이트가 되어 그를 매혹시키고 있었다. 그에 비하면 24평짜리 연립주택은 청춘의 보잘것없는 잔해에 지나지 않았다.

그의 성공을 증거해줘야 할 연립주택이 돌변해서 영락을 증거하려는 통에 낭패한 그에게 취한 거리는 도처에서 흉한 적의를 번득이고 있었다.

낮에 만났으면 제법 정중하게 허리를 굽혔을 만한 녀석도 술기운이 무슨 큰 대단한 백이라고 제법 당당하게 그 앞을 모른 척 지나기도 하고 분명 원수진 일 없는 녀석이건만 이쪽에서 피해줘야 할 만큼 시비조로 육박해오기도 했다. 재수없는 날이었다. 한 가지만 빼고는. 그러나 재수없는 것들이 그 단 한 가지마저 오염시킬 것 같은 불길한 예감이 들었다.

그러면서도 그는 그 거리를 못 벗어났다. 확실하게 의식한 건 아니었지만 그는 이 거리의 개별적인 반감과 야유회에서의 집단적인 반감을 한 실꾸리에서 풀려나온 실처럼 일관된 것으로 파악하고 그 실꾸리를 헤매고 있는지도 몰랐다.

침침한 골목 어귀에서 토악질하고 있는 여자애의 등을 토닥거리고 있던 녀석 역시 꽤 친분 있는 녀석이었건만 남상이를 알아보자 역력히 불쾌한 낯짝 쪽으로 담벼락에 카악 가래침을 뱉어 붙였다. 어깨 끈만 달린 원피스를 입고 있는 여자애의 드러난 어깨와 등의 뼈대가 토악질을 위해 괴롭게 경련하고 있는 게 애처로워 그는 발길을 멈추었다.

"단순한 술주정일 뿐이니 상관 말아요."

그는 무슨 말인지 못 알아들은 채 발길을 돌렸다.

"그때만 해도 호랑이 담배 먹던 시절이지. 요샌 우리들 시세도 비싸서 애 뱄다는 고자질 하나로 호락호락 모가지 달아나진 않을걸, 쳇."

등뒤에서 이렇게 투덜거리는 걸 듣고서야 그는 녀석이 아직도 몇 년 전의 덕환이 사건을 안 잊어버리고 앙심먹고 있다고 알아차렸다. 아내의 토악질이 생각난 건 사실이었지만 미리 들을 분명하게 차별하고 있었기 때문에 처음부터 그런 의심은 품지 않았었다. 원래 멩동의 늦은 시간엔 계집애 주정꾼도 드물지 않아 구경거리가 못 됐다. 사내들이 술 취하면 아래 위턱 모르고 기고만장해지다가 저희끼리 패싸움이나 벌이는 걸로 파장나는 데 비해 계집애들의 주정은 주로 토악질이었다. 사내들이 마음만 먹으면 토악질도 걸레처럼 기진한 여자아이를 끌고 갈 수 있는 여관이나 하숙집도 멩동엔 아쉽지 않았다.

달무리를 두르고 미루나무 숲에 걸려 있던 달은 이저 공단의 가장 높은 굴뚝 끝에 매달려 있었다. 달무리를 벗고 세수한 것처럼 맑고 핼쑥한 얼굴이었다.

"당신은 아이를 좋아하세요? 당신이 정말 아이를 좋아한다면 오늘밤엔 내가 한잔 사죠. 왜냐구요? 난 곧 아이 아버지가 된답니다."

친근한 미소로 이렇게 노래 부르듯이 말하고, 축복받고 싶은 얼굴을 하나도 못 만난 채 그는 그 거리의 끝에 있는 지하 술집 계단을 빨려들듯이 익숙하게 더듬어 내려갔다.

거리의 취기가 절정에 달해 도처에서 파탄에 이른 시간이건만 술집 속은 묘하게 맹숭맹숭했고 긴장돼 있었다. 거리의 취기가 그곳의 불온한 각성을 은폐하기 위한 위장이었던 것처럼 그곳 분위기는 맺힌 데가 있었다.

술집을 차지하고 있는 패거리도 거의 다 그가 아는 얼굴이었다. 야유회에서 실컷 먹고 마시고 좋은 구경까지 하고 나서 늘어지게 하품을 하면서 일요일날 일했으니 특근수당이나 내놓으라고 외치던 반장애도 있었다. 딴 공장애들도 섞여 있었다. 아니나 다를까 덕환이도 있었다. 그들은 같지 않게도 책을 두서너 권씩 가지고 있었고 테이블 위의 안주 접시 맥주병 등으로 보나 그들의 맹숭맹숭한 얼굴로 보나 이제 막 초판임이 분명했다. 맥주 대신 사이다병을 따고 있는 애송이도 있었다. 그러나 맥주 한잔쯤이 과히 어색해 보이지 않게 관록 붙은 나이배기들이 대부분이었다. 더군다나 덕환이는 어딘지 찌들고 피곤해 보였다. 여공들 사이에 인기 있고 힘깨나 쓰게 우락부락하면서도 머리에 든 것까지 있어 보이던 왕년의 덕환이가 아니었다.

거의 열 명 가까운 패거리는 일제히 남상이를 알아보았으나 인사를 할까 말까 덕환이 눈치를 보는 것 같았다. 덕환이가 먼저 몸을 일으키더니 다가오면서 손을 내밀었다.

"아유 형님, 이 시간에 이런 데를 다 오시다니요. 웬일이십니까?"

남상이도 손을 내밀었다. 덕환이는 두 손으로 남상이의 손을 감싸쥐고 허리를 굽혔다. 덕환이의 저자세가 남상이에게 더욱 경계심을 일으켰다. 거기 모인 패거리들도 악수까지는 안 청했지만 덕환이 하는 대로 각자 공손하게 인사를 했다.

"오랜만이네."

"뭘요, 자주 뵙는걸요."

"아이는 잘 자라나?"

거기 모인 패거리가 한몸인 것처럼 동시에 꿈틀하는 걸 느끼면서 남상이는 비로소 그게 적절한 화제가 아니었음을 깨달았다. 복실이의 임신이 그때 두 사람을 같이 해고시킬 수 있는 직접적인 구실이었다는 게 뒤늦게 생각나서 아차 싶었지만 이미 엎질러진 물이었다.

"벌써 다섯 살에 아우를 둘이나 본걸요."

덕환이는 심상하게 말했다. 여윈 턱에 세 아이의 아버지답지 않은 성깔이 예리하게 살아 움직이는 게 역력히 보였다. 역시 만만치 않았다.

"벌써 그렇게 됐던가?"

남상이는 덕환이의 성깔엔지, 세 아이에겐지 질리는 기분으로 이렇게 말하면서 열적게 웃었다.

"같이 한잔하시죠."

덕환이가 이렇게 말하자마자 재빨리 맥주를 따라 그에게 바치는 애가 있었다. 그애 역시 아는 애였으나 입의 혀처럼 날렵하고 공손한 태도와는 딴판으로 눈은 이거 쭈욱 들이켜고 빨리 꺼지지 못해, 하는 것처럼 배타적이고 불손했다. 남상이는 마구 따라서 거품뿐인 잔을 비우고 나서 눈으로 딴 거리를 찾았다.

"왜 합석하시잖구?"

"사양하겠네. 자네들이 하도 오붓해 보여서. 자주 이렇게들 모이나?"

"웬걸요. 자주 맥주나 마시다간 마누라한테 쫓겨나게요."

덕환이가 형편없는 공처가처럼 겁먹는 시늉까지 해가며 말했다. 덕환이의 이런 내숭스러움이 남상이의 어떤 심증을 한층 굳혀가고 있었다.

"이거 왜 이러나. 자네가 어디로 보나 맥줏값 정도에 궁할 친군가. 내 자네 실력을 모르는 바는 아니네만 정 그렇게 나오면 오늘 밤 맥주는 내가 사지. 현금은 없네만 내 앞으로 달아놓겠다면 마다할 술집 이 바닥엔 아마 없을 테니까. 그렇지만 나, 자네들 오붓한 분위기 훼방 놓진 않겠네. 나라고 그만한 눈치 없겠나. 실은 오늘 나도 좋은 일이 생기니까 고독한 거 있지. 그 기분 아마 자네들은 절대로 모를 걸세. 그럼들 놀게. 난 저만치서 딱 한 병만 마시고 갈 테니까. 자네들은 나한테 신경쓰지 말고 실컷 마시고 유쾌하게 놀아야 하네."

저만치라고 해야 콧구멍만 한 술집이었다. 남상이가 물러난 후에도 그 패거리들의 분위기는 좀처럼 무르익지 않았다. 도대체 말들이 없었다. 공짜라면 소주도 맥주처럼 들이켤 주제들이 그들로선 최고급인 맥주를 공짜로 얼마든지 퍼마시라는데도 당초의 그들이 청해놓은 것 이상을 시킬 눈치가 안 보였다. 재미가 없다 못해 심각하기조차 한 얼굴로 말없이 마주 앉아 있을 뿐이었다. 낮에 야유회에서도 그랬었다. 개그맨이 아무리 익살을 떨어도 그들은 하나도 재미나 하지 않았고, 사장이 음정이 엉망인 노래로 필사적인 아양을 떨었건만 그들은 웃지 않고 끝판에 가수가 나아는 행복합니다 정말 정말 행복합니다를 다 같이 부르게 하려는 노력은 목석도 움직일 만큼 필사적이었음에도 불구하고 그들은 끝내 그것을 덩달아 하지 않았다. 그들의 아무것도 재미나 하지 않음은 거의 무자비한 것에 가까웠다.

남상이는 낮에 야유회에서 사장, 전무, 부장들 다음으로 무대에 올라가서 노래를 불렀을 때 일을 생각하면서 진저리를 쳤다. 온통 음치만 모아놓고, 아니 귀머거리만 모아놓고 노래를 불렀대도 그렇게 고독하지 않았으리라. 고독감은 실은 그때부터 마련됐던 것인지도 모를 일이었다.

술집 속은 어둑하고 한산했다. 손님은 덕환이 패거리와 남상이밖에 없었다. 그 패거리는 오다가다 만나 합석한 것처럼 데면데면하게 흩어져 앉아 말수 적게 자리를 지키고 있었지만 여의 저미없음으로 굳게 결속돼 있음을 의심할 여지가 없었다. 남상이는 또 낮 동안의 야유회를 맹숭맹숭한 재미없음으로 망쳐놓고 이 거리의 밤의 취기를 그에 대한 적의로 지배하던 보이지 않는 어떤 힘을 한 실꾸리에서 풀려 나온 실처럼 일관된 것이라고 믿고 있었고 그 실을 정확하게 더듬어 올라가 방금 그 실꾸리에 도달한 것처럼 여기고 있었다. 실꾸리는 물론 덕환이었다. 실꾸리가 함부로 더 많은 실을 풀어 더 광범위하게 지배하기 전에 실꾸리 채 요절을 내는 게 현명하다는 것쯤 남상이도 알고 있었다. 그 방법이 문제였지만 그 방법까지는 그가 관여할 바가 아닐 수도 있었다. 문제는 어떻게 그 실꾸리를 그의 손아귀에 넣고 어떻게 유리한 흥정을 벌일 수 있느냐가 문제였다. 그의 간지가 노다지를 발견한 것처럼 설레었다.

딱 한 병의 맥주를 비웠을 뿐인데도 남상이는 거침없이 취기를 가장할 수 있었다. 그는 비틀대며 덕환이 패거리들한테로 갔다. 그리고 덕환이 어깨를 정답게 치면서 능청을 떨었다.

"자네 오늘 내가 왜 기분 좋은지 모르지? 그야 모를 테지. 자네들은 필시 내 기분을 잡쳐놓고 내 야코를 팍 죽여놓았다고 믿을 테니까. 암 야코가 팍 죽고말고. 그게 돈이 이만저만 들은 잔친가? 그렇지만 이 강남상이 야코는 안 죽었네. 왠 줄 아나. 난 그들 편이 아니거든. 난 자네들 편이야. 내가 맨 꼬라비로 무대에 올라가서 한 가닥 뽑았다구 날 그들 편으로 보면 그건 자네의 큰 오해라구. 자네하고 나하곤 처음부터 오해가 많았어. 언제고 한번 사나이 대 사나이로 가슴을 열어놓고 풀어야 할 날이 있어야 할 텐데. 그럼. 난 오늘 야코가 죽기는커녕 그들이 야코 죽는 게 재미가 나서 이렇게 기분이 좋은걸. 난 자네들처럼 점잖게 재미없이 재미있어 할 줄을 모르거든. 제기랄 야코가 안 죽었다고 하지만 자네들 재미없는 건 하여튼 야코 죽이누만. 자네들 끼고 다니는 책도 야코 죽이구. 나니까 그래도 책 보면 야코 죽는 척이라도 해주지. 공돌이가 책 끼고 다녀봤댔자야. 웃음거리야. 잘못하면 오해나 받고 괜시리 신상에 해로워. 돈들은 모조리 무식쟁이들이 벌어가지고 날치는 바닥에서 그

밑에서 고용살이하는 주제가 유식한 척해봤댔자 서로 불편할 뿐이지. 돈 번 무식쟁이 불편한 거 조금도 못 참는 거 자네도 알지? 결국 불편한 건 누가 참아야 되겠어. 그러니까 고용살이를 곱게 하려면 처음부터 불편할 거리는 안 만드는 게 수라니까. 익살꾼이 눈을 까뒤집고 들입다 익살 떠는데 웃지 않는 거, 음치도 아닌데 풍악은 울리는데 노래 안 부르는 거, 이런 것도 되게 불편할 거다, 안 그래? 자넨 유능한 기술자야. 불편한 것의 역성을 들다가 신세 조지는 건 뻔할 뻔자야. 아이가 셋이나 된다면서 몸 조심해야지. 나도 곧 아이 아버지가 될려나 봐. 오늘 처음 마누라 입덧을 봤는데 인생관이 달라질 판이야, 돈 벌어야겠다 싶어 돈 될 건 진일, 마른일, 원수 될 일까지도 가릴 것 없다 싶어. 아무리 큰 죄를 지어봤댔자 자식새끼한테 가난을 물려주는 것보다 더 큰 죄가 있을라구, 안 그래? 책들 끼고 다니는 것도 좋지만 책은 돈벌이보다 출세하고 더 가까운 거 아닌감. 그렇지만 자네들이 지금 고등고시를 볼 거야, 뭐 할 거야. 웃기는 얘기지. 난 자네들과 달리 웃음이 헤퍼서 그런지 자네들이 밤 늦게까지 책 끼고 돌아다니는 걸 보니까 배꼽이 다 웃으려고 그래. 낄낄낄……"

그는 맥주에 취한 게 아니라 말에 취한 것처럼 힘 안 들이고 주정을 했다. 아직도 얼마든지 더할 수가 있었다. 그러나 덕환이가 어깨 위에 얹힌 그의 손을 부르르 떨구면서 일어섰다. 얼굴이 핼쑥하고 눈에 침통한 빛이 역력했다. 무슨 신호처럼 좌중을 향해 턱을 그는 한 번 가볍게 휘저었다. 좌중이 우르르 일어나 남상이를 덮쳤다. 남상이는 휘청 시뻘건 모노륨 바닥에 나동그라졌다.

"개만도 못한 새끼."

남상이는 척추가 부러지는 듯한 통증과 함께 시야 가득한 시뻘건 모노륨이 그의 몸에서 방금 쏟아져 나온 선혈일지도 모른다는 공포감에 힘껏 구원을 청했다.

"사람 살려. 이게 무슨 짓들이야, 사람 살려."

발길질은 곧 멎었다. 덕환이가 남상이를 부축해서 일으켰다.

"안 되겠어. 어디가 부러졌나 봐. 업고 병원으로 가. 어디 느이 놈들 두고 보자."

남상이는 덕환이한테 떼를 쓰듯이 몸을 기댔다. 덕환이는 그를 밀어서 곧추세워 놓고 냉담하게 말했다.

"다친 데 없으니 엄살 부리지 말아요. 이 양반 힘은 다 입으로만 모였나. 툭 건드리기가 무섭게 제풀에 나동그라져서 누구한테 엄살이야. 애들아 가자."

"잠깐."

남상이는 몸이 성하다는 걸 확인하고 별안간 표독한 소리로 덕환이를 불러 세웠다. 일행이 일제히 돌아다보았다. 힘을 실컷 못 풀어 어깨로 숨을 쉬며 잔뜩 상기해 있는 일행 중에서 덕환이의 창백하고 침통한 표정이 돋보였다.

"너지? 바른 대로 말해. 너지?"

"뭐가요?"

"몰라서 시침 떼니. 오늘 일을 망친 주동자 말이다. 오늘 일을 고스란히 망쳐놓고도 모자라 특근수당 내놓으라고 외치게 한 주동자 가 너지?"

남상이는 겁 없이 덕환이의 멱살을 쥐며 덤볐다. 다시 덤비려는 일행을 한 손으로 조용히 제지하며 덕환이는 멱살을 잡힌 채 조용 조용 말했다.

"난 모르는 일이오. 우리 회사 일도 아닌걸요. 지금에야 그 경위 를 듣고 나도 우울해하던 중입니다."

"네가 우울해했다구? 아쭈 고상하게 나오는구나. 쾌 우울해? 재 미가 깨가 쏟아졌을 텐데."

"정당한 요구가 통하지 않는다는 건 우울한 얘기죠."

"흥, 한술 더 뜨는구나. 그러면서도 네가 주동자가 아니라구? 그 럼 누가 주동자냐?"

"글쎄 나도 지금 처음 들었대두요. 개네들이 스스로 그렇게 했다 는 걸 왜 못 알아듣죠?"

"흥, 끝끝내 발뺌을 할 셈이로구나. 그럼 누가 마음을 놓을 줄 알 구……."

"정말 무서운 건 주동자 없는 힘일 수도 있어요. 내가 주동자가 아니라고 해서 마음 놓을 일이 아니란 소리죠. 그만 가보세요. 오늘 마신 맥줏값은 형님 앞으로 달아드리죠. 잘 마셨어요."

그들이 먼저 몰려나갔다.

"사람이 좋아 애들을 귀여워하다 보니……."

남상이는 흥미진진하게 구경을 하고 있던 웨이터를 의식해서 이렇게 허세를 부리고 가볍게 옷을 털고 밖으로 나왔다.

그들은 온데간데없고 명동의 불빛은 쓸쓸히 사위어가고 있었다. 마지막 주정꾼을 아직 못 몰아낸 술집과 그들에게 추파를 던지는 여인숙의 불빛이 아직 좀 남아 있을 뿐 과일 한톨 살 만한 가게도 안 남아 있었다.

그는 빈손으로 집으로 돌아왔다. 영자는 우두커니 마루에 앉아 먼 산을 바라보고 있었다. 무슨 생각을 하고 있었을까? 그가 방금 밖에서 당한 망신이 아내에게 비밀인 것처럼 아내가 그동안 무슨 생각을 하고 있었는지 그가 알 까닭이 없다고 생각했다. 또 그 고약한 입맛 쓰고 살이 시린 고독감이 엄습했다.

그는 오늘 뒤늦게 자각한 고독감에 휘둘려 거의 어쩔 줄을 모르고 있었다.

"먼저 자지, 왜 그러고 있어. 홀몸도 아니면서."

그는 짜증스럽게 아내를 방으로 쫓았다. 그리고 신경질적으로 소리내어 마루를 왔다 갔다 했다. 몰매를 맞은 데는 거짓말처럼 아프지 않았다. 그러면서도 만신창이가 된 것 같은 참담한 심정을 주체할 수가 없었다.

10리는 달린 것만큼 좁은 마루를 헤매던 그는 별안간 눈을 빛내면서 골방을 뒤졌다. 겨울에 쓰던 고장 난 석유난로, 아내가 계를 들어 탄 밍크 담요, 스텐 식기, 시커먼 솜 보따리, 누렇게 변색한 신문지 등 아주 헌것과 아주 새것이 함께 쑤셔 박힌 속을 그는 미친 듯이 뒤졌다.

벌써 몇 년째나 무관심했었음으로 그건 없어졌을 수도 있다는 생각이 그를 손끝이 떨리도록 긴장시켰다.

그동안 그 골방 속을 다스리는 일은 순전히 아내의 소관이었다.

찌그러진 비닐가방 속에 든 낡은 종이 쪽지는 버렸을 수도 있었다.

한때 집이 불이 나면 우선 그것 먼저 들고 나와야겠다고 생각할 만큼 큰 가치를 둘 물건이라는 걸 아내가 알 까닭이 없었다. 그건 좀처럼 나오지 않았다. 그는 오밤중에 골방 속으로 잡동사니를 미친 듯이 뒤지면서 중얼거렸다. 없앴을 거야, 필시 그 무식한 게 제 맘대로 없앴을 거야. 그 무식한 게 뭘 알아야지. 그는 미리 그 무식한 것 탓만 하느라 정작 그걸 찾는 일엔 꼼꼼치 못했다. 그가 찾기를 단념하고 나서 아내를 깨워 그 옛날의 비닐가방의 행방을 심문하듯 따지자 아내는 잠결에도 놀라지 않고 그의 손이 한 번 간 잡동사니 중에서 쉽사리 그걸 찾아냈다. 할아버지의 유물은 고스란히 그 속에 있었다. 김구 선생과 함께 찍은 독립투사들의 사진은 좀 더 희미해져 있었고 해가 갈수록 그 질감이 돋보이는 가죽처럼 질긴 한지에 쓴 사발통문은 아직도 그가 해독할 수 없는 고고한 필적뿐이었다. 그는 그것들을 가슴에 안았다. 그것이 그의 몸과 마음에 닿으니 비로소 만신창이가 된 게 몸이 아니라 마음이란 걸, 마음 중에서도 자존심이라는 걸 알 것 같았다.

한때 그는 거기서 뭔가 빛나는 기적이 저절로 움트길 간절히 바란 적이 있었다. 그걸 우습게 알고 드디어 저버리게 된 것도 그런 바람이 헛되다는 걸 알았기 때문이었다. 그 헛된 기대를 버림으로써 그의 실질적인 성년기가 시작된 셈이었다.

그런 그가 지금 그 낡은 종잇장들을 다시 부둥켜안고 새로운 희망이 충만하는 걸 느끼고 있었다.

할아버지, 지금 아내의 몸에서 자라고 있는 아이는 우리 가문의 장손입니다. 그애로 하여금 여기서 움터야 할 빛나는 기적이 되게 하소서.

그는 그렇게 빌고 있었다.

7

서른두 살의 의미

워낙 참견을 좋아하는 고모였지만 오늘 좀 심한 편이었다. 내복까지 하나하나 챙겨주며 잔소리를 하더니 와이셔츠를 위에서 펴드는데 보니까 처음 보는 보라색이었다. 색깔보다는 흐르는 듯 유연한 질감이 못마땅해서 현은 팔을 뒤로 뻗는 대신 앞으로 오므리면서 눈살을 찌푸렸다.

"입어둬. 암말 말고 입어두라니까."

고모는 눈을 희번덕대며 아무도 있을 리 없는 바깥 눈치를 살피는 시늉을 하더니 이렇게 윽박질렀다. 고모의 과장된 몸짓으로 보아 그것을 장만한 게 계모 윤 여사라는 걸 현은 쉽게 알아차렸다.

"고모, 이거 혹시 여자 블라우스 아니우?"

현은 입는 대신 그 관능적인 결을 손으로 쓰다듬어보면서 말했다.

"본견이 돼서 그래. 백 퍼센트 진짜 본견에다가 불란서제라더라. 못 믿겠으면 이 상표를 보렴. 크리스찬 디올도 여기다 대면 밑바닥 서민용이래더라. 값이 얼만 줄이나 아냐? 나 같은 건 눈이 뒤집혀 옮기지도 못하겠다. 느이 새어멈은 통도 크지. 이 비싼 걸 한꺼번에 몇 개씩 사들이니. 입어둬라. 암말 말구 입어두라니까."

"고모도 참, 나도 양심이 있지. 고모는 그 값을 입에 올리기도 벌벌 떠는 물건을 내가 어떻게 감히 몸에다 걸치겠쑤? 세탁소에서 가져온 내 흰 와이셔츠나 꺼내줘요."

"안 돼."

"글쎄 왜들 이래요?"

"오늘은 특별한 날 아니냐? 느이 새어멈이 시키는 대로 해. 다 너 잘되라고 꾸미는 일이니까."

"참 사면초가네. 도대체 고모는 언제부터 그 여자 심복이 됐쑤?"

"인석이 또 그 여자라네. 말 한마디에 천 냥 빚을 갚는다고 그까짓 새엄마 소리가 뭐 그리 어려워서 꼬박꼬박 그 여자냐?"

"새어멈보다는 그 여자가 점잖지 않우? 하긴 고 여우 같은 년이 담박 새어멈으로 승격한 것만도 파격적인 일이긴 하지만……."

"인석이……."

고모가 현을 치는 시늉을 하면서 슬쩍 와이셔츠의 한쪽 소매를 꿨다. 현은 못 이기는 척 남은 한쪽 소매에 손을 들이밀면서 말했다.

"내가 져줘야지. 가정의 평화를 위해."

"인석아, 좋으면 국으로 좋다고 해."

고모는 현이 단추를 끼기도 전에 팔을 끌어 잡아당겨다가 커프스 링크를 끼워주려고 했다. 콩알만 한 자수정 둘레에 커다란 다이아로 세팅한 화려한 링크였다.

"이것도 보나 마나 그 여자 안목이겠구려?"

현은 구태여 반항하지 않고 고모가 하는 대로 몸을 맡긴 채 말했다. 자신의 일에도 꼭 남의 일 구경하듯 책임 없는 호기심이 동하는 걸 느꼈다. 실크 와이셔츠의 감촉은 쾌적했고 호사스러운 자수정 링크는 짙은 감색 양복 소매 끝에서 보일락 말락했다. 대롱대롱 매달리다시피 해서 넥타이까지 매주고 난 고모는 매우 만족한 듯이 말했다.

"어쩜 그렇게 느이 아버지 한참때를 빼다 박았냐? 참말이지 헌헌장부로다."

"그래요?"

현은 거울 속에 비친 자신의 모습을 굳은 표정으로 노려보았다. 그가 지금 몸에 걸치고 있는 건 속속들이 윤 여사의 안목에 의한 거였다. 양복까지도 재단사를 병원까지 보내왔길래 몸을 내맡겼을 뿐이었다. 그러나 어디 한 군데 어색한 데라곤 없었다. 최고급의 가뿐하고 부드러운 질감에 비해 평범하고 수수한 양복 빛깔과 같은 색상의 무늬 없는 넥타이가 와이셔츠와 커프스 링크의 지나친 화사함을 은은한 품위로 바꿔놓고 있었다.

너는 누구냐? 이 괴물단지야.

현은 문득 자신의 얼굴에 더러운 혐의를 걸면서 진저리를 쳤다.

"준비 다 됐냐? 시간 없다."

밖에서 박준 씨가 어흠 큰기침을 하고 나서 점잖게 채근하는 소리가 들렸다.

"거울 더 볼 것도 없어. 야아, 워낙 바탕이 잘났는 데다가 일류 미술가가 마음먹고 꾸며놨으니 금상첨화지. 어여 가봐. 음악회 구경은 딴 구경하고 달라서 시작한 년에 들어가면 무식쟁이 소리 듣는다며? 자아 어여."

고모가 현이 등을 밀어냈다. 차엔 이미 박준 씨와 윤 여사가 타고 있었다. 현은 말없이 앞자리에 올라탔다. 낯선 운전수가 현에게 은근하게 목례를 했다. 이내 차는 가회동 언덕을 미끄러져 내리기 시작했다.

"얼마 만인가? 우리 세 식구가 이렇게 외출하는 게."

박준 씨가 아내에게랄 것도, 아들에게랄 것도 없이 이렇게 물었다.

"처음이에요."

윤 여사가 선선한 목소리로 대답했다. 윤 여사는 목소리뿐 아니라 태도나 처세술까지가 맺힌 데 없이 신선한 게 특징이었다. 그건 또한 상대방의 맺힌 마음까지 선선히 통과시켜주는 매우 편리한 미덕이기도 했다.

"재 성질이 워낙 데면데면해서……."

박준 씨는 자기가 꺼낸 화제가 적절하지 못했음을 뒤늦게 알아차리고 얼른 그 허물을 아들한테 돌리려고 했다.

"아녜요. 피차 여간 바빴어야지요. 그동안."

"그러고 보니 당신 우리 집에 들어온 지도 5년이나 되는구려. 근데도 늘 새사람 같아."

박준 씨가 아내의 손을 잡으면서 감개무량한 듯이 말했다.

"그것도 늘 바빴기 때문이에요."

현은 뒤를 돌아다보면서 윤 여사에게 미소지었다. 고모 말에 의하면 윤 여사는 박준 씨보다 20세나 연하라고 하는데도 둘은 썩 보기 좋은 부부였다. 현의 미소에는 60대와 조금도 추악하지 않게 잘 어울리는 40대에 대한 마음으로부터의 호감이 내포되어 있었다.

그렇다고 윤 여사가 나이보다 늙어보이는 것은 아니었고, 처음에 고모가 무시하고 안심까지 하려던 것처럼 미인 축에는 아예 못 끼는 밉상도 아니었다. 다만 고모가 미인이라고 생각하고 경계하는 타인의 요망한 미모가 아닐 뿐 이목구비가 큼직큼직하고 얼굴의 윤곽이 남자처럼 거친 용모의 약점이 도리어 개성적인 매력으로 돋보이는 만만치 않은 미인이었다. 게다가 개인전도 몇 번 연 적이 있고, 비록 시간강사이기는 하지만 대학에도 몇 군데 출강한 미술가다운 세련된 안목은 깜짝 놀라게 파격적인 옷차림도 거뜬히 특이한 멋으로 소화해내서 보는 사람에게 찬탄과 질투심을 동시에 일으켰다. 그러나 섣불리 아무나 흉내 낼 것도 못 됐다.

현의 생모인 안 여사가 집 나가고서 장장 20년 동안에 박준 씨가 밖에서 끌어들인 여자는 얼굴도 기억할 수 없이 많았지만 정식으로 입적을 시키긴 윤 여사가 처음이었다. 현이가 돌아온 날 고모가 울고불고 하소연한 대로 박준 씨가 정말 새장가를 든 것이다. 입적보다 더 놀라운 건 박준 씨의 윤 여사를 대하는 태도였다. 경애에 가까운 대등한 부부관계는 주위의 식구들이나 친척 하인들에게 솔선수범이 되어 결혼식도 없이 슬그머니 들어앉은 그 여자를 아무도 소홀히 대할 수 없게 했다.

고모에게 처음으로 강적이 나타난 셈이었다. 고모의 오랜 친정살이가 조금도 더부살이 같지 않고 당당하고 긴요했던 것은 친정의 주부 자리가 비어 있기 때문이었는데 갑자기 주부가 둘이 되고 보니 한바탕의 풍파는 누구나 예상할 수 있었다. 그러나 고모는 박준 씨의 새 여자에게 일률적으로 써먹던 고 여우 같은 년이란 호칭을 불과 며칠 안되어 새어멈이란 호의적인 호칭으로 바꿔 부를 만큼 쉽게 누그러졌다.

그건 그 여자가 고모 보기에 예쁘지 않다는 까닭도 있었고, 그 여자 독특한 선선한 사람됨 때문이기도 했지만 가장 중요한 건 그 여자가 결코 고모가 주장하는 살림을 빼앗으려 들지 않았다는 거였다. 그 여자는 자기 일로 매우 바빴다. 일주일에 두 번씩은 지방에 있는 대학으로까지 출강을 나갔다. 살림 사느라 자기 일이 털끝만큼이라도 침해받는 걸 원치 않았다. 여북해야 올드미스 생활을 청산하고 20세나 연상인 박준 씨에게 시집올 마음이 생긴 건 고모처럼 전적으로 살림을 맡아줄 사람이 있기 때문이라고 말하길 서슴지 않을 정도였으니까. 그 여자는 고모의 살림 권리를 존중해줄 뿐 아니라, 가끔 감사의 표시를 하는 데도 소홀함이 없었으니 고모는 신바람이 날밖에 없었다. 고모는 또 그 여자가 몇 군데에 대학을 뛰고 가끔 신문에 그 여자의 동정이 실린다는 게 그렇게 신기할 수가 없었다. 여자가 한 군데 대학교수만 해도 어딘데 몇 군데 대학교수라니 잘나기도 잘났거니와 벌어들이는 돈은 얼마나 많을까 싶은 고모다운 순진한 상상은 고 여우 같은 년이 오죽 재산이 탐났으면 처녀의 몸으로 스무 살이나 손위인 재취라도 마다하지 않았을까 하는 당초의 예상을 뒤엎기에 충분한 것이었다.

그 여자는 고모에게뿐 아니라 현에게도 거슬리게 군 적이 없었다. 간섭하지도 무관심하지도 않았다. 공교롭게도 그 여자가 시집온 것과 현이 집으로 돌아온 것과는 같은 시기여서 둘 다 새로운 생활에 대한 조바심과 호기심, 그리고 빨리 그 속에서 편안해지려는 조바심 같은 걸 가지고 있었고, 그런 공감대 속에서 느껴지는 피차의 존재는 한이불 속에 파고든 오누이의 체온처럼 흉허물 없이 따스한 것이었다.

집으로 돌아온 지 1년 만에 현이 의과대학을 졸업하고 병역 대신 무의촌 근무를 하느라 다시 집 떠나 있게 된 3년 동안에도 그 여자의 새엄마 노릇은 대강대강하는 것 같으면서도 세심했다.

교통이 불편한 강원도 산골짜기에 있는 보건지소에 훌쩍 나타날 때마다 변명처럼 그 여자는 말했었다.

"스케치 여행 다니다가 잠깐 들렀어. 이 근처는 매력 있는 고장이거든. 아무리 자주 와도 싫증이 안 날 것 같아."

그러고는 김치단지나 장조림 따위 밑반찬을 주섬주섬 꺼내놓으면서 투덜댔다.

"고모 성화에 견딜 수가 있어야지. 내가 여행 떠날 눈치만 보이면 어느 틈에 이 따위 냄새나는 걸 남의 여행백 속에다 무단으로 숨겨 놓으니……. 아직은 내 스케치북에서 김치 냄새 같은 거 나게 하고 싶지 않은데 말야."

그러면서 그 여자가 억세고 뻣뻣한 긴 손가락으로 깊이 휘저어 천천히 빗질해 내리는 모습을 보고 있으면 멋쟁이 큰누님을 바라보는 어린 동생처럼 친근감 넘치는 설렘으로 절로 가슴이 울렁댔었다.

이렇게 자기의 일과 고모를 완충지대처럼 사이에 두고 직접적인 마찰을 피함으로써 무난하게 유지돼오던 의붓 모자관계가 최근에 갑자기 달라지기 시작했다. 그건 그 여자가 꽤 적극적으로 현의 중신을 서겠다고 나섰기 때문이다. 규수는 올해 명문대학 음대 졸업반이고, 유수한 기업과 국회의원을 겸직한 명문 대가댁의 재색을 겸비한 외동딸이고, 윤 여사네와는 친척은 아니지만 규수가 자라는 걸 어려서부터 지켜본, 서로 속내가 훤한 집안끼리라는 거였다. 박준 씨와 고모는 그 혼담에 기대하는 바가 컸다.

"참, 꽃다발은 준비했소?"

"네, 학교로 제시간에 배달해주기로 했어요."

"그 댁 정도면 웬만한 건 눈에 띄지도 않을 텐데."

"리사이틀이 아니라 졸업 연주인걸요. 너무 과해도 촌스러워요."

"그래도 구혼자가 보내는 건데 초라하거나 인색하진 않아얄 텐데……."

"그 정도는 저도 신경을 쓸 만큼 썼어요. 아주 로맨틱한 꽃바구니

일테니까 인상에 남겠죠."

"어련하겠어."

현은 뒷좌석에서 부부가 다정하게 주고받는 이야기에 듣는 둥 마는 둥 귀를 기울이면서 화려한 외출이군, 하고 중얼거렸다. 전혀 모르고 있었다고 할 순 없지만, 어느새 구혼자가 돼 있는 자신의 모습에 대한 촌평이었다. 그러다가 약혼자가 돼 있대도 조금도 놀랄 것 같지 않은 자신의 무감각 상태에 그는 고작 차멀미 비슷한 불쾌감을 느꼈다. 차는 번화가를 지나 터널로 접어들었다. 터널 속의 노리끼한 불빛 속에 뒷좌석의 남녀가 낯선 사람의 미라처럼 퇴색 탈육돼 보였다. 현은 눈을 감았다. 자신의 무감각 상태를 그 무엇인가를 주리 참듯 참아내고 있는 상태일 수도 있다고 변명했다. 참아내려고 하는 힘과 폭발하려는 힘과의 아슬아슬한 긴장 상태에서의 평온함, 그는 무엇 때문이라고 할 것도 없이 자신을 이런 관념의 평행봉 위에 세워놓고 바라보려 들었다. 그러나 자신이 주리 참듯 참고 있는 그 무엇은 과연 무엇인지, 그 무엇이 과연 있기나 있는 건지 그는 알 수가 없었다. 그 무엇이 있는 게 아니라면 그것을 참아내려는 노력도 있는 게 아닐 것이며, 그렇다면 이 무감각의 평온함은 평행봉 위가 아닌 아랫목에 깔아놓은 비단 보료 위에서의 안일일 수도 있었다.

고모가 그의 화려한 외출을 도와주고 나서 한 소리가 생각났다. 어쩌면 그렇게 느이 아버지를 빼다 박았냐? 그는 목이 메게 웃음이 복받치는 걸 느꼈다. 그러나 순전히 느낌일 뿐이었다. 차는 터널을 벗어났다. 뒷자리에서 담소는 계속됐다. 현에게 박준 씨야말로 괴물단지였다. 박준 씨가 큰 괴물단지라면 자기는 작은 괴물단지였다. 괴물단지끼리 가장 잘 이해한다고도 할 수 있었지만 자기가 자신을 알 수 없어 괴물단지이듯이 작은 괴물단지로서 큰 괴물단지를 헤아려봤댔자 기껏 그 불가해의 부피의 배수일 뿐이었다.

Y여자대학은 터널을 벗어나서 얼마 안 되는 거리에 있었다. Y여자대학은 그에게 극심한 빈궁 시대를 회상케 했다. 사서 한 고생이었으므로 아직도 남아 있는 원한은 없었다. 그러나 신사복 차려입고 Y여대 앞에서 서성거려본 경험도 없이 대학생활을 보냈다는 걸로 역시 빈궁은 악덕 중에서도 가장 상종 못할 악덕이었다.

아름답기로 소문난 Y여대 캠퍼스지만 한겨울이어서 쓸쓸했다. 그러자 잎을 떨구어 한층 가장 귀한 활달하고도 섬세한 선이 돋보이는 겨울 나무들을 통해 멀리 바라보이는 웅장한 대강당과 고풍스러운 각종 기념관, 근래에 신축한 초현대식 도서관, 동상 등에는 고고한 기품이 서려 보였다.

대강당 앞 주차장은 지대가 낮아 빽빽히 들어찬 각종 승용차가 마치 연못에 부유하고 있는 무수한 물방개의 떼처럼 보였다.

"벤츠 가지고는 명함도 못 들이밀겠는데."

박준 씨는 거기 주차한 승용차의 차종 먼저 감별한 듯 이렇게 중얼거렸다.

"당신도 참, 그까진 걸로 주눅들 거 없어요. 미국서도 고급차는 다 흑인이 모는 것도 못 봤어요?"

윤 여사는 군계일학처럼 거만하고 우아한 동작으로 차에서 내리면서 말했다. 그 여자는 에스코트하려는 박준 씨를 상냥하게 뿌리치고 현을 곁으로 불렀다.

"잠깐만 내 파트너가 돼주련? 사람들에게 너를 자연스럽게 소개할 수 있도록……."

그 여자는 박사도 많이 알고 있고, 회장님, 사장님, 장관님, 의원님도 많이도 알고 있었고, 그 기라성 같은 명사님들 사이에서도 단연 군계일학이었다. 그 여자가 현을 자굴스럽게 제 아들입니다,라고 소개할 때마다 현은 내심 짜릿짜릿했다. 그러나 처음의 짜릿한 거부반응은 차츰 짜릿한 쾌감으로 변해가고 있었다. 박준 씨도 사람을 많이 알기로는 그 여자와 막상막하였으나 그 지면의 질이 달랐다. 박준 씨는 측근이나 자신의 이해관계와 직접적으로 관계 있는 사람 아니면 대강대강 알고 지내는 편이었다. 그래서 김 박사를 이사장으로 부른다거나, 한바탕 악수까지 하고 나서 실례하지만 누구시더라? 하는 식의 건망증을 무슨 특권인 양 고칠 생각 전혀 없이 행복하게 누리며 지내오는 터였다. 이런 박준 씨의 엉성한 지면도에 비해 그 여자의 그것은 자세하고 명확했다. 이를테면 박사님에게 인사시키고 나선 프린스턴이야, 또는 예일이야 하고 상대방의 박사학위의 출처를 현의 귓전에 속삭일 정도였고, 또 장관님이나 의원님을 소개하고 나서는 자유당 말기, 또는 4대니 7대니 하고 그 연대를 1초의 망설임도 없이 정확하게 밝힐 정도였다. 그렇게 명사의 신상에 정통한 그 여자가 명사 중에서도 군계일학 같은 몸으로

다정하게 알은척을 해주었을 때 상대방이 느끼는 충족감……. 비
록 명사일망정 범인과 크게 다를 바 없는 만인 공통의 인정의 기미
에 정통하지 않을 리가 없었다.

로비 활동이 끝나고 대강당으로 들어서면서 그 여자의 파트너는
자연스럽게 박준 씨로 바뀌었다. 대강당의 초만원을 이룬 사람들은
남자는 모조리 별이요, 여자는 모조리 꽃이었다. 하나같이 눈부시
고 향기로웠다. 짝짝짝 그들이 일제히 박수를 쳤다. 인어처럼 몸에
싹 달라붙고 뒤로 살짝 꼬리가 달린 드레스를 입은 아가씨가 나와
절하고 피아노 앞에 앉았다. V자로 파인 등이 희고 매끄러워 보였
다. 손과 목고개가 함께 잔잔하게 혹은 격렬하게 파도쳤다. 장내를
메운 교양 있는 신사 숙녀들은 숨을 죽이고 오로지 황홀경을 헤매
는 것처럼 보였다.

다시 박수 소리가 장내를 진동하면서 잠깐 사람들이 웅성웅성 하
는 사이에 박준 씨와 윤 여사가 프로그램을 보면서 나직하게 주고
받는 소리가 들렸다.

"왜 하필 리스트를 택했을까?"

"그만큼 기교에 자신이 있는 거겠죠."

현은 그들이 음악에 대해 뭣 좀 아는 것처럼 구는 소리를 통해 첫
번 인어 아가씨는 자기가 구혼하고 있는 아가씨가 아니라는 걸 알
아차렸다. 그도 프로그램을 폈다. 리스트는 중간쯤에 한 사람밖에
없었다. 프로그램의 사진들은 우표딱지만 한 크기로 통일돼 있었으
나 각자 이만저만 신경을 쓴 게 아닌 듯 다같이 미인으로 통일돼 있

었다. 황홀경에도 권태가 올 때쯤 그가 구혼하고 있는 아가씨 차례가 되었다. 의례적인 박수에도 권태의 조짐은 역력했다. 현은 다른 연주자에게와 마찬가지로 둘둘 말은 프로그램을 두 손바닥 사이에서 빙글빙글 돌리는 손장난으로 박수를 대신했다. 박준 씨와 윤 여사는 오래도록 열렬한 박수로 며느릿감의 화려한 무대를 반겼다. 현은 그 여자의 길고 예리한 손가락에서 박수를 칠 대마다 광채를 요변하는 다이아몬드가 물끄러미 바라다보였다. 그가 뿌리친 늙고 병들었으되 충분히 고집스러운 어떤 손이 확실한 감촉으로 뒷덜미를 잡는 것 같아서 그는 흠칫 고개를 움츠렸다.

졸업하고 곧장 시작한 무의촌 근무를 불과 한 달도 못 남겨놓고서의 일이었다. 그 이상한 해후가 있었던 것은.

그 이상한 해후는 모든 운명적인 게 그렇듯이 전혀 예고 없이 왔다. 그 무렵 유난히도 마지막 한 달에 신경이 쓰였던 것은 사실이다. 그래서 그 한 달이 그의 일생을 통틀어 잡아먹은 듯이 길고 엄청나게 느껴졌다가, 갑자기 돌변해서 올챙이 꼬리처럼 흔적도 없이 사라지고 시침 딱 뗄 것 같아 아쉽고 허망하게 느껴졌다가, 갈피를 잡지 못하고 헛된 조바심만 해댔다. 그러나 이런 조바심이 특별한 조짐은 아닌 것이, 군복무를 미리 마친 친구들한테서도 비슷한 체험담을 더러 들은 적이 있었다. 병역의무 기간 중 가장 어려운 고비는 훈련기간이나 고된 이등병 시절이 아니라 바로 제대하기 전 석 달 동안이라고들 했다. 그동안의 조바심이 병적으로 고조되면 탈영이나 정신질환으로 나타날 수 있다고도 했다. 그의 마지막 조바심도 그런 예로부터 크게 벗어나는 게 아니란 걸 알고 있었다.

그런 심리상태 말고 그날 일어난 특별한 사건으로 지금까지 잊혀지지 않는 건 화전민 마을 천 씨와의 피곤한 말다툼과 그 씁쓸한 뒷맛을 들 수 있었다. 천 씨는 그가 부임한 보건지소의 첫 환자이자 끝끝내 그의 속을 썩이고, 마지막엔 이놈 저놈 욕설까지 퍼붓고 헤어진 환자였다. 천 씨는 처음 보건지소를 찾아왔을 때부터 자신의 병에 대한 유식과 확신이 대단한, 의사로선 가장 달갑잖은 환자였다. 천 씨는 다짜고짜 해소와 토질에 먹는 약을 지어 달라고 했다. 누가 해소고, 누가 토질이냐고 했더니 자기가 그렇다는 거였다.

"그런 진단은 어디서 받으셨죠?"

돌팔이라기보다는 아직 애송이 의사인 현은 순진하게도 이렇게 물었다.

"아, 밤새도록 기침을 해싸서 잠을 제대로 못 자서 해소고, 이리로 옮겨오고 나서부텀 기부족증이 버썩 도져서 피가래까지 나오니 토질이 아닌감요. 지가 몸에 관해서 아무러면 그것도 모르간요? 미물도 지 몸 중한 것 아는데 사람이 지 몸 간수는 지가 해야죠."

밭은기침과 수척한 몰골로 보아 결핵일 가능성이 농후했으나 진찰은 막무가내였다.

"글쎄 아는 병에 진찰은 뭐러 하간요. 진찰할 비용으로 해소약하고 토질약 하나 지어줘요. 여러 소리 말고!."

시설이라곤 전무한 상태에서 이런 유식한 벽창호에게 엑스레이를 찍고 담검사를 받을 수 있도록 주선하고 무료로 결핵약을 타게 하기까지는 거의 1년이 걸렸지만 끝내 그가 결핵이라는 걸 납득시키진 못했다. 그런 밉상의 외고집을 위해 보건소로 도립병원으로 뛸 수 있었던 것은 오로지 애송이 시절의 순수한 정열 때문이었지, 차츰 그런 환자에 신물이 나면서 냉담해졌다.

보건소를 찾는 환자는 대체로 두 가지 부류로 나눌 수가 있었다. 천 씨처럼 자기 병을 미리 알고 거기 집착하는 별난 유식쟁이들 아니면 자신의 증세를 무슨 보물처럼 숨기고 의사가 족집게 무당처럼 집어내주지 않으면 단박 무시하고 등을 돌릴 준비부터 하고 있는 음흉한 사람들이었다. 천 씨 때문에 마음으로부터 속썩은 것은 애송이 시절의 순진성 때문이었지 차츰 그런 사람을 다루기에 능해졌다. 천 씨에게 결핵약을 먹일 수 있었던 것도 결핵약을 토질의 특효약으로 속일 수 있을 만큼 융통성이 생긴 후였다.

그는 가끔 그곳에서의 의료 행위의 무의미성과 외로움에 미칠 것 같을 때가 있었다. 그곳에서의 3년 동안이 비록 그가 천신만고 졸업한 의학공부의 결과가 아니라 과정일 뿐이라는 걸 알고 있다고는 하지만 견디기 힘들었다. 근원적인 회의는 잠시 덮어두고라도 외로움이라도 덜지 않으면 미칠 것 같았다. 그럴 때마다 성혜의 모습이 싱싱한 그리움으로 떠올랐다. 입술이 달리아 꽃처럼 진하고 여자답지 않은 진지한 대화로 그를 피곤하게도 어리둥절하게도 하던 여자, 그가 영자로부터 벗어나기 위해 파렴치한 방법으로 이용한 여자……. 그 후 그녀는 분만장 근무를 그만두고 어디로 갔는지 우연히라도 한 번도 마주친 적이 없었다.

그녀가 의료 혜택이 극소수에 편중됨으로써 그 극소수에 의해 얼마나 낭비되고 사치의 일종으로까지 전락되고 있나를 지적하며 분노하던 때의 모습이 특히 생생했다. 그녀는 지금도 그런 분노를 자아내는 현장에 있는 것일까? 결혼해서 평범한 가정주부 노릇을 하고 있는 것일까?

그때 그는 그녀의 분노에 냉담했었다. 지금 그가 있는 자리 역시 그녀가 분노한 현장과는 정반대의 현장이었다. 그러나 가장 밀접한 연관성이 있는 자리인지도 몰랐다. 서로 상반된 위치에서 우리의 전반적인 의료 문제를 재조명하면서 진한 공감에 도달하고 분노를 불태우고 싶었다.

"이 이상 더 나빠져선 안 돼요."

성혜가 간곡하게 절규하고 항의하던 일은 의학 발달의 최첨단의 턱밑에서도 일어나고 있었지만 거기서부터 가장 먼 곳에서도 일어나고 있었다. 그것이 넘치는 곳에서 일어나는 폐단과 똑같은 폐단이 그것이 모자라거나 아주 없는 고장에서도 일어나고 있었다. 성혜가 진지하게 고민하던 그것의 적절한 분배의 문제가 문득 문득 그를 사로잡으려고 했다. 혼자서 그 문제에 사로잡혀봤댔자였지만 그 문제가 끝내 외로움보다 큰 문제가 되지 못하고 만 것은 계모 윤여사의 시기 적절한 방문 때문이기도 했다. 스케치 여행차 지나가다 들른 것처럼 가끔가끔 나타나는 그 가장 도시적인 여자는 말없이도 현의 부질없는 갈등을 도시적인 입신출세 쪽으로 쉽사리 무마시켜놓고 가곤 했다.

무의촌 근무 3년을 거의 채워갈 무렵엔 마지막 조바심 의엔 그런 유의 갈등이나 고민은 거의 없었다. 지성껏 약을 지어주었음에도 불구하고 거의 차도가 없는 천 씨가 몹시 서둘면서 보건스에 나타나는 걸 보았을 때도 첫 환자였는데 완쾌시키고 떠났더라면 하는 감상적인 마음과 천 씨야말로 이곳에서의 의료 행위가 얼다나 헛되고 헛수고였다는 산 표본일 뿐이다라는 독한 마음이 반반씩이었다. 천 씨는 서두르고 있었고 몹시 상기해 있었다. 그는 다짜고짜 알부민 주사약을 내밀면서 놓아 달라고 했다.

"이게 어디서 났습니까?"

"왜 나 겉은 놈은 이런 비싼 주사약 좀 노면 안 되는 법이라도 있답디까?"

그는 다짜고짜 이렇게 시비조로 나왔다.

"그게 아니라요."

"도둑질한 건 아니니까 선생님은 안심 푹 놓고 놓아주기나 해요. 나라고 뭐 언제꺼정 그 듣지도 않는 공짜 약만 먹으란 법 있나요? 말이야 바른 대로 말이지만두 내가 그까짓 공짜 약을 먹었을 것 같소? 처음엔 멋 모르고 몇 봉 먹어봤지만 아무리 공짜라도 효력이나 읊으면 그냥 읊을 것이지, 왜 병이 더 도지냐 말요? 그냥 속이 쓰리고 헛구역질이 나는데 그놈의 공짜 좋아하다 지레 죽기 알맞겠더라니까. 난 이래 봬도 공짜라면 양잿물도 마시는 그런 놈은 아닌 걸 선생도 알고 있는 게 좋을 거요. 못나진 않았어도 선생이 설마 나 해코

저 일부러 그런 약을 줄 리야 있겠는가 싶어 좋게좋게 받아두는 인정머리꺼정 없을 수가 없어 내 그동안 받아 챙겨둔 약이 아마 한 고리짝은 실할 것이니 못 믿겠으면 와보시오."

천 씨는 그동안 몰래 베푼 자선사업이라도 실토하듯이 자비롭고도 자랑스러운 얼굴로 이렇게 지껄였었다. 현은 순간 눈앞이 샛노래지도록 노여움이 복받쳐 처음으로 욕지거리를 퍼부었던 것 같다. 천 씨도 지지 않고 이놈 저놈 하고 대들었다.

"이놈, 공짜 약은 어디서 지성으로 갔다가 멕이더니 왜 공짜 주사 한 방 놓아주긴 그렇게 세도냐? 그게 어떻게 산 주사약인 줄이나 알고 네놈이 세도를 부려도 부려라. 애비가 생전 듣지도 않는 공짜 약이나 얻어먹으면서 죽어가는 걸 보다 못해 막내년이 도회지에 나가 식모 살아 사 보낸 주사약이다. 이거 맞고 두 방만 더 맞으면 거뜬할 거라고 도회지 약국에서도 장담을 했고, 아랫마을에서 웬만큼 농사 짓는 사람치고 이 주사약이 산삼만 못하지 않다는 걸 모르는 사람 없더라. 이놈. 네놈이 됐다 죽은 사람 소원을 풀어주려고 산 사람 소원을 모르는 척하냐? 이놈."

현은 시비를 먼저 걸었던 것과는 딴판으로 그런 모욕적인 언사를 말없이 잘 견디었다. 식모 살아서 보낸 주사약이란 소리가 그를 갑자기 무력하게 했다. 운수 나쁘게도 간호 보조원은 출타 중이었다. 그는 천 씨를 침대에 눕히고 손수 주사를 놓아줄 준비를 했다. 그때였다. 행복원으로부터 왕진을 청해왔다. 행복원은 보건지소보다 훨씬 읍내에서 가까운 곳에 있었고 또 원장이 의사라는 소문이어

서 3년 동안 한 번도 현과 연이 닿은 일이 없는 정박아 수용기관이
었다.

왕진을 청해온 소년 역시 정박아인 듯 외마디 소리와 손짓 발짓으
로 허풍이 대단했지만 왠지 현은 그 일을 피하고 싶었다. 그는 급한
환자를 돌보고 있는 중이라고 핑계를 댔지만 소년의 고집은 대단해
서 현의 바짓가랑이에 매달려 몸부림치며 엉엉 울어댔다. 마침 간
호원이 돌아와 그는 그 일을 피할 수 없게 됐다. 그는 마지못해 소년
과 동행했다. 병신 자식들을 꼬여다가 가두어놓고 사역을 시킨다는
마을 소문에 의해 추측한 것과는 달리 아담하고 양지바르고 위생적
인 건물이었다.

겁에 질린 소년들이 에워싼 한가운데 눈을 까뒤집고 경기하고 있
는 소년을 보듬어 안고 있던 노부인이 그를 쳐다보았다.

현은 노부인이 그의 생모라는 걸 단박 알아보았다. 노부인도 그
를 알아보았는지 알 수 없었다. 노부인은 현을 기어코 그곳까지 왕
진토록 한 소년의 고집과 허풍과는 딴판으로 침착했다. 하다못해
의사를 기다리고 있었던 기색조차 엿보이지 않았다.

처음부터 내키지 않는 왕진이었다. 게다가 환자의 증세가 의무적
인 무의촌 근무를 치르고 있는 보건지소장으로선 일시적인 도움도
근원적인 치료도 불가능한 전간발작이었기 때문에 천 씨 건으로 가
뜩이나 엉망이 된 마음이 까닭 모를 분노와 자기 혐오로 망막해지
려다 말고 생모를 만난 것이다. 순간 그는 자신의 의식이 냉담하고
투명해지는 걸 이물질의 촉감처럼 분명하게 느꼈다. 보건지소에 근

무하는 동안 편의상 망각하고 있던 한 사람의 의사로서의 자존심이 발끈 그의 내부에서 적의에 가까운 날을 세우면서 그는 마치 태어날 때부터 의사였던 것처럼 냉담하고 능숙하게 대처했다. 소년의 경련은 전형적이었다. 까뒤집은 것처럼 크게 뜬 눈에서 공허한 눈알은 좌우로 심하게 흔들리고 얼굴은 지옥의 고통을 연상하리만큼 무섭게 찡그리고 팔은 주먹을 꽉 쥔 채 뒤흔들리면서 경련하고 있었고, 호흡은 멎은 것처럼 사색인데 혀를 내뺀 입에서 거품이 부글부글 끓어오르고 있었다.

현은 우선 환자가 혀를 깨물지 않도록 이 사이에 뭔가를 삽입해주려고 입을 벌려 보았지만 벌써 탈지면에 싼 딱딱한 게 삽입돼 있었다. 허리띠나 단추를 풀어놓은 일도 이미 돼 있었다.

"아이들을 내보내고 커튼을 치시지요."

현이 할 일은 겨우 그 말밖에 남아 있지 않았다. 노부인이 미처 뭐라고 말하기 전에 현에게 왕진을 청하러 왔던 소년이 현에게 왈칵 덤벼들더니 현의 옷을 쥐어뜯으며 울부짖었다.

"아야, 아야, 죽어 죽어……."

저대로 놓아두면 아파서 죽을 테니 빨리 어떻게 좀 해보라는 절절한 애걸이 현의 싸늘한 무력감을 흔들었다. 현은 환자를 외면하고 소년을 안았다. 딴 원아들은 노부인의 눈짓 하나로 슬금슬금 그곳을 물러났다. 소년의 몸은 키에 비해 가뿐했다. 비록 더럽지는 않았지만 지나치게 검소하고 헐렁한 옷 속의 몸뚱이의 감촉이 섬뜩하도록 앙상했다. 현은 소년을 부둥켜안으면서 힐난하듯이 노부인을 쏘아보았다. 노부인의 변함없는 침착하고 온화한 태도는 현의 이런 시선을 가볍게 튕겼다.

현은 그에게 안긴 채 보채고 있는 소년의 눈을 환자로부터 가려주면서 등을 토닥거렸다.

"곧 나을 거야. 울지 말아. 쟨 지금 아픈 게 아니라 좀을 자는 거란다. 잠을 자면서 못된 꿈을 꾸는 거란다. 못된 꿈이 지나가견 곧 새근새근 잠을 잘 테고 잠을 다 자고 나면 못된 꿈에 대해 아무것도 모를 테니 두고 보렴. 자아, 이제 친구의 얼굴을 봐도 되겠다. 못된 꿈이 지나갔나 보다."

경련이 스르르 멎고 평온한 수면 상태로 들었기 때문에 혼은 소년의 눈을 가렸던 손을 떼어주면서 말했다. 노부인은 환자를 눕히고 아랫도리를 벗겼다. 환자는 경련 중 펑 하게 오줌을 싸놓고 있었다.

"보렴, 자면서 오줌까지 싼걸. 너도 자다가 오줌 싼 적 있을걸."

소년이 고개를 끄덕이면서 수줍어했다.

"대식아, 이제 됐으니 나가서 형들하고 놀아야지."

노부인이 소년에게 말했다. 부드러웠으나 거스를 엄두를 못 낼 만큼 명령조였다. 소년이 손톱을 질경질경 씹으며 몇 걸음 물러났다.

"손 빼고……."

노부인이 나직하고 위엄 있는 소리로 명령했다. 소년이 손을 빼서 뒤로 감추었다. 고질적인 듯 손끝이 흉하게 짓물러 있었다. 현은 부지불식간에 소년을 붙잡았다. 그의 생모와 단둘이 남겨지는 일이 두려웠다. 그는 아직 생모도 그를 알아보고 있는지조차 모르고 있

었다. 그러나 노부인의 명령은 절대적인 듯 소년은 그를 뿌리치고
뛰어나갔다.

"옆방에서 차나 한잔 같이 하자꾸나."

노부인이 좀 전에 소년에게 했던 것과 똑같은 정감 없는 명령조로
말하며 일어섰다. 부숭부숭한 파자마로 갈아입힌 환자는 죽은 듯이
곤히 잠자고 있었다. 그러나 끔찍한 발작의 흔적인지 본바탕인지
암울하고 불행한 얼굴이었다.

현은 절로 한숨을 쉬었다. 그리고 얼른 노부인 뒤를 따랐다. 옆방
은 정결하고 간소한 사무실 겸 응접실이었다. 노부인은 사무실을
지나쳐 거기 붙은 사실로 그를 인도했다. 그는 가슴이 답답하고도
울렁거렸다. 바닥은 장판방인데 유리창으로 돼 있는 한쪽 벽은 충
충한 녹색 커튼으로 가려놓고 침대가 놓인 방구석 역시 커튼으로
가려놓고 있었다. 주름이 풍부한 창을 가린 커튼이 바깥의 빛을 반
나마 차단하고 있어서 노부인의 표정은 모호했다.

"알고 계셨군요."

현은 노부인이 그에게 거침없이 해라를 하던 것을 그제서야 상기
하고 떨리는 목소리를 가다듬어 이렇게 물었다. 노부인은 대답하지
않고 방석을 두 개 꺼내어 그에게 권하고 자기도 깔고 앉았다. 그는
편히 걸터앉을 수 있는 응접실을 놓아두고 굳이 방에 쭈그리고 앉
게 하려는 노부인의 속셈에 막연한 혐오감을 느꼈다. 침묵이 흘렀
다. 그는 억지로 밭은기침을 몇 번 했다. 노부인이 조용히 말했다.

"너는 그때 열 살이었다. 에미란 자식 곁을 떠났다고 해서 자식

키우는 일을 그만두지 못 한단다. 너는 지금 내가 여지껏 마음속에서 키워온 내 자식하고 똑같은걸."

현은 심한 낭패감을 느꼈지만 그걸 밀어내듯이 격앙된 목소리로 말했다.

"구태여 모성을 신비화시키지 않더라도 그건 조금도 신기한 일이 아닐걸요. 그동안 결코 마음속으로 어머니를 모셔온 일 없는 게 역시 단박 어머니를 알아보았으니까요."

"그야 핏줄이니까. 내가, 에미 노릇을 제대로 못 한 내가 에미 노릇을 신비화시키려고 하다니 당치도 않아. 그렇지만 핏줄이란 신비한 거 아니겠니?"

"아뇨."

현은 거침없이 치를 떨며 싸늘하게 말했다. 방 안의 어둠에 익숙해지면서 먼저 노부인의 눈이 눈물로 그렁한 게 보였다.

"우리가 첫눈에 알아본 것에 어떤 뜻을 붙이지 마세요. 국민학교 2, 3학년 때 헤어진 친구라면 설사 친하지 않은 사이였다 하더라도 이삼십 년 후에 단박 알아보는 일은 흔해빠지니까요."

현은 짐짓 냉소적으로 말했다. 커튼이 만들어준 어둠이 눈에 쾌적할 만큼 엷어질수록 노부인의 얼굴도 분명해졌다. 표정이 온화하고 주름이 깊지 않고 피부도 깨끗하고 팽팽한 편이었다. 머리는 보기 좋은 반백이었지만 눈엔 눈물자국 대신 확고한 목적이 있는 젊은이 같은 어떤 의지를 담고 있었다.

"대강의 소식은 듣고 있었다."

"떠나시려면 깨끗이 떠날 일이지 집에 염탐꾼을 남겨놓고 떠나셨던가요?"

"염탐꾼 없이도 소식이야 못 듣겠니? 마음만 있으면 말야. 이 좁은 땅뎅이 안에서."

"전 어머니 소식을 들은 적이 한 번도 없어요. 같은 좁은 땅뎅이에서 살건만도요."

"그래서 마음만 있으면이라고 안 했나?"

"그러니까 마음이 부족해서 어머니를 찾지 않았단 말씀인가요?"

"얘야, 내가 말을 잘못했나 보다. 고깝게 듣지 말거라. 나는 섭섭해할 자격도 없는 에미다."

"말을 자꾸 돌리지 마세요. 지금 중요한 건 그게 아니잖아요."

"그것도 또 다른 것도, 아무것도 중요한 건 없다."

현은 그때 노부인의 손을 보았다. 노부인은 무릎 위에서 열심히 손을 부비고 있었다. 무의식적인 행동 같기도 하고 손의 떨림을 감추기 위한 행동 같기도 했다. 손톱이 닳고 마디가 굵고 거칠고 투박한 손이었다. 이런 손은 아직 곱고 점잖은 티가 가시지 않은 얼굴과는 딴 사람의 것처럼 생소하면서도 표정이 정직했다. 내심의 혼란과 흥분을 감추지 못해 어쩔 줄 모르고 있었다. 현은 그 손이 나타내고 있는 혹독한 근로의 자국과 현재의 아프고 쓰린 마음이 함께 안쓰러우면서, 문득 어머니가 집 떠나기 위해 포기한 것들이 생각났다. 우아하고 고풍스러운 한옥과 기능적이면서도 육중한 양옥과 자연 그대로의 동산이 함께 들어앉은 드넓은 가회동 집, 한 번도 몰락

함이 없이 재력과 세도의 편에서만 이어져 내려온 가문, 처세와 치재에 뛰어나고 관대하고 잘생긴 남편, 삼 형제나 되는 아들들, 값으로 따질 수 없는 패물과 보석, 그리고 숱한 모피…….

현은 지금까지도 고모가 어머니가 버리고 간 것 중에서 베이지 색 밍크코트를 떨쳐 입고 온몸으로 진저리를 치면서 하던 말을 잊지 않고 있다.

"도대체 어떤 놈하고 정분이 났길래……."

그때 그는 그런 말귀를 알아듣기엔 아직 어렸지만, 그 그지없이 부드럽고 조밀한 밍크털이 고모의 허풍스러운 진저리에 따라 민감하게 곤두서는 것 같았고, 그래서 고모가 고모가 아닌 아름답고도 잔인한 맹수처럼 보여서 덩달아서 온몸의 털끝이 오싹 일어서는 것 같은 공포감을 맛보았었다. 어려서 들은 못 알아들은 말은 금방 잊혀지게 마련이건만 그는 그 말을 결코 잊지 못했다. 자라면서 그 말의 뜻을 이해하게 되자 그때의 터무니없는 공포감은 이유가 분명한 불결함으로 변했다. 무서운 것도 그랬지만 더러운 것 역시 멀찌거니 있을수록 좋았다. 그의 의식은 끊임없이 외간 남자와 정분이 난 그의 어머니를 멀찌거니 도저히 찾아낼 수 없이 먼 곳으로 밀어내는 일을 해왔었다.

어머니의 가출이 완벽했던 건 어머니가 감쪽같이 숨어 있었기 때문이 아니라 아무도 어머니를 찾으려 들지 않았기 때문인지도 모른단 생각이 들었다. 그러나 그는 왠지 자신의 마음 없었음을 솔직하게 시인할 수가 없었다. 그의 앞에서 늙은 여자의 손은 아직도 자신의 굳센 의지와는 상관없이 부들대면서 무의미한 손장난을 계속하고 있었다. 마음 없었음을 단박 인정한다는 건 이 늙은 여자에게 얼마나 잔인한 일이 될 것인가, 하는 정도의 연민이 그의 속에서 우러나고 있었다. 그러나 눈앞의 여자가 불쌍하고 늙은 여자 이상이 되진 못했다. 요컨대 그의 연민은 심각하지 않았다. 그는 변명처럼 중얼거렸다.

"아무리 마음이 있다고 해도 이 산골에서 이런 일을 하고 계신 걸 무슨 수로 연락이 닿습니까?"

"처음부터 이 구석에 틀어박혔던 건 아니다. 생활도 10년이 넘었지만 한 10년은 같은 도회에서 살았댔는걸."

"그러면 역시……."

어떤 남자와 정분이 났었느냐는 말을 입속에서 웅얼거리기가 입맛 고약해서 그는 얼굴을 찡그렸다.

"그러면 역시라니?"

"아, 아녜요."

"말해봐라. 괜찮다. 앞으로 다시 만나게 될지 못 만나게 될지는 모르지만 서로를 이해할 수 있는 실마리를 한 가닥씩 얻어가지면 안 되겠니? 서로 남남끼리도 아니겠다. 그 밖엔 아무것도 너한테 바라는 게 없으니 믿어다오. 느이 집에 새사람이 들어와 살림 잘하고 있는 것까지 알고 있으니까."

"참 일방적으로 여러 가지 알고 계시군요."

"끝내 비꼬기만 할 셈이냐?"

“아뇨. 그때 그렇게 다 팽개치고 나가셔서 급하게 처음으로 가신 데가 어딘가요?”

정분난 남자가 도대체 어떤 놈팽이였느냐는 소리를 그는 이렇게 점잖게 돌리면서 도무지 맹랑하달 수밖에 없는 장난기가 스멀스멀 그의 오장육부를 기는 걸 느꼈다.

“나는 변변치 못한 구식 여자다. 친정에밖에 갈 데가 더 있냐?”

“그렇군요?”

“그렇구나라니? 여적지 친정 신세지.”

“농담 마세요. 여기가 어떻게 친정이 됩니까?”

“여기 원장님이 느이 큰외삼촌이 되신다. 지금은 츨타중이시지만.”

노부인은 이제 손장난을 멈추고 있었고 따라서 침착성과 위엄을 회복하고 있었다. 어머니라는 걸 알아본 것이 곧 어머니답게 느끼는 걸로 연결되지 못한 깊은 단절감 속에서 그는 몰래 허우적대고 있었다.

“차를 주신다더니.”

“아 참, 내 정신 좀 봐.”

심부름 하는 애도 없는지 노부인이 손수 자리를 떴다. 갑자기 생각난 갈증 때문에 잠시나마 구원받을 수 있었다 싶게 그동안이 편안해서 그는 기지개를 켰다. 그리고 충충한 커튼 자락을 들썩이고 밖을 내다보았다. 정박아의 집보다는 절터였으면 좋을 듯싶게 둘레의 산수가 빼어나고 남향의 터전은 편안하고도 드넓었다. 신흥 주택가의 어린이 놀이터를 방불케 하는 색칠한 시소, 그네, 미끄럼틀, 늑목 등이 알맞게 자리잡고, 꽤 넓은 텃밭에선 끝물 고추가 곱게 물들고 무, 배추가 청청했다. 몸이 이상한 모양으로 비뚤어진 소년이 혼자서 미끄럼틀을 미끄러운 쪽으로 반쯤 기어오르다간 미끄러지는 게 보일 뿐 마당은 텅 비어 있었다. 마당가의 코스모스를 어지럽게 흔들면서 소슬한 가을 바람이 지나갔다. 저녁나절이었다. 해는 이미 져서 보이지 않고 햇빛만이 낙타등같이 생긴 동쪽 산봉우리에 남아 있었다. 군데군데 단풍으로 수놓은 두 개의 산봉우리는 농축된 햇빛을 받고 눈부시고 쓸쓸하게 빛났다. 아직도 산간에 남아 있는 밝음은 두 개의 산봉우리에서 되쏘는 빛 때문이었다. 그나마 잿빛 어둠에 쫓겨 허둥지둥 산봉우리로 기어오르는 황망한 속도가 그대로 눈에 보였다. 그게 곧 시간의 속도라는 생각이 그를 으스스하고 허허롭게 했다. 마침내 두 개의 봉우리 중 높은 봉우리 위에만 빛이 맷방석만큼 남고 골짜기는 공룡이 서리서리 또아리 틀고 있는 것처럼 검고 음흉해 보였다. 미끄럼틀을 미끄러운 쪽으로 기어오르던 소년이 또 한 번 미끄러져서 모래밭에 사지를 뻗는 게 보였다.

그는 커튼을 여몄다. 그리고 돌아섰다. 돌아서면서 방구석에 있는 앉은뱅이 책상 위 사진틀 속에서 웃고 있는 사내아이의 모습을 보았다. 방은 침침했지만 그게 자신의 어린 시절의 모습이라는 걸 그는 믿어 의심치 않았다. 보석, 모피, 예금통장에만 눈이 팔려 아무도 사진 몇 장 없어진 것쯤을 눈치채지 못했으리라.

노부인이 쟁반에 다기를 받쳐 들고 들어왔다.

"여기서 내가 심어서 거둔 잎찬데 입에 맞을려나 몰라."

차를 미리 넣어가지고 온 듯 투박한 사기 주전자에서 찻잔에 따르는 물은 김이 모락모락 나고 노리끼하고 향긋했다. 현의 잔에 반쯤 따르고 자기 잔을 반쯤 채우고 조금 쉬었다가 자기 잔을 채우고 현의 잔을 마저 채워주는 게 잎차 따르는 격식인가 싶으면서도 현은 못마땅하고 짜증스러웠다. 그는 일부러 차를 후우후우 불어가며 마셨다.

"차나무도 기후를 타는지 내가 맛본 것보다 못한 것 같아."

아니라고, 좋다고 추켜주길 바라는 겸사의 말 같아 그는 못 들은 척하고 대폿잔 비우듯이 찻잔을 비웠다.

"그렇지만 커피차보다는 영양이 있을 거다 너."

노부인이 뭔가를 애써 참는 것처럼 힘겹게 웃었다. 어쩌면 나를 얼싸안고 싶은 걸 참고 있는지도 몰라. 그런 생각이 퍼뜩 떠오르면서 절대로 그런 일이 있게 해선 안 된다고 생각했다. 미연에 방지, 미연에 방지……. 그는 무턱대고 씩씩해져서 대들듯이 말했다.

"제 소식을 듣고 있었다고 하셨죠? 그럼 이 고장 브건지소에 와 있다는 것도 아셨겠네요? 그렇죠? 제가 이 고장에 온 지가 벌써 3년쨌걸요. 떠날 날도 며칠 안 남았어요. 참 그것까지도 알고 계셨던 거 아녜요?"

"아니, 둘 다 모르는 일이야. 정말이다. 군대 대신 무의촌 근무를 하게 됐단 소리만 어렴풋이 들었을 뿐이야."

노부인이 눈에 띄게 당황하면서 말했다.

“근데 왜 그렇게 놀라세요? 네?”

“그걸 알고 있었다면 너는 나를 당장 죄인으로 몰아붙일 것 같아 지레 겁이 나서 그런다. 그런 눈으로 나를 보지 말아, 싫다.”

“죄가 없는데두요?”

“너 말버릇이 고약하구나. 그게 죄라면 넌 나한테 무슨 벌을 내리련. 그렇지만 모르고 있었는 게 사실인걸. 지척에 네가 있다는 걸 알고 있었으면 얼마나 좋았을까. 생각만 해도 가슴이 울렁거린다만 이미 놓쳐버린 기쁨인걸. 다 지나간 일이야.”

한 마리의 잠자리나 나비, 아니 한 줌의 물이나 햇빛을 잡았다 놓친 소녀 같은 애절한 슬픔이 노부인의 얌전한 얼굴에 그림자처럼 서렸다. 현은 그런 것에 얼핏 약해져선 안된다고 생각했다.

“아까 그 아이의 발작은 처음이 아니었죠? 미리 해놓은 처치도 완벽했어요.”

“그야 외삼촌이 하시는 일을 늘 봐왔으니까.”

“소문에 의하면 원장이 의사라던데 정식 의산가요?”

현은 의식적으로 외삼촌이란 말 대신 원장이란 말을 썼다.

“그럼 정식 의사고말고. 넌 워낙 무병해서 그 외삼촌 신세를 별로 안 졌다만 느이 형들만 해도 느이 아버지 몰래 툭하면 내가 용산에 있는 외삼촌 병원까지 업고 가곤 했댔지.”

“왜 아픈 자식 병원에 데려가는 일을 아버지 몰래 하셨어요? 아버지가 그렇게 무지막지한 분이었던가요.”

“아니다. 오히려 너무 반대여서 어려웠단다. 느이 아버지가 권위 좋아하는 건 너도 알지? 박사 학위니 큰 대학 병원 과장 선생님이니 하는 거 말이다. 느이 외삼촌은 박사도 아니거니와 전문의도 아니었는걸. 느이 아버지한테 돌팔이라고 무시받기에 적격이었지. 그렇지만 나한테 그분처럼 좋은 의사는 없었어. 무엇보다도 내 자식 병을 진심으로 같이 걱정해주었으니까. 함부로 주사 놓지 않고 웬만해선 약도 안 주고 곧 괜찮을 거라고 하면 그대로 됐고, 애아범한테 알리고 큰 병원에 가보라고 하면 서둘러서 그렇게 해야 했고……."

"그래 가지고야 병원인들 제대로 운영이 됐겠어요. 종당엔 이 두메산골까지 흘러와서 노후를 보내는군요."

"아니다 애, 그건 틀려. 외삼촌 병원은 그 동네에선 꽤 알아주는 병원이었단다. 돈도 애들 남부럽지 않게 공부시킬 만큼 벌고 존경도 받고……. 그러다가 막냇자식이 뇌성마비로 사람 구실 못 하게 되는 바람에 이런 걸 차리게 된 거지. 여기가 고향이고 이 산도 외삼촌 명의니까 여러가지로 시작하기가 편했지. 나도 건강이 좋지 않았는데 이리로 오고부턴 이렇게 건강하고……."

"일은 잘되나요? 이런 일은 여간 재력이 뒷받침 없인 어려울 텐데."

"온전치 못한 아이들도 도회지를 좋아하는 건 온전한 사람 못지않아서 원생도 많지 않고, 땅에서 나는 소출도 좀 있고, 막내만 그 모양이지 딴 자식들은 다 잘돼서 외국 가서 살면서 다달이 송금도 해주고 하니까 꾸려갈 만하다. 애들은 그런대로 행복래."

"행복원이니까요."

“넌 마치 여기 아이들의 행복을 의심하는 투구나.”

“정박아라고 해서 배고프지 않게 먹여만 주면 다가 아닐걸요. 장차 자립할 수 있도록 기능 교육을 시키는 데 비로소 수용의 의의가 있는 거죠.”

“넌 어째서 우리가 그걸 안 한다고 생각하니?”

화제가 행복원 아이들 얘기로 바뀌면서 노부인은 터무니없이 당당해져 있었다. 현은 그게 싫지 않았지만 짐짓 빈정대는 태도를 버리지 않았다.

“보아하니 그런 시설이 들어앉을 만한 여건이 아니니까요. 설사 최소한의 기본적인 여건을 갖추어놓고 있대도 지도할 사람이 없잖아요. 산 좋고 물 좋은데 이런 시설이 있다는 건 얼핏 보기에 목가적으로 그럴싸해 보일지는 모르지만 교육이라는 게 그런 게 아니잖아요. 남을 교육시킬 수 있는 전문인과 연결되지 않는 교육기관이 무슨 소용이 있다는 거죠?”

“넌 왜 정박아들은 목공예나 구두수선 따위 기능만 배울 수 있다고 생각하니?”

“그럼 도대체 여기선 무얼 가르치고 있단 말예요?”

“우린 아래께에 농토가 많아. 산도 많고. 대대로 내려오는 유산도 있지만 외삼촌은 병원 해서 일생 번 것을 몽땅 이 고장에다 다 투자했어. 농사일은 왜 기능이 아니라든? 우리 아이들을 데리고 열심히 농사를 짓고 염소도 먹이고 토끼도 기른단다. 곧 양계장도 갖게 될걸. 정박아에게 가장 부족한 건 사람들과 부대끼는 기술인데 농사

일처럼 사람과 덜 부대끼면서 먹고 살 수 있는 방법도 없을걸.”

“역시……”

현은 일부러 심각성을 과장하면서 고개를 끄덕였다.

“역시 뭐니?”

“역시 이곳 사람들이 행복원을 가지고 이러쿵저러쿵 하는 말이 헛소문이 아니었군요.”

“사람들이 우리를 뭐라는데?”

“병신새끼들을 꼬셔다가 가둬놓고 고된 사역을 시킨다고들 하죠.”

“그 소문은 옳지 않아.”

“제가 보기엔 어머니도 사역당하고 있어요.”

현은 노부인의 한 손을 바라보면서 단정적으로 말했다.

“당치 않은 소리. 넌 뭔가 외삼촌에 대해 오해하고 있구나. 그분은 훌륭해. 진짜 의사에다 진짜 자선가지. 땅은 외삼촌이 돌아가시면 아이들에게 공평하게 분배되도록 되어 있어. 아이들 중엔 물론 당신의 아들도 포함돼 있지만 더도 덜도 안 줄 거야. 제 땅에서 일하는 게 왜 사역이니. 농사야말로 그 애들이 혼자 힘으로 살 수 있는 최선의 방법이야. 그 애들은 정직하거든. 세상 사람들은 안 정직해. 속지 않고, 이용당하지 않고 자선에 기대지 않고 살아갈 수 있는 방법은 정직한 땅하고 상대하는 길밖에 없어. 외삼촌은 훌륭하시단다.”

“참 감동적인 미담이로군요.”

현은 계속해서 비꼬는 투로 말했다.

"넌 조금도 감동한 것 같지 않은걸."

"아이들이야 제 땅을 일군다고 치더라도 어머닌 뭡니까? 어머니의 고생은 암만해도 부당해 보이는데요."

"날 위해 생각해줘서 고맙구나. 죽으면 흙 될 몸 아껴서 뭣 하겠니? 번뇌를 잊는 데는 그저 몸 고단한 게 제일이더라. 염불이나 기도보다도……."

"염불이나 기도도 해보셨나요?"

"뭘 안 해봤겠니?"

"제가 보고 싶으셨나요?"

그건 참으로 안 했어야 할 질문이었다. 현이 적어도 새로운 모자 관계의 시작을 원하지 않는 한.

"때때로 못 견디게……."

그 굳센 노부인이 흐느끼듯이 속삭였다. 그리고 다시 두 손이 지접을 못하고 서로 부비기도 하고 자신의 옷자락을 쥐어뜯기도 했다. 부끄럼 많은 소녀의 고운 손이 마음에 둔 남자 앞에서나 할 짓을 그 험악하게 늙은 손이 하고 있었다. 현은 민망해서 시선을 위로 했다. 희끄무레한 얇은 가을 스웨터 위로 두 개의 유방의 축 처진 선이 어렴풋이 드러나보였다. 그 젖을 빨아먹던 어린 시절이 있었다고 생각하고 싶지조차 않았다. 그는 그 젖과 자신의 어린 시절을 아울러 흠뻑 저주를 퍼붓고 싶은 충동에 진저리쳤다. 한 겹 두 겹 덧칠하듯이 그 부피를 더해가는 방안의 어둠 속에서 늙은 여자의 가슴은 미묘한 파문을 일으키면서 슬며시 그에게로 흘러내릴 것 같았다. 그건 마치 범람의 예감처럼 공포스러운 것이었다. 미연에 방지, 미연에 방지……. 그런 두려움은 어머니가 지금 그를 얼싸안고 울고 싶은 걸 참아내느라 애쓰고 있고, 언제 그걸 못 하게 할 수 있을지 예측할 수 없다는 위기의식과도 일치하는 것이었다. 그 역시 그런 일을 당하는 걸 참을 수 있을 것 같지 않았다. 서로 참을 수 없는 게 충돌할 때 그는 결단코 자신이 양보할 생각이 없었다. 길게 생각할 것도 없이 그에겐 어머니가 참을 수 없는 것보다 자기가 참을 수 없는 게 더 중요했다. 보다 중요한 건 충돌을 피하는 일이었다. 미연에 방지 미연에 방지……. 그는 얼싸안고 싶은 무드를 깨기 위해 한층 빈정거리는 투로 말했다.

"그래서 원장이 부재중에 생긴 사고를 이용해서 저를 이곳으로 불러들이셨군요?"

"네가 거기 있는 건 정말 모르는 일이었어."

"그건 말도 안 돼요. 그 애의 발작은 상습적이었고, 어머니는 그 애의 처치에 능숙했어요. 의사로서 해줄 일은 아무것도 없다는 걸 알면서 험한 산길에 어린것을 내려보내 왕진을 청할 까닭이 없잖아요?"

"왕진은 내가 청한 게 아니었단다. 대식이가 제 마음대로 간 거였어. 대식인 우리 식구가 된 지 얼마 안 돼서 그 애의 경기를 보는 게 처음이었는 데다 그 애하고 제일 단짝이었거든. 정박아들의 우정은 각별한 데가 있단다. 아마 친구가 당장 죽는 줄 알았나 봐. 세상에 어린 게 얼마나 혼비백산을 했으면 거길 그렇게 후딱 다녀왔겠니."

"그럴듯하군요."

"너는 남의 말을 잘 안 믿는구나."

노부인의 뭉기적거리며 일어나 불을 켜면서 말했다. 형광등은 여러 번 푸드덕거리고 나서 한껏 게으르게 깨어났다. 노부인의 슬픈 울상이 달무리처럼 몽롱하게 떠올랐다.

"어머니가 그러시다면 그런 줄 알겠어요. 그러니까 우린 순전히 우연하게 만난 거죠? 그죠?"

"왜 그렇게 강조하냐?"

"부담 없으려고요."

밖에서 종소리가 났다. 작은 종을 누군가가 직접 흔들고 다니는 듯 짤랑짤랑 명랑한 종소리가 집안을 구석구석 휘젓고 지나갔다. 이어서 아이들의 쿵쾅대는 발자국 소리와 즐거운 아우성 소리가 들렸다. 두 사람 외에 딴 식구들이 있다는 걸 거의 의식할 필요가 없을 만큼 괴괴하게 가라앉았던 집에 들썩들썩 활기가 넘쳤다.

"무슨 일입니까?"

"식사시간이란다. 같이 저녁을 먹고 가지 않겠니?"

"아뇨. 생각 없어요."

"여기 식사 꽤 먹을 만하단다. 너라도 우리 실정을 바르게 알고 있었으면 싶구나."

"전 별로 흥미없어요."

"하숙이니? 자취니?"

"자취요."

"저런, 제때 제때 끼니를 잘 찾아 먹어야 하느니라. 너무 반찬 없는 밥 먹지 말고. 고생이 많구나. 내가 밑반찬을 좀 하다 줘도 되겠니?"

"필요 없어요. 그 여자가, 윤 여사가 자주 해오는걸요. 그 여자가, 그러니까 윤 여사가 새엄마거든요. 그리고 고생할 날도 앞으로 며칠 안 남았으니까요."

현은 한껏 매정하게 딱 잘라 말하고 일어섰다. 노부인도 따라 일어서더니 말없이 그를 밖으로 인도했다. 식당인 듯싶은 곳에서 아이들이 와글대는 소리, 그릇 부딪는 소리, 어른이 야단치는 소리, 그리고 구수한 음식 냄새가 났다. 현은 그곳을 잠깐 기웃해볼까 하다가 그만두고 뜰로 내려섰다. 산경은 해질녘보다 오히려 어스름했다. 비수처럼 차갑게 생긴 초생달이 산꼭대기에 머물러 있었다. 어둠은 습기 차서 눅눅하고 무거웠다. 마당가에 코스모스가 곤충들의 떼죽음처럼 축 처진 채 움직이지 않았다. 노부인의 도습은 안에서 볼 때마다 훨씬 작아 보였다. 한 줌밖에 안 될 것 같아 문득 가슴이 찡했다.

"들어가세요."

"저 아래까지 바래다주마."

"어머니가 저를요? 웃기지 마세요."

그는 일부러 버르장머리 없이 굴었다.

"넌 초행이고 난 눈 감고도 다닐 수 있는 길이야. 그리고……."

노부인이 말끝을 흐렸다.

"그리고요?"

"그리고 그냥 같이 걷고 싶기도 하구나. 저 달 지는 것 좀 보렴."

초생달이 그들의 눈앞에서 능선 너머로 곧장 침몰해갔다. 아차 하는 순간이었다. 살아 있는 것들의 이합집산, 조락과 늙음, 아름다운 것들의 덧없음, 운명의 변덕, 삶의 쓸쓸함과 돌이킬 수 없음, 이런 한 다발의 느낌이 슬쩍 그를 통과하면서 그는 걷잡을 수 없이 막막해졌다.

"칠흑이구나. 달이 지니."

"글쎄 그만 들어가시라니까요."

"아니 저 아래 양계장까지만 바래다줄란다."

저 멀리 깜깜한 들판에 양계장의 불빛이 큰 강에 걸린 교량의 불빛처럼 몇 겹의 직선으로 휘황했다.

"밤새 잠을 못 자게 저렇게 불을 켜줘야 알을 잘 낳는다며? 세상에 끔찍해라. 죄 많은 사람들에게 큰 재앙이나 안 내렸으면 좋으련만. 우리한테도 양계장 하기를 권하는 사람도 있지만 저런 양계장은 도무지 내키지가 않아서 여지껏 못 하고 있는 거란다. 내 손을 잡으렴. 여기서부터 돌사다리다."

노부인의 손은 힘이 있고 눅눅했다. 손바닥에 박인 굵은 못이 그의 섬세한 손등에 나사못처럼 박히면서 그는 꼼짝도 할 수가 없었다. 미풍처럼 잎차 냄새가 코끝을 살짝 스쳤다. 숲의 냄새 같기도 하고 노부인의 체취 같기도 했다. 돌사닥다리가 끝나고 길이 한결

평평해지자 그는 노부인의 손을 뿌리치고 두 손을 바지주머니에 찔렀다.

"며칠 남았냐?"

"여기 근무는 한 달도 안 남았어요."

"그 안에 또 만날 수 있을까?"

"그야, 어머니 뜻대로겠죠."

"그게 무슨 뜻이냐?"

"또 왕진을 청하시면 될 게 아녜요."

"그건 내 뜻이 아니었대도 너는 왜 그걸 못 믿니?"

노부인의 애조 띤 목소리가 그를 나무랐다.

"어머니를 만난 게 화가 나서요."

"솔직해서 고맙다."

"어머니."

현이 우뚝 발길을 멈추고 노부인을 정면으로 노려보았다. 노부인의 눈빛이 흔들리는 게 어둠 속에서도 더욱 분명하게 보였다. 현은 노부인의 양어깨를 두 손으로 왁살스럽게 잡았다. 부피 없이 마른 어깨가 떨고 있었다.

"어머니 도대체 언제까지 시침을 떼고 딴소리만 하실 거예요. 왜 정작 핵심은 피하시는 거죠?"

"그게 뭔데?"

"왜 별안간 모든 것을 버리고 집을 나갔느냐는 말예요. 다 자란 아들에게 거기 대해 한마디쯤 변명을 해야 된다고 생각 안하세요?

고모는 친척들에게 어머니한테 남자가 생겼다고 풍겼어요. 나 역시 여지껏 그렇게 알고 있었구요. 오늘 그게 거짓이라는 걸 안 바엔 진실도 함께 알아야 할 게 아녜요."

"남자가 생겼다고? 세상에 망칙해라."

"지금 중요한 건 그게 아니잖아요. 어물쩍 넘어가려 들지 말고 진실을 말하세요, 진실을."

"진실은 뭐, 무슨 일마다 꼭꼭 진실이라는 게 숨어 있는 줄 아니?"

"끝내 피하실 작정이군요. 그렇겐 못 해요."

현은 어둠 속에서 이빨을 허옇게 드러내면서 어머니를 위협했다.

"그건 그냥 팔자였어."

"뭐라구요?"

현은 그 자리에 펄썩 주저앉고 싶은 낭패감을 가까스로 견디면서 눈을 부릅떴다.

"정말이야 팔자였다. 넌 남자가 돼서 잘 몰라. 여자는 결코 팔자도망을 못 한단다."

"어머니는 고모보다 훨씬 더 저질의 사기꾼이에요. 다신 안 만나겠어요. 왕진을 청해와도 물론 소용없구요."

그는 숙소를 겸한 보건지소까지 단숨에 뛰었다. 이글이글 달아오른 분노를 한 바가지의 펌프물로 식히고 곧장 자리에 들었다. 잠자기 위해서가 아니라 일상의 질서 속으로 자신을 끌어들이기 위해서였다. 어머니를 만난 게 이 고장에서의 마지막 임기뿐 아니라 더 앞

날에도 아무런 영향도 끼치면 안 된다고 수없이 다짐했다. 어머니에게 복수하는 길은 그 방법밖에 없었다. 미움보다 더 나쁜 건 무관심, 아니 무화를 그는 거듭 별렀다. 그는 또 난생 처음 아버지에게 깊은 친화감을 느꼈다. 아버지 박준 씨는 아내가 집 나갔을 때 전혀 아무 일도 없었던 것처럼 행동했고 자식들이나 하인들 역시 일사불란 안주인이 있을 때와 조금도 다르지 않게 살아주길 바랐었다. 마치 집 나간 여자에 대한 보복은 그 여자의 부재쯤으로 집안이 아무런 타격도 입지 않은 걸 만천하에 보여주는 것뿐인 것처럼.

없어져서 빈자리조차 못 남긴 여자가 나타났다고 해서 표 나지 않는 건 당연했다. 그는 어머니를 만난 일을 없었던 것처럼 행동하는데, 잔혹한 쾌감을 느꼈다. 그러나 한편 그 일의 부자연스러움 때문에 심신이 고달팠다. 이래저래 그의 마지막 한 달은 지루했다.

그 마지막 한 달은 그곳 단풍의 절정이기도 했다. 행복원이 있는 뒷산도 화려한 꽃구름을 두르고 현을 유혹했다. 그러나 현의 발길은 돌사닥다리가 시작되는 산기슭까지가 고작이었다. 알밤을 줍기도 하고 단풍나무보다 훨씬 처절한 빛으로 물드는 옻나무의 핏빛에 섬뜩해하기도 하다가 돌아와선 무슨 위기라도 넘기고 난 것처럼 안도의 숨을 쉬곤 했다. 임기를 정말 며칠 안 남기고서였다. 그의 어머니도 저 꼭대기에서 돌사닥다리 못미처까지만 오르가락하고 있는지도 모른단 생각이 들었다. 그런 생각이 한 번 들자 목구멍에 걸린 가시처럼 그의 의식의 흐름을 불편하게 했다. 어느 날 그는 어머니를 만나도 그만이란 생각으로 돌사닥다리 위까지 올라가 보았지만 어머니는 마중 나와 있지 않았다. 역시 자식을 버리고 도망친 여자는 뭐가 달라도 다르거든. 뜻밖에 몹시 허전한 마음을 그는 이렇게 달랬다. 그날 행복원으로부터 보건소로 그에게 저녁을 초대하는 전갈이 왔다. 이번에 심부름 온 사람은 원아가 아니었다. 직원인 듯싶은 청년은 꼭 데리고 가야겠다는 표시로 선량해 뵈는 얼굴과 걸맞지 않은 완력적인 몸짓까지 했다. 현은 그게 싫지 않았지만 이것저것 한참 바쁜 척을 하다가 내키지 않는 떫은 얼굴로 따라 나섰다.

돌사닥다리를 다 올라 행복원 건물까지 호젓하고 아름다운 길목에도 어머니는 나와 있지 않았다. 어머니가 초조하게 마중 나와 있으리란 기대는 역시 어긋났다. 어머니는 냉기가 도는 마룻방에서 누더기를 산더미처럼 싸놓고 분류하고 있었다. 아이들의 겨울 내복인 듯 도시에선 걸레로도 안 쓸 만큼 해지고 닳은 거였지만 그중에서 못 입을 것으로 가려내 논 건 얼마 안 됐다. 사람을 초대해놓고 기껏 그런 일에 골몰해 있는 어머니의 무신경이 싫었지만, 그 대신 그가 두려워한 일은 염려 안 해도 될 것 같다. 그는 어머니 앞에서 감정의 균형이 무너질 것을 두려워하고 있었다.

하던 일을 다 끝내고서야 어머니는 일어섰다. 누더기에서 떨어진 보푸라기가 어머니의 스웨터와 치마에 잔뜩 달라붙어 한층 초라해 보였다.

"저걸 다 어떻게 하실려고요?"

"많이 해진 걸 오려서 적게 해진 걸 기워야지. 해마다 아이들 겨울채비가 수월찮다."

"저런 건 웬만한 집이라면 걸레로도 안 쓸 거예요. 버리세요. 저
것보다 훨씬 나은 걸 얼마든지 얻어서 보내드릴 테니까요."

"괜찮다."

어머니가 귀에 거슬리게 꼬장꼬장한 목소리로 말했다.

"아, 알았어요. 제 도움이 싫으시군요."

"아니다. 그런 건 아니지만 난 부자들이 어떤 마음으로 자선을 하
는지 알고 있기 때문에 이제 와서 그런 것에 기대고 싶진 않구나."

"어머니 자존심 때문에 아이들을 불쌍하게 만들지 마세요."

"우리 아이들이 왜 불쌍해. 내년 추수 때까지 먹을 양식과 주전부
리 거리까지 계량할 만하고 겨울 땔감도 넉넉한데. 입성은 남과 비
교하지만 않으면 따습고 편한 게 제일 좋은 거란다."

다시 충충한 커튼이 쳐진 온돌방에 마주앉았다.

"진작 저녁이라도 한끼 같이 먹고 싶었는데 느이 외삼촌한테 알
리고 싶지 않아서……. 오늘 서울 가셨길래 사람을 보냈다."

"왜 알리기가 싫으신 거죠?"

"마음 아파하실 테니까. 이래저래 내 죄가 크구나."

곧 들어온 저녁상은 알찌개를 빼고는 모조리 산채와 푸성귀였지
만 가짓수가 여럿이고 맛깔스러웠다.

"아이들을 먹이는 것하고 똑같이 차리게 했다."

"맛이 괜찮군요. 그렇지만 특별히 차렸다고 하셨으면 더 기뻤을
거예요."

어머니는 보일 듯 말 듯 웃었다. 그는 더덕구이가 특히 감칠맛 있

어서 그것만 해서 밥 한 사발을 비웠다.

"너는 특별한 걸 참 좋아하는구나."

어머니는 즐거운 듯이 웃었다. 그러나 결코 남을 어느 거리 이상은 근접시킬 것 같지 않은 위엄과 침착성이 서린 본바탕을 가릴 수는 없었다.

"네?"

그는 의아해서 물었다.

"여기선 더덕구이가 특별 메뉴란다. 많이 나지 않는 데다가 외삼촌이 좋아하셔서서 아이들 식단엔 안 놓지. 손님도 특별한 손님 아니면 안 내놓던 건데 부엌아줌마가 아마 널 잘 봤나 보다."

더덕구이조차 부엌아줌마의 뜻으로 미루려는 어머니의 인색함에 현은 불현듯 증오심이 치미는 걸 느꼈다. 맛있게 먹은 것조차 억울한 생각이 들었다. 그토록 인색한 정을 끊임없이 엿보고 빌붙고 싶어하는 자신은 더욱 싫었다. 방구석 책상 위엔 소년의 사진이 아직도 있었다. 그게 아무리 오랫동안 어머니와 더불어 거기 있었다고 해도 지금 그들 모자 사이에 이음줄이 될 수는 없다고 생각했다. 어머니도 거기 놓인 사진을 의식하는지 어색한 얼굴이 됐다.

"곧 떠나겠구나."

"네, 곧."

"섭섭해서 어쩌지?"

"안 만났던 셈만 치죠 뭐. 피차 그게 편하겠어요."

어머니의 눈이 슬픈 듯이 고요하게 빛났다. 처음으로 부드러운 걸 미미한 냄새처럼 감지했다.

"실은 하고 싶은 말이 있어서 이렇게 오라고 했다."

"전번에 하셨으면 좋았을걸."

"한 번 더 널 만날 구실을 남겨놓고 싶기도 했고 나 혼자 생각할 여유를 갖고 싶기도 해서……."

어머니는 거의 밥숟갈을 뜨지 않았다. 상을 물리려 들어온 부엌 아줌마가 조심스럽게 그 말을 하지 않았던들 겸상을 한 현은 그것을 모를 뻔했다. 형광등 불은 자주 껌벅했다. 어머니의 얼굴에서도 그가 이해할 수 없는 게 깜박이듯 엇갈리고 있었다.

"별로 좋은 얘기 같지 않네요."

현은 데면데면한 목소리로 말했다.

"미안하다."

"안 들었으면 싶군요."

"알 건 알고 있어야 돼."

어머니가 차가운 목소리로 말했다. 그 차가움은 거의 육체적인 촉감이어서 그는 으스스 소름이 돋는 느낌으로 긴장했다.

"너는 박준 씨 아들이 아니란다."

어머니가 속삭이듯 말했다. 마치 장난을 치듯이 명랑을 과장하고 있었지만 현은 그 말뜻을 그대로 받아들였다. 의심하거나 되물을 마음이 안 나는 게 스스로도 의아했다. 어머니의 얼굴이 종잇장 구겨지듯 우굴쭈굴해지면서 그 사이에 서린 어둠이 한층 농밀해졌다.

"역시 그랬군요."

“뭐가 말이냐?”

그 엄청난 말은 하고 나서 어머니는 단박 아주 정많은 여느 어머니처럼 굴고 있는 것 같아 현은 되레 뻣뻣하고 냉정해졌다.

“어떤 남자와 정분이 났다는 것 말예요. 그 일은 믿지 않으려고 했는데 더 나쁜 쪽으로 믿어야겠으니⋯⋯.”

현은 어머니에 대한 혐오감을 감추지 않고 말했다.

“더 나쁜 쪽으로라니?”

“외간 남자와 정분이 나서 집 나간 게 아니라 너무 오래 정분이 난 걸 숨기다가 탄로가 나서 내쫓겼겠군요? 그래도 끝까지 내가 아버지 아들이 아닌 것만은 숨길 수 있었으니 참으로 장하십니다.”

“그런 게 아니란다, 그런 게 아니야. 다 얘기하마. 무엇부터 얘기해야 될지 모르겠다. 이럴 줄 알았으면 미리 연습을 해둘걸. 간단한 얘긴 줄 알았는데 막상 할려니까 안 그러니 어쩌겠니.”

어머니의 말씨가 별안간 빨라졌다. 두 손이 서로 지접을 못하고 맞부비고 주무르는 증도 다시 도지고 있었다. 그러나 현은 말똥말똥한 의식으로 어머니와의 사이에 안전거리 같은 걸 엄격하게 유지하고 다만 주시하고 있었다.

“정분이라니 당치도 않아. 너를 있게 한 남자가 누군지도 모르는 걸. 난 그냥 당한 거야. 아버지가 미국 가서서 집을 비운 동안이었지. 한 번도 아니고 연거퍼 몇 번을 당했는데 순전한 능욕이었다. 무슨 뜻인지 알겠니? 어디서 몰래 정을 두고 있다가 그런 방법으로 푼 게 아니라 순전히 욕을 보일 목적이었다는 걸 난 몸으로 느낄 수

가 있었단다. 끔찍한 일이었지. 지금 양옥이 있는 자리가 그때까지
만 해도 아랫것들이 사는 행랑채였지. 해방 후 사람 사는 모습이 많
이 달라져 넌 잘 모를 게다. 증조부님이 일본 작위 받고 중추원 참
의까지 지낸 친일파 집안이라 일본이 망하니까 우리 집안도 당연
히 망할 줄 알고 아랫것들이 먼저 술렁대면서 어떤 것들은 당장 살
판난 줄 알고 숫제 안채로 쳐들어올 기세였지. 그렇지만 그런 무시
무시한 혼란기는 잠깐뿐이었단다. 할아버지가 아직 정정하시고,
아버지도 한창때였지. 아버지는 영어를 잘했고 사교술이 좋았고
당신이 뭘 해야 될 것인가를 제때 제때 파악하는 능력이 남다른 분
이었단다. 곧 미 군정청의 높은 관리가 돼서 미군 지프차가 아침저
녁 모시러 오고 가끔 집에서도 파티를 열어 그때로선 귀한 승용차
가 무슨 일 난 것처럼 가회동 언덕빼기를 즐비하게 기어오르는 게
가문의 융성처럼 자랑스럽기조차 했지. 아랫것들 부리는 법도 아
버지는 사정없이 근대화를 단행했다. 안잠자기, 찬모, 침모, 따로
두고도 줄행랑을 거느리고 살던 불합리는 사실 뜯어고칠 만한 것
이긴 했지만 아버지는 너무 서둘렀던 게 아닌가 싶다. 행랑것들이
란 게 살림하면서 들며 날며 일 거둔답시고 검부락지 하나라도 주
인집 거 제집으로 빼돌릴 궁리만 온종일 하면서 사는 터라 사람이
천격스러워질 수밖에. 생각해봐라. 몇 대 그렇게 살고 나면 속속들
이 천인이 될 수밖에 더 있겠니? 그렇게 하대하던 것들이 해방이
됐다고 주인집을 넘보는 꼴을 당한 아버지는 제일 먼저 그것들부
터 없애기로 작정하고 나 보기에도 너무 야박하게 군 것 같다. 삼팔

선이 생겨 이북 사람이 자꾸 내려와 집이 귀할 땐데 인정 사정 없이 거리로 내쫓았고 텅 빈 행랑채엔 못질을 해버렸으니까. 망할 줄 안 집안이 더욱 세도가 등등해지고 살판난 줄 안 저희들은 몇 대를 이어서 공들여온 그나마 일터이자 집구석마저 잃었으니 그 원한이 오죽했겠니. 그래도 먹고 사는 게 뭔지 처음엔 원한을 감추고 어떡허든 우리 집에 빌붙이려고 하더라. 죽을죄를 졌으니 한 번만 봐달라고. 너희 아버지가 어떤 분이라고, 어림 반푼어치도 없는 소리지. 그들도 결국은 그걸 알고 갖은 악담을 다 퍼붓고 어디론가 뿔뿔이 헤어졌고 아버진 악담과는 반대로 정부가 수립된 후에도 요직에 있다가 무슨 사찰단의 일원으로 미국에 간 사이에 그 일이 일어났다."

"어머니는 그 남자가 누군지 모른다고 분명히 말씀하셨어요. 그러고 나서 이제 와서 그가 누구라는 걸 은근히 가르쳐주시려는 건 무슨 속셈이죠?"

현도 놀라지도 흥분하지도 않고 셈을 따지듯이 차근차근 말했다.

"그가 누구라는 걸 내가 어떻게 알아. 얼굴도 이름도 모르는걸. 다만 야밤에 대갓집 깊숙한 안방에 소리 소문 없이 숨어들 수 있었다는 걸로 속내 아는 자의 소행이려니 싶을 따름인 게지. 그리고 또……"

어머니의 견고한 태도가 별안간 흐트러졌다. 그건 부끄러움하고도 다른 거였다. 무람하게 분해해놓은 것처럼 손쓸 수 없이 뒤죽박죽의 몰골이 됐다.

"그리고 또요?"

그럴수록 동정은 금물이라고 마음 모질게 먹고 다음 달을 채근했다.

"아까도 말했지만 그건 순전한 능욕이었다, 원한에 사무친. 원한이 아무리 하늘에 닿아도 풀 방법은 오직 그것밖에 가진 게 없는 자의 슬픈 몸부림이었어. 혼자 사는 집도 아니겠다. 약간의 당신을 각오하거나 최악의 경우 목숨을 걸 생각이었다면 그 능욕을 안 당할 수도 있었을 테지. 못 그런 걸 에미가 음탕해서라든가 목숨에 치사해서라고만 생각지 말아다오. 그 자가 원한을 풀 수 있는 그 마지막 방법은 성공시켜주고 싶었어. 사무친 원한의 마지막 복수는 그게 그 사람이 하는 일이면서 곧 천벌이 되는 게 아닐까? 그래, 그때 나는 천벌 받고 있는 것처럼 속속들이 무섭기만 해서 감히 거역할 엄두도 못 냈단다."

"변명에 능하시군요."

"한마디만 변명을 더 하게 해다오. 감히 그 천벌을 면하려 들면 더 큰 재앙이 있을지도 모른다는 생각이 들었거든. 그 천벌은 나에겐 끔찍한 일이었지만 나 혼자 당하면 되는, 나에게서 끝날 수 있는 벌이니 얼마나 다행이냐 말야. 그때까지 나 혼자만 유독 우리 집안이 쇠퇴할 줄 모르는 한결 같은 가운에 적응하지 못하고 조마조마 뭔가를 두려워하면서 기다리고 있었던 것도 아마 그걸 감수한 까닭이 되겠지. 그러나 그런 게 아니었어. 그건 나 혼자서 쓸 수 있는 그런 가벼운 벌이 아니었어."

"그 일이 한강물에 배 떠나간 자국이 되지 못하고 내가 생겨났다, 이거죠?"

어머니의 어떤 말재간이나 눈물에도 넘어가선 안 된다고 생각하면서 현은 얼음장 같은 시선으로 이렇게 물었다.

"무슨 말을 그렇게 천하게 하니?"

"듣기 싫으시더라도 양해하셔야죠. 전 가정 교육이 부족하니까요."

어머니가 목을 끄르럭대며 스웨터 소매로 눈물을 닦아냈다. 의지, 체면, 기품, 모성애, 그런 게 다시 엉구어질 듯 싶잖게 조각난 채 울고 있는 어머니를 보면서 현은 피카소의 〈우는 여자〉가 얼마나 사실적인 그림인가를 처음 발견한 것처럼 감탄했다. 그러나 눈앞에 살아 있는 우는 여자에 대해선 추호도 동요하지 않았다.

"어머니 울지 마세요. 결과적으론 그 일이 한강물에 배 떠나간 자국이 된 거나 마찬가지 아녜요. 저를 아버지 아들로 속일 수 있었으니 말예요. 그만하면 어머니 수완은 훌륭하셔요. 저는 이 세상에 태어난 것과 덤으로 부잣집 아들이란 신분까지 얻어가진 걸 어머니한테 감사할지언정 조금도 원망하지 않겠어요. 되레 그 일로 가책받아 자식 버리고 집 나간 것만 갖고도 부족해서 지금까지 그 일을 곱씹고 있는 어머니가 싫군요. 지나친 결백은 가짜거든요. 불결의 가면."

그는 잠깐 구역질할 것처럼 그의 불결감을 과장해 보이면서 말했다.

"난 아버지를 속이지 못했다. 실은 속일 수가 없었지. 그 일은 아버지가 떠난 직후의 일이어서 식구나 친척들 속이긴 문제없었지만 아버진 안 됐지. 그 무렵 좋아하는 여자를 두고 있어서 나를 가까이 하지 않은 지가 오래됐거든."

"그래서요?"

현은 전혀 예기치 않은 국면에 마른침을 삼켰다. 헛김이 목구멍에 따가웠다.

"미국에다 편지로 자초지종을 상세히 알리고 친정에 가 있겠다고 말했지. 그때 큰외삼촌은 아직 용산에서 개업하고 계실 땐데도 내가 생각한 친정은 거기가 아니라 여기였다. 그때부터 큰외삼촌은 저 아래께의 땅을 조금 사들이기 시작해서 여름방학에 아이들이 내려와 놀 만한 집도 한 채 있었거든. 거기서 혼자서 돈을 풀 요량을 하면 마음이 좀 편하더구나. 아버지도 안 계신 집의 큰살림을 맡기고 떠나려니 인계하고 준비할 일도 많아 차일피일 하고 있는데 6·25가 났지 뭐니? 미처 피난 못 간 우리 식구는 큰외삼촌 댁에 피신해 있다가 이리로 내려와서 그해 여름을 보내고 가을에 너를 낳았다. 저 아래께엔 지금도 너를 낳은 오두막이 남아 있다. 아버지가 귀국하셨단 소식을 듣고도 형들만 올려보내고 여기 틀어박혀 있는데 뜻밖에 아버지가 데리러 오셨더라. 너를 조금도 차별 안 하고 기를 테니 염려 말라는 거였지. 너를 들여다보며 이뻐하더군. 형들을 낳았을 때도 무심하던 양반이 나를 위로하기 위해 가면으로 그러실 양반도 아니기에 난 되레 기분이 나빴다. 우린 그런 일이 있기 전에도 별로 사이좋은 부부가 아니었거든. 조강지처 알기를 돌부처처럼 아는지 한 번도 살뜰히 대해준 적도 없거니와 밖에서 외도한 걸 감출 때는 최소한의 예절도 나를 위해 지켜준 적이 없는 양반이었으니까. 시앗 보면 돌부처도 돌아앉는다는 속담이 있는 걸 보면 난 돌부처만도 못한 여편네였지. 그런 모욕을 견디면서 대갓집 안주인의 체모를 잃지 않고 살았으니까. 내가 떳떳할 땐 그런 모욕을 점잖게 견딜 수도, 치지도외할 수도 있었는데 그 일을 아버지가 그렇게 관대하게 처분해준 후론 그게 여간 힘들지가 않더구나. 더 견디기 힘든 건 아버지가 너를 편애하는 거였다. 나는 지금까지도 그 점, 그 양반을 이해할 수가 없다. 이해할 순 없지만 그토록 치사한 형벌은 없지 않나 싶다. 그 양반은 나를 집으로 정중히 데려온 후, 다시 집 나올 때까지의 10년 동안 나를 한 번도 가까이하지 않았다. 어쩌다 손끝만 닿아도 오물을 묻힌 것처럼 질겁을 하면서 그 불륜의 씨앗은 우리 막내 우리 막내 하면서 예뻐서 어쩔 줄을 모르니 내 마음은 어떻겠니? 처음에는 너 박대 안 하는 것만 감지덕지하다가 점점 못 견디게 됐다. 어떡허든 그 상황을 벗어나지 않으면 미칠 것 같더구나. 그곳을 벗어나는 일이 온전한 정신으로 할 수 있는 마지막 일이다 싶을 만큼 절박할 때 마침내 집을 도망친 거란다. 물론 너를 데리고 도망칠 궁리를 골백번도 더했지. 그렇지만 너를 데리고 달아나면 세상 끝까지 간다 해도 그 양반의 추적을 못 면할 것 같은 걸 어떡허니? 너니까 그래도 이런 말이라도 할 수가 있지 우리 세 사람의 이 괴상한 심보를 도대체 어느 누구에게 알아듣도록 설명할 수가 있을까? 그건 한마디로 미친 지랄이었어. 그래도 도망칠 때까지만 해도 한 가닥 희망은 있었다. 그 양반이 그런 별난 방법으로 나를 괴롭힐 목적이라면 목격자인 나만 없어지고 나면 자연히 너를 구박하거나 무관심하게 되겠지 하고 말야. 나는 네가 그 집에서 사랑받는 일보다 세 사람의 정서가 정상적으로 되는 걸 더 바라고 기다렸던가 보다. 그렇지만 그 마지막 기대도 무너졌지. 아버진 내 행방을 한 번도 수소문하지 않고 너를 계속해서 사랑했으니 말이다. 어렸을 때 쏟던 유별난 편애가 대범한 부성애로 변해서 너를 많이 자유롭게 해주면서 속으론 하나밖에 없는 쓸 자식으로 꼽고 촉망했으니 트집 잡을려야 잡을 나위 없는 부자간이었지."

"제가 집 나갔던 사건도 아시겠네요."

"안다. 그때 느이 아버지가 취한 태도도 훌륭했다. 나라도 그랬을 거야."

"아버지를 증오하시나요?"

현은 자기와는 상관없는 남의 신세타령을 듣고 난 것처럼 지루한 얼굴을 꾸미면서 말했다. 문득 그가 격렬한 언사를 내뱉기를 어머니가 기다리고 있기 때문에 그럴 수 있는 게 아닌가 하는 생각이 들었다. 만약 그렇다면 그는 얼마나 아버지를 닮았나?

"아니 몇 년 전까지만 해도 그 양반을 치가 떨리게 미워하고 있다고 생각했지. 그러나 이젠 아니다. 나잇값인지, 이해할 수 없는 건 미워할 수조차 없다는 걸 알겠더라. 그 양반은 가까이서 보나 멀리서 보나 괴물단지야."

"저도 비슷한 괴물단지라면 웃음거리겠죠? 어머니는 참 늙으셨어요. 아버진 처녀장가든 게 주책스러워 보이지 않을 만큼 아직 젊고 멋쟁이인데 어머닌 그런 비밀을 지니고 사시기가 힘드셔서 그런지 아버지의 어머니뻘이 된다고 해도 곧이들을 만큼 폭싹 늙으셨어요. 그런 엄청난 비밀이 저에겐 별로 큰 충격 안 돼서 어쩌죠? 충격이 안 될 뿐더러 여지껏 그저 경원하는 걸 수로 알고 지낸 아버지하고 앞으로 가까워지고 친해질 것 같은 즐거운 예감까지 드니 이만하면 저 역시 괴물단지 아닌가요?”

“고맙다, 네가 그 정도로 어른이 돼 있으니.”

“그럼 그 비밀을 일러주신 뜻이 어머니의 증오를 저에게 물려주려는 게 아니었던가요?”

현이 비꼬는 것처럼 말했다.

“그럴 리가 있니? 난 네가 행복하고 또 사회적인 성공도 하기를 늘 빌고 있었다.”

“그럼 어머니를 그토록 불행하게 한 비밀이 저를 행복하게 할 수 있다고 생각하셨던가요? 그래서 이렇게 판을 차리고 그걸 전수하시는 겁니까?”

현이 버럭 화를 냈다.

“애야 넌 나를 미워하는구나? 그렇지?”

“방금 말씀하셨죠. 이해할 수 없는 건 미워할 수도 없다고. 그 비밀로 제 사랑을 얻을 수 있다고 생각하지 않으셨다면 거기 신경 쓰시지 말고 그걸 굳이 저에게 폭로한 저의나 말씀해보세요.”

“사실을 알고 있는 쪽이 모르고 있는 쪽보다 강할 수 있다고 생각해서다. 느이 아버지 그 양반은 필요할 땐 언제고 그 비밀을 무기처럼 휘두를 양반이야. 그럴 때 너만 그걸 모르고 있었다간 너에게 결정적인 약점이 될 거야."

"마치 아버지하고 저하고 싸우고 있는 것 같군요. 요새 우린 아주 좋은 부자간인데……."

"그게 괴물단지들의 싸움일지도 모르지. 그리고 요샌 난 건강이 안 좋다. 산골이지만 의사하고 같이 사니까 제 명에 못 죽진 않겠지만 제 명이 다해가는 거야 무슨 수로 막겠니? 그 비밀을 안은 채 죽느냐 죽기 전에 일러주느냐로 많이 고민했다. 자기에 관한 사실을 아는 게 사람의 마땅한 권리라는 생각과 모르는 게 약이라는 생각은 늘 반반씩이었지. 그러다가 너를 여기서, 바로 너의 출생지에서 내 의사와는 상관없이 우연에 의해 만나고 보니 운명의 지시라는 생각이 퍼뜩 들더구나."

"건강이 안 좋으시단 건 무슨 뜻이죠? 혹시 어려운 병환을 앓고 계시단 뜻이라면……."

"아니야. 그냥 쇠약해지고 있을 뿐이야."

"일을 너무 많이 하셔서 그래요."

"일이 이 정도의 건강을 버텨주고 있다고 생각할 수도 있어. 그건 그렇고 네 기분은 어떠냐? 시쳇말로 쇼크받지 않았나 모르겠다."

"약간은요. 오늘 밤 잠이 잘 안 올 것 같아요. 그렇지만 나쁜 기분은 아녜요. 상쾌해요. 마음을 속속들이 환기한 느낌이 들어요."

"곧 이 고장을 떠나게 되겠구나."

"가끔 찾아뵐 수 있을 것 같아요. 그렇지만 약속은 않겠어요. 제 마음이지만 아직 아무것도 확실하진 않아요."

"오늘밤 여기서 자고 가지 않겠니?"

"아뇨, 그럴 생각 없어요. 혼자 있고 싶어요. 전 어머니가 안 계신 데 오래 익숙해왔거든요. 아직도 그게 편해요. 가겠어요. 오늘 저녁 잘 먹었어요."

현이 부랴부랴 일어섰다. 어머니가 말없이 따라 나왔다.

"핏줄이란 미신일지도 모른단 생각이 들어요. 전 거기 얽매이지 않겠어요. 섭섭하게 생각하지 마세요."

"섭섭하긴. 오히려 다행이다."

"또 돌사닥다리 밑까지 배웅해주실 작정이군요."

"그래 말리지 말거라. 달이 밝구나, 대낮 같아. 우리 세대에겐 아직 핏줄은 미신이 아니다. 내 손을 잡거라."

어머니와 헤어지고 나서 산길을 혼자 걸어 내려오던 현은 문득 오래 잊고 있던 족보 생각이 났다.

동학군이 독립투사를 낳고, 독립투사는 수위를 낳고, 수위는 도배장이를 낳고, 도배장이는 남상이를 낳고……

매국노는 친일파를 낳고, 친일파는 탐관오리를 낳고, 탐관오리는 악덕 기업인을 낳고, 악덕 기업인은 현을 낳고…….

그 생각은 오장을 뒤흔들고 용숫음치는 홍소와 함께 떠올랐다. 괴괴한 산촌의 달밤을 그의 웃음소리가 뒤흔들었다. 오랜만에 남상이가 보고 싶었다. 그들이 젊음을 바쳐 믿은 것, 또는 저항한 것의

가치의 허망함이 웃음 뒤에 정적과 함께 벽에 사무쳤다. 서로 마음
으로부터 위로를 나누고 싶었다.

　윤 여사가 열렬하게 박수를 치면서 팔꿈치로 현을 툭 건드렸다.
박수를 치라는 뜻인 것 같아서 그대로 했다.
　"잘한 거야?"
　박준 씨가 윤 여사에게 묻는 소리가 들렸다. 현은 빙그레 웃었다.
　"그러믄요, 성공적이었어요. 놀라운 재능이에요."
　"너무 긴 것 같아."
　"누구 듣겠어요. 그게 고작 평이에요? 초인적인 테크닉을 요하는
대곡을 완벽하게 연주한 예술가에 대한 평치곤 너무 무식해요."
　"예술가 며느리도 좋지만 집에서 맨날 저런 소리를 듣고 살 생각
을 하면 겁나는데. 예물로 귀 틀어막을 솜방망이나 넉넉히 해오래
야겠어."
　"어머머, 이 양반 욕심 좀 봐. 결혼하는 대로 곧 유학 보낸다고 해
놓고선 데리고 살 걱정은 왜 해요?"
　"그건 당신이 일방적으로 뗀 공수표야. 내가 결재 안 할 수도 있
어. 나이는 못 속이나 봐. 아들 며느리 손자 손녀 거느리고 시끌시
끌하게 살고 싶으니 말야."
　"안 돼요, 그건. 뒷받침하기 따라선 세계적으로 뻗을 수 있는 귀
한 재능을 집구석에 묻어두고 고작 시끌시끌이나 만들 생각이라면
이 혼인 얘기 지금이라도 없었던 일로 해버릴래요."

“알았어요. 당신한테는 농담도 못 한다니까.”

며느릿감의 연주가 끝나자마자 그들 부부는 소곤소곤 잡담을 하다가 조용히 해달라는 옆사람의 주의말을 듣고서야 그치는 걸 보고 현도 또 한 번 빙그레 웃었다.

어머니한테 그 얘기를 듣고 나서 자기는 아무렇지 않을 뿐더러 아버지하고 앞으로 더 가까워지고 친해질 것 같은 즐거운 예감이 든다고 말할 때만 해도 정말 그럴 수 있으리라고 생각해서는 아니었다. 아무렇지 않은 척했지만 역시 충격이었고, 그 충격에 대한 반작용으로 어머니에게도 그 정도의 타격은 주고 싶었을 뿐이었다. 그러나 집으로 돌아와 1년이 넘는 동안 그건 현실로 나타나고 있었다. 그전까지만 해도 그와 아버지 사이, 그 밖에도 아버지가 거느리고 소유하고 있는 모든 것 사이 하다못해 아버지가 만들어낸 눈에 보이지 않는 분위기 사이엔 적의와 경계가 늘 가로놓여 있었다. 그가 아버지의 혈통과 아무런 상관없는 더럽고 천한 침입자라는 걸 알기 전까지 부자지간의 그런 간격은 거의 숙명적인 것처럼 보였다. 그러나 그 사실을 알고부터 간격은 피차의 특별한 노력 없이도 스스로 해소되고 있었다. 볼 때마다 격렬한 분노로 그를 떨게 했던 아버지의 서재에 장식된 그의 증조할아버지의 사진조차 다정한 시선으로 바라볼 수가 있었다. 선입관 없이 직시하면 가슴에 천황폐하가 준 훈장을 주렁주렁 달고 팔자수염을 기르고, 신수가 훤하고 근엄한 사진 속의 노인은 코믹하기조차 했다. 할아버지 수염을 잡아당기고 싶은 어리광으로 그는 사진에다 대고 윙크하며 중얼대었다.

당신이 바로 매국노는 친일파를 낳고, 친일파는 탐관오리를 낳고, 탐관오리는 악덕 기업인을 낳고, 악덕 기업인은 현을 낳고……의 두 번째 서열이시군요. 당신의 증손자가 돌아왔어요, 라고.

서른이 넘은 나이 탓이기도 했지만 아버지가 기분 좋아 뵈면 잔뜩 인상 쓰고, 아버지가 근심 있어 뵈면 명랑하게 설치던 유치한 반항도 자연스러운 순종으로 변해갔다. 간혹 윤 여사에게조차 비밀로 된 사람끼리만의 은근한 시선을 교환한 적도 있었다. 그건 부자지간의 정이라기보다는 네 속 내가 알고, 내 속 네가 알지 하는 식의 배짱 맞는 한패거리의 친밀감 같은 거긴 했지만.

문득문득 생모 생각이 안 나는 건 아니었다. 얼굴을 생각해내려는 건 늘 헛된 노력이었다. 생모의 모습은 손 빼고는 온통 몽롱했다. 못 박힌 거친 손과 경기하던 소년, 한 무더기의 누더기가 그 얼굴을 가렸다. 그것들은 다시 만난 얼굴뿐 아니라 어려서부터 기억하고 있는 얼굴까지를 지워버리듯 생모에 대한 생각은 허전하고도 홀가분한 게 전부였다.

박수 소리가 유난히 활기에 넘치고 장내가 술렁이기 시작했다. 졸업 연주회가 끝난 것이다. 장내를 메운 신사 숙녀들이 으수처럼 나른한 황홀경에서 깨어나 생기에 넘쳐 공작처럼 화려한 옷깃을 펼쳤다. 곳곳에서 보석들이 요염한 밤눈을 뜨고 농밀한 추파를 던지고, 모피는 그 조밀한 털을 곤두세우고 몸을 음탕하게 도사렸다. 현은 그 모든 것이 보기에 좋았고 기분이 쾌적했다.

화려한 인파는 우아하게 움직였다. 거기 몸을 맡기고 저절로 밀리는 기분도 쾌적했다. 윤 여사가 다가와 손을 내밀었다. 현은 자연스럽게 팔을 내밀었다. 윤 여사를 에스코트하자 그녀는 들어올 때와 마찬가지로 현을 가까이 있는 사람에게 소개하기도 하고, 저만치 있는 사람들, 회장, 사장, 장관, 의원, 박사와 그 부인에 대해 현의 귀에 소곤소곤 속삭이기도 했다. 기억하라고 들려주는 것도 아니려니와 기억할 필요도 없는 장안의 명사들에 대한 윤 여사의 놀라운 박식도 싫지 않았다. 의붓아들과의 행복한 관계를 과시하기 위한 다정한 수다도 현의 귀에 매우 쾌적한 것이었다.

대강당 로비엔 조출한 리셉션 자리가 마련되어 있었고 연주복 채인 졸업생과 지도교수들이 하객들 사이에서도 눈에 띄었다.

"저쪽이야."

윤 여사가 사람들 사이를 우아하게 누볐다. 서로 한가족인 듯 동그랗게 모여 있는 사람들 중에서도 고개를 길게 빼고 이쪽을 주시하고 있던 점잖은 중년 부부가 윤 여사를 보고 반색을 했다.

"윤 교수 이쪽이야."

그중 부인과 윤 여사는 오랜 친구 사이처럼 흉허물 없이 굴었다.

"장 사장님, 아니 장 의원님. 우리 아들 소개하겠어요. 인사드려."

현은 허리를 정중하게 굽혔다. 점잖은 부부의 온화한 시선이 기분 나쁘지 않을 만큼 치밀하게 현의 구석구석을 훑었다.

"어머 순서가 바뀌었네. 우리 신랑 초면이시죠?"

현을 놓아주고 대신 박준 씨의 팔짱을 끼며 윤 여사가 활짝 웃었다. 장 의원과 박준 씨가 굳은 악수를 교환했다.

"뵙게 돼서 영광입니다. 존함은 익히 알고 있었습니다. 저렇게 준수한 아드님을 두셔서 부럽습니다. 아직까지 신랑이신 것도 부럽구요."

"신혼이면 신랑이지 별겁니까. 재원 따님을 두셔서 부럽더군요. 저는 딸은 낳아보지도 못해서요. 따님의 그 신기한 손을 가까이서 보고 싶은데……."

박준 씨가 만면의 사교적인 웃음을 띠고 며느릿감을 찾았다. 약간 뒤쪽으로 물러서 있었지만 어깨가 드러난 흰 드레스 때문에 단박 눈에 띄는 규수가 부끄러운 듯 입을 가리고 앞으로 나왔다.

"어머 쟤가 부끄럼을 다 탈 줄 알아? 철났네."

윤 여사가 허풍스럽게 놀라는 시늉을 했다. 규수가 입에서 손을 떼고 약간 굳은 얼굴로 고개를 숙였다.

"오늘 너 참 잘했다. 응석꾸러기로만 봤더니 대단하더라."

규수가 현 쪽으로 살짝 곁눈질을 했다. 파인 가슴에 늘어선 세팅이 단조로운 다이아몬드가 눈부셨다. 더 눈부신 건 선악을 알기 전의 어린이처럼 천진한 얼굴이었다. 미인은 아니었지만 귀염성이 있었다.

"어머 쟤들 좀 봐. 어른이 소개시켜주기 전에 미리 눈 맞추고 있잖아."

윤 여사가 큰소리로 떠들자 거기 모인 사람들이 일제히 웃음을 터뜨렸다. 규수가 어른들 뒤에 숨으며 몸을 비틀고 앙탈을 했다. 분위기가 화기애애해졌다.

다른 사람들도 마찬가지였다. 근심 없고 오로지 즐겁고 적어도 예술과 인생을 사랑할 줄 아는 사람들이 모여서 조금씩 마시며 많이 이야기하고 있었다. 로비에 끝도 없이 즐비한 꽃바구니는 제철의 화원이 무색하게 난만하고 사람들은 속속들이 선량하고 화제는 교양에 넘치고, 현에게 이 모든 것은 쾌적했다.

"박현입니다."

"장숙경입니다."

양가의 분위기가 한껏 무르익은 후에 윤 여사는 새삼스럽게 현과 숙경을 인사시켰다. 양가 식구들은 이런 두 사람을 잘 어울리는 한 쌍의 상견례를 지켜보듯이 기쁨과 축복이 넘치는 시선으로 바라보았다.

"저어……."

숙경은 무슨 말을 하려다 말고 얼굴을 붉히며 뒤에서 그녀를 에워싼 가족들을 돌아다보았다. 마치 어른들이 애써 가르쳐준 재롱의 말을 깜빡 잊어먹고 다시 어른들에게 구원을 청하는 어린애처럼 단순하고 난감한 얼굴이었다.

"쟤가 저렇게 숫배기라니까, 쯧쯧."

그녀의 어머니가 혀를 찼다. 그러나 그런 딸이 귀엽고 자랑스러워 못 견디겠다는 미소가 얼굴 가득했다.

"축하 파티에 직접 초대를 하라고 시켰더니 그것 하나 제대로 못하고 저러는구려."

"세상에 순진도 해라."

"남자라곤 즈이 아버지밖에 모르는 애 아뉴."

"축하 파틴 이거면 됐지. 따로 또 할 거유?"

"졸업 연주를 그만큼 성공적으로 치르고 이렇게 도매금으로 슬쩍 넘길 수야 없잖아."

"아무튼 당신 이 딸내미한테 정성인 건 알아줘야 한다니까."

"아냐. 나만 유난 부리는 것처럼 취급하지 마. 다 그렇지들 하는 거니까. 그런 파티에 참석하는 지도교수 스케줄이 어찌나 빡빡하게 꼬였는지 우리도 순전히 그쪽 형편에 따라 날짜 잡았다면 말 다했잖아."

"음악 공부라는 게 본인도 힘들고 뒷바라지하기도 힘들고 그렇지? 거기 비하면 미술은 순 궁상이야."

"궁상 좋아하네. 예술치고 파트론 없이 되는 게 어디 있다구?"

"숙경이 졸업은 졸업이지만 당신 파트론 노릇 졸업하는 소감이 어때?"

"너무 섭섭해서 덜컥 몸져눕는 거 아냐?"

"그 노릇에 졸업이 어디 있어? 숙경이나 나나 이제부터 시작이지."

"아유 극성, 참 파티 초대나 마저 해얄 게 아냐? 언제 어디서야."

"이번 토요일. H호텔이야."

점잖고 조용해 보이는 인상과는 달리 꽤 수다스럽던 숙경이 어머니가 별안간 정색을 하고 현에게 말했다.

"닥터 박, 그날 꼭 참석해줘요. 닥터 박이 그날의 사실상의 주인이니까. 우리 애한테 그 말씀을 드리도록 며칠 전서부터 가르쳤는데도 글쎄 저 모양이군요. 피아노 치는 것 말고는 뭐든지 다 어른들이 해줘 버릇을 해서 응석만 잔뜩 키워놓았답니다.”

그녀는 어느새 아버지 뒤에 숨어서 어깨 너머로 고개만 내밀고 있는 딸을 눈짓하면서 민망한 듯이 말했지만 실은 딸의 응석을 즐기고 있는 티가 역력했다.

“그래도 남자 친구 초대하는 것까지 엄마가 해주려니 하는 건 너무했다, 얘.”

윤 여사가 숙경을 현 앞으로 끌어내면서 가볍게 핀잔을 주었다.

“여보, 당신 벌써부터 시어머니 노릇 하려는 거요? 이거 안 되겠는데. 며느리 사랑은 시아버지라는데. 내라도 장 양을 두둔해야지. 장 양이 부끄럼 타도 순진한 모습이 참 보기 좋아요. 아까부터 넋을 잃고 바라보고 있는 중이요.”

박준 씨가 이렇게 허풍을 떨며 파안대소하자 모두 따라 웃었다. 현도 마지못해 따라 웃다 말고 느닷없이 난감한 느낌에 사로잡혔다. 숙경의 충분히 성숙한 몸매와 선악을 알기 전의 어린애처럼 천진하고 무책임한 얼굴의 부조화가 그를 난감하게 했다. 숙경이를 난감해하면서 여지껏 그렇게 쾌적하던 분위기에도 멀미가 나기 시작했다. 멀미는 차멀미처럼 구체적이어서 그는 빨리 벗어나고 싶단 생각밖에 할 수 없었다.

“그럼 그때 다시 뵙기로 하죠.”

현은 시계를 보면서 말했다. 어서 그 자리에서 비켜나고 싶단 생각 때문에 또 만나는 게 싫은지 좋은지 따질 겨를도 없었다. 숙경이네 가족들은 그가 혼자 먼저 가려는 걸 이상해했다. 특히 숙경이도 자존심 상한 응석꾸러기답게 울상이 되었다. 현은 변명하지 않고 그 자리를 비켜났다. 대신 윤 여사가 능란하게 변명하는 소리가 들렸다.

"의사 되기가 얼마나 힘든 줄을 나도 요새 처음 보고 배우는 중이야. 무의촌 근무까지 합치면 자그마치 10년 공분데 이제 겨우 인턴이야. 앞으로 전문의 수련 과정은 자기 대학병원에 남아 차를 수 있을지 없을지. 그 스트레스도 보통이 아닌데 인턴 과정 고된 건 또 말도 말아. 일주일에 한두 번 집에 들어와 잘까 말까. 지금도 아마 병원으로 곧장 들어가야 할 거야. 오늘 이 정도의 짬이나마 내게 하느라고 내가 얼마나 오래전부터 공작을 한 줄 알아?"

"윤 여사 당신 생색내는 것도 좋지만 우리 숙경이 기절하겠어. 남잔 다 즈이 아빠 같은 줄 아는 애한테 외박 애기부터 할 건 뭐야."

"우리 어서 어서 두 애 짝지어서 미국으로 보내버리자구. 그래야 숙경이도 어른 돼. 우리 현인 서른둘이야."

왜 그 말끝에 자기 나이가 덧붙여졌는지 현은 매우 못마땅하게 생각했다. 그는 모욕당한 것처럼 무안하고 억울해서 빨리 그 곤경을 벗어나려고 허둥댔다. 그동안 사람이 많이 줄었으련만 로비는 아직 붐비고 있었다. 그는 문득 사방이 거울로 된 방에서 방황하고 있는 듯한 착각에 사로잡혔다. 여기저기 동그랗게 한무리를 이루고 담소를 즐기고 있는 선남선녀들이 그가 방금 벗어난 양가 식구들의 무수한 영상처럼 그를 혼란스럽게 했다. 멀미가 극도에 달하면서 그 곳을 벗어나기 위해선 불가불 온몸으로 거울을 부숴야 할 것 같은 긴박한 착란이 왔다. 부숴야 할 것은 거울이 아니라 바로 너 자신이라는 듯이 그가 힘껏 달려드는 거울 속에서 마주 달려드는 것은 자신의 모습이었다.

유리문 밖 어둠은 농밀했다. 저만치 발밑에 웅덩이처럼 가라앉은 주차장에서 승용차들이 속속 두 눈에 불을 켜고 빠져 나가고 있었다. 정문까지의 장장한 비탈길을 걸어 내려가는 것은 그 혼자였다. 바깥날은 생각했던 것보다 추웠다. 그는 자주 부르르 몸을 떨곤 했다. 찬바람보다 네가 부숴야 할 것은 네 자신이란 좀전에 떠오른 당치않은 생각이 얼음 조각의 촉감처럼 그를 속속들이 시리게 했다. 그 생각은 기분 나쁘면서도 뭔가 새롭고도 운명적인 느낌으로 그를 혼란시키고 있었다. 서른두 살의 나이를 생각해야지. 그는 뭔가 위기에 직면한 것 같은 자신을 이렇게 타일렀다. 지금 자신을 부순다는 건 서른두 살의 나이가 쾌적해 마지않는 모든 것을 내던질 각오 없인 엄두도 낼 수 없는 일이었다. 서른두 살의 나이란 얼마나 치사한 나이인가. 그도 마치 서른두 살이 싸고 싼 비밀이었던 것처럼 그가 서른두 살을 그토록 명확하게 폭로한 윤 여사에게 정나미가 떨어졌다. 서른두 살, 서른두 살…… 서른두 살을 구제할 방법이 아주 없는 건 아니었다. 서른두 살은 쾌적한 삶의 맛을 조롱하기 가장 좋은 적령기이기도 하지만 한편 그것을 거부할 수도 있다는 생각이 무슨 계시처럼 그의 뇌리를 스쳤다.

정문 밖의 양장점, 보셋집, 경양식집, 다방이 즐비한 상가에서 아직 불빛이 밝고 시끌시끌했다.

그의 심상에 이상한 모양으로 왜곡되어 늘어붙었던 숙경이와 양가 식구들과 졸업 연주회 광경이 희미해지면서 그도 차츰 편안해지기 시작했다. 그는 명문 여자대학가의 달착지근한 밤공기를 폐부 깊숙이 들이마셨다. 그쪽 공기엔 심각한 고민을 악의 없이 야유하면서 어루만지는 장난기 같은 게 아지랑이처럼 스멀대고 있었다. 인생이 뭐 별거라구? 폼 잡고 고민해봤댔자야. 유리창 쪽 황금빛 마네킹의 옴팡한 눈이 그를 이렇게 야유하는 것처럼 보였다. 그는 휘파람이라도 불고 싶게 가벼운 마음으로 미소지었다.

그의 인턴의 마지막 기간은 안과 실습이어서 인턴 숙소에서 잠잘 필요가 없었다. 집에서 출퇴근하면서 그는 식구들과의 화목을 그 어느 때보다도 도탑게 했다. 박준 씨도 윤 여사도 고모도 그를 유아처럼 얼르고 왕처럼 떠받들었다. 윤 여사는 더욱 곰살스터워지고 박준 씨도 관대하고도 자애로웠다. 분가해서 사는 맏이와 둘째가 말썽을 일으키는 건 여전했지만 이 집의 화평을 근본적으로 흔들 만한 것은 못 됐다. 그들의 말썽은 대개는 돈으로 무마됐다. 그럴 때마다 박준 씨는 그 자식들이 변변치 못한 걸 한탄하기보다는 그 자식들이 부를 계승할 만하지 못한 걸 일찌거니 간파한 자신의 혜안을 자찬해 마지않았다. 박준 씨도 현재 거액으로 추측될 뿐 정확한 액수는 아무도 모르는 유가증권과 현금을 굴리고 있을 뿐 사업으로부터는 손을 뗀 지 오래였다. 물려줄 자식이 없다고 판단하고

부터 그는 자신의 반생을 바쳐 이룩한 사업을 단시일 내에 정리하기 시작했다. 그러나 물려줄 자식이 없다고 판단하기까지는 그도 자식들에 대해 참을 만큼 참기도 하고, 요모조모 관찰도 하고, 질책도 하고, 위협도 하기는 보통 아버지나 마찬가지였다. 맡기는 일을 맡기는 족족 실수만 거듭하기에 마지막으로 가방 하나와 최소한의 여비만 주어 말단 세일즈맨으로 세계를 돌게 했더니, 지사와 친지 등 아버지 이름이 통하는 데마다 빚을 걸머지고 다니면서 관광과 유흥을 일삼다 끌려 돌아오다시피 했다. 둘째는 음대에 보내 달라는 걸 억지로 경영대를 보냈더니, 졸업 후에도 마음을 못 잡고 악단을 만든다, 나이트클럽을 경영해본다, 박준 씨 눈엔 딴따라 판으로밖에 안 보이는 짓을 했는데, 조그만 고장이나마 제대로 파고들지도 못하고 언저리만 맴돌다 살롱에서 아르바이트로 피아노 치는 가난한 음대생과 연애하고 결혼하기 전에 애부터 낳고 그제서야 아버지한테 취직시켜달라고 애걸해서 시켜주면 석 달이 멀다 하고 사표를 내던지기도 하여 사직을 강요당하기도 했다. 막내에다 두 형보다 한창 아래인 현은 아직 고등학생이었지만 소설가가 되기 위해대학 입시공부 같은 건 거들떠도 안 보고 허구한 날 소설책 끼고 남상이네 집에 틀어박혔을 무렵이었다. 세 자식이 속썩이는 일이 겹친 데다가 상승작용까지 일으켜 당하는 박준 씨에겐 그 무렵이 생애 최악의 해가 되었고 전환기가 되었다. 그는 자식에 대한 책임감대신 부에 대한 책임감을 택했다. 박준 씨는 자기 속에 자식에 대한본능보다 부에 대한 본능이 더 크고 강력하게 자리 잡고 있음을 깨달았고 그걸 구태여 속이려 들지 않았다. 그렇더라도 한 구석의 허전함마저 없을 순 없었다. 그런데 소설가가 되겠다던 막내 현이 돌변해서 어떤 싹수를 보이기 시작한 것이다. 박준 씨는 그 싹수를 자기의 허전한 구석에 이식해 하루하루 키우는 낙에 노후의 보람을 삼기 시작했다. 현이 보인 싹수에 의해 박준 씨의 노후만 새로워진 게 아니라 그가 다만 지키는 데만 목적을 두었던 부의 의미도 새로워졌다. 그는 현이 미국 가서 박사 학위 받고 돌아올 동안 최신의 종합병원을 지어서 선물할 꿈에 부풀기 시작했고 이제 그 꿈은 구체적인 계획으로 옮겨가고 있었다. 그의 근성은 뭐니 뭐니 해도 사업가였다. 병원도 경영에 더 관심이 있었고 경영의 궁극의 목적은 이윤의 추구였다. 그는 병원 경영에 관한 책을 여기저기서 구해 독학으로 연구를 하다가, 보다 성공에 만전을 기하기 위해 내년 신학기부터는 병원 경영학 강좌가 있는 보건대학원에 입학할 작정이었다. 병원의 건물이나 시설, 인사 등은 다 그 전문가에게 맡길 수 있어도 경영만은 그럴 수가 없다고 생각했다. 일선에 나서고 싶진 않았지만 배후에서 마지막 키를 쥐고 있고 싶었다. 현은 이렇게 박준 씨의 남 모르는 허전함을 새로운 희망과 부듯한 욕심으로 채워주었을 뿐 아니라 장 의원의 외동 딸 숙경과의 혼담으로 박준 씨의 왕년에 열등감까지 보상해주는 크나큰 효도를 한 셈이었다.

박준 씨가 맏이와 둘째에게 다시는 희망을 걸지 않기로 조정한 결정적인 원인은 그들이 박준 씨 보기에 보잘것없거나 비천한 집 딸과 정식으로 결혼한 거였다. 집안 내에서나 회사 내에서 속썩이고 말썽

부리는 건 그래도 참아줄 아량이 있었지만 대외적으로 집안 망신을 시키고 아비의 자존심에 똥칠을 한 자식을 참아줄 순 없었다. 자식들이 천부의 권리처럼 믿고 있는 재산권으로부터 자식들을 따돌린 건 실로 박준 씨다운 복수의 방법이었다. 그러니까 박준 씨는 이번에 두 번째로 현을 자신과 자신의 가문의 명예에 손상을 입힌 것들에 대한 복수의 도구로 이용하려는 건지도 몰랐다. 첫 번째 복수를 정통으로 당한 건 물론 현의 생모였다. 그러나 이런 견해는 현의 집안 내력을 속속들이 알고 나서의 가장 악의적인 해석일 뿐 박준 씨조차 의식하는 노릇은 아니었다. 박준 씨의 현재의 화목은 물샐틈없이 완벽했다. 박준 씨의 현을 향한 자애를 의심한다는 건 벌받을 짓이었다. 갓난아기의 별빛 같은 눈에 거짓이 없듯이. 우아한 반백의 머리가 몇 가닥 흘러내린 주름진 이마 밑 황혼의 우물처럼 조용히 가라앉은 눈빛에 서린 자애에도 거짓이나 계략은 티끌만큼도 없어 보였다.

현에게 그 모든 것이 쾌적했다. 그는 하루에도 몇 번씩, 아니 쉴 새 없이 쾌적했다. H대 음대 졸업 연주회와 그 리셉션이 쾌적하듯이 도시화와 윤 여사의 그림이 어색하지 않게 조화된 거실에서의 일가 단란의 시간이 쾌적했고 아버지의 파이프 연기가 쾌적했고, 윤 여사의 교양 있는 수다가 쾌적했고 윤 여사의 안목이 고른 실크 와이셔츠와 넥타이가 쾌적했고 고모의 요리 솜씨가 쾌적했다. 쾌적함을 의식하다 못해 의식적으로 쾌적했다. 마치 근육 마비에 한 번 걸렸던 일이 있는 환자가 끊임없이 근육을 움직여 마비가 아님을 확인하려는 것처럼 그는 자신의 삶에 얼마나 쾌적하게 적응하고 있나를 수시로 점검하려 들었다. 그러나 아무리 쾌적해도 그건 이미 이물감일 뿐이라는 생각이 퍼뜩 떠오른 적이 있었다. 그 쾌적감이라는 게 생모를 만나 그의 출생에 얽힌 비밀을 알기 전까지는 전혀 느껴보지 못한 느낌이었으니 말이다.

자기가 태어난 집과 식구들이란 적어도 쾌적한 것을 의식하고 확인할 필요가 없는 그 무엇이 아닐까? 쾌적한 것을 끊임없이 의식해야 하는 게 실은 쾌적한 것이 아닐 수도 있다는 의심은 곧 쾌적한 것에 대한 멀미의 시작이었다. 멀미는 자주 도졌다. 차멀미가 심할 때 달리는 차에서 목숨 걸고 뛰어내리고 싶어지는 절박한 충동처럼 그는 그를 쾌적하게 하는 것들을 산산이 부숴버리지 않으면 미칠 것 같을 때가 더러 있었다. 그럴 때마다 아슬아슬하게 그를 지탱해 주는 건 서른두 살의 나이였다. 서른 살만 됐어도 뭔가를 저지를 수 있을 것 같았다. 2년 동안 재수만 안 했어도 서른밖에 안 됐을걸, 하는 부질없는 계산까지 했다. 서른두 살이야말로 현의 허위의 가장 강력한 보루였다.

H호텔에서 숙경이를 위한 파티가 있던 날 윤 여사는 현이 입고 갈 옷까지 일일이 챙겨주고 나서 말했다.

"오늘은 아마 친지들한테 사윗감을 넌지시 선뵈는 날이 될 거야. 점잖게 굴어. 너무 성급하게 단둘이 되려고 하지 말고. 단둘이 되는 건 오늘 말고 요다음 기회가 좋을 거야. 그렇다고 숙경이 섭섭하게 그냥 오지 말고 데이트 신청을 해봐. 알았지? 데이트 신청할 줄 알아?"

"그것도 아주 가르쳐주시겠어요?"

"가르쳐줬다가 전번에 숙경이처럼 도중에서 까먹으면 어쩔려구? 저어! 한 마디 하고 뒤돌아보고 구원을 청해도 소용없을걸. 혼자서 가는 거니까. 아무튼 숫배기끼리 잘 만났어. 천생연분이라니까."

"저 이래 봬도 서른둘입니다."

"누가 아니래. 나 역시 서른둘만 믿고 단신으로 적진엘 들여보내는 거니까 아무쪼록 실수 없이 임무를 완수하도록 해요."

파티는 성황이었고 어렵게 데이트 신청을 할 필요도 없이 그쪽의 스케줄은 이미 두 사람만의 시간을 따로 마련해놓고 있었다.

"애는 이런 격식적인 자리는 질색이라네. 자네가 앨 좀 빼돌려 이 위 스카이라운지에서 쉬면서 맥주라도 하고 있지 않겠나. 손님들 대강 치르고 데리러 갈 테니까."

정 의원이 능글맞게 웃으며 현에게 넌지시 일러주었다.

"네, 손님들께 실례가 안 된다면……."

"실례는. 자네가 우리 앨 빼돌리지 않으면 되레 손님들이 실망할 걸세."

현은 마치 몰이꾼에게 몰리듯이 숙경과 함께 그 사파이어룸인가 하는 화려한 장소를 벗어났다.

"스카이라운지는 싫어요. 산책해요."

숙경이가 짜증스럽게 말했다. 넌 아양 떨 줄도 모르니? 이러려다 말고 현은 이 아가씨도 몰리고 있을 뿐이란 생각으로 쓴웃음을 지었다.

"남산은 이상한 산이에요."

말없이 걷다 말고 숙경이가 말했다.

"왜요?"

"그냥요."

또 그 난감한 생각이 현을 조였다.

"이 산 밑에 굴이 몇 개 있는지 알아요?"

"몰라요."

"지나가 보지 못했어요?"

"지날 때는 하나던데요."

"지날 때는 하나라……. 히히히, 숙경 씨는 유머 감각이 뛰어나서."

현은 히히덕대다 말고 자기야말로 아양 떨고 있다는 생각으로 등줄기로 소름이 지나가는 것 같았다. 화제가 끊겼다. 화제가 끊겨도 답답하지 않은 여자가 아니면 아예 안 사귀는 게 좋다는 어느 선배 말이 생각났다. 그런데 이건 답답한 거 이상이었다. 자기도 모르게 나쁜 짓을 해서 여자의 비명이라도 들어야 할 것 같은 예감인지 충동인지가 그의 목을 조이는 것 같았다. 그는 나사못을 돌리듯이 목을 돌리며 넥타이를 약간 풀었다.

"남산에서 나쁜 짓들을 한다는 소리가 믿어지지 않아요."

여자가 그의 속을 들여다본 것처럼 말했다. 그러나 멍청하고 나른한 목소리였다.

"왜요?"

"이게 무슨 산이에요? 타워지."

저 여자가 생각하는 나쁜 짓이란 도대체 어떤 모습을 하고 있는 걸까. 현은 문득 생각해봤지만 그 이상의 호기심이 동하지 않았다. 나쁜 짓에의 충동도 일지 않았다. 또 침묵이 왔다. 여자가 떨고 있는 게 보였다. 포근하지만 겨울 날씨였다. 여자가 타워라고 우겨도 산은 산이었다. 여자는 얇은 야회복을 입고 있었다. 추위에 떨고 있는 게 분명한데도 나쁜 짓 할 생각은 추호도 없으니 떨 거 없다는 생각이 들었다. 그리고 자신의 그 정도의 잔혹성에 잠시 우쭐했다.

"전번 졸업 음악회 때 숙경씨가 연주한 곡은 대단한 난곡이었다면서요."

"그래서요?"

여자가 뜻밖에 도전적으로 언성을 높였다. 평범한 얼굴의 앳된 표정이 순간적으로 험악해졌다.

"저야 뭐 압니까? 저희 새어머니가 그러더군요. 초인적 기교를 요하는 어려운 곡을 완벽하게 연주했다고……."

"아뇨. 엉망이었어요."

여자가 그를 빤히 쳐다보면서 말했다.

"미국 가서도 난 음악 공부 계속할 생각 없어요."

"그럼 뭘 할 겁니까?"

"남편 뒷바라지도 하고 틈틈이 쇼핑도 하고 그러죠, 뭐."

"음악이라는 게, 그러니까 그 음악이라는 게……."

여자가 예사롭게 남편 소리를 하자 그는 자기가 꼼짝없이 10년

묵은 남편이 돼버린 것 같아 되는 대로 소리쳤다. 여자가 천진난만한 것 같기도 아둔한 것 같기도 한 시선을 현에게 고정시킨 채 타이르는 것처럼 말했다.

"음악에 대해 알은척 안 해도 돼요. 사람들은 왜 음악이나 미술이라면 꼭 한마디씩 알은척을 해야 된다고 생각하는지 모르겠어요. 윤 아줌마 전시회때 엄마가 미술에 대해 알은척하는 걸 듣고 있으면 조마조마해 죽겠다니까요. 처음 전시회땐 그림에 적寂이니 청淸이니 묘妙니 하는 알쏭달쏭한 외자 이름이 붙어서 엄마가 알은척하기도 쉬웠어요. 우리 엄만 요만한 걸 갖고 이만하게 둘러대길 잘 하거던요. 적寂 앞에선 애, 이 그림 참 쓸쓸하다. 인생무상이 소슬바람처럼 가슴을 스치는 것 같아. 청淸 앞에선 아유 맑고 깨끗하기도 하지. 이런 건 가을 하늘에서 영감을 얻니? 아니면 비구니나 소녀의 눈동자? 네 그림 하나 소장하고 싶은데 어떤 게 좋을까? 아, 저게 좋겠다. 저 약躍. 선이 어쩌면 저렇게 힘차니? 내 성미엔 암만해도 희망적인 게 좋거든. 이런 식으로 말예요. 그런데 저번 전시회 땐 제목이 작품 1, 2, 3…… 하는 식으로 매겨 있으니 우리 엄마가 난처해할 수밖에요. 우리 엄마 별수 없이 입 다물고 작품을 감상하고 나서 애, 나 같은 초보자도 감상하기 쉽게 이름을 좀 붙이지 그랬니? 하더군요. 윤 아줌마가 뭐라고 대답했는 줄 알아요? 엉터리 그림으로 한 번 속여먹는 것도 미안한데 엉터리 이름으로 두 번씩 속여먹는 건 너무하는 것 같아서……. 글쎄 이러지 뭐예요. 우리 엄마는 그게 자기 같은 사람을 욕하는 소린 줄도 모르고, 애 너 왜 갑자기 겸손해졌니? 예술가는 오만해야 돼. 곧 죽어도 오만해야 돼. 우리 숙경이도 그거 하나는 내가 어려서부터 철저하게 길들였다. 그러고 나서 소장할 그림을 고를 때 어떡했게요? 내 귀에다 대고 네가 고르렴. 힌트는 내가 줄 테니까. 우리 엄마가 내게 준 힌트가 걸작이었어요. 이왕이면 작품 번호가 갑오가 되는 것 중에서 고르라는 거였어요."

숙경은 이런 쓰잘데없이 장황한 소리를 단숨에 지껄였는데도 매우 권태롭게 들렸다.

"윤 아줌마가 누굽니까?"

"그걸 몰라서 물어요? 현 씨 새엄마 얘기잖아요."

"그런 얘길 뭣 하러 하죠?"

"내 얘기가 듣기 싫었나요? 현 씨가 음악 얘기할까 봐 조마조마해서 마구 지껄였어요."

"우리 혼담에 대해 어떻게 생각하십니까?"

"피할 수 없다고 생각해요."

"우리끼리니까…… 우린 젊은 사람이고 또 당사자끼리니까 한번 탁 터놓고 얘기해도 좋다고 생각하는데요."

개수작 부리고 있네, 속에서 이렇게 비웃고 있는 소리를 들으면서도 현은 일부러 말까지 더듬어가면서 신중함을 강조했다.

"아무리 탁 터놓고 얘기해봤댔자 피할 수 없는 게 달라지진 않아요."

여자가 신경질적으로 말하면서 몸을 웅숭그렸다. 현은 다시 목을 나사못 돌리듯이 비틀어 올리면서 넥타이 매듭을 만지작댔다.

"추워요. 다리도 아프구요. 돌아가요."

여자가 오들오들 떠는 게 보였다. 현은 별수 없이 여자의 등으로 팔을 돌려 여자의 한쪽 팔을 감쌌다. 야회복의 얇고 부드러운 질감을 통해 만져지는 여자의 팔은 얼음 막대기처럼 차갑게 경직돼 있었다. 현은 그게 여자의 살이라는 걸 확인하려는 듯이 어루만지기도 하고 주물러도 봤지만 까실한 소름이 집힐 뿐 쾌감도 욕망도 일지 않았다.

"연애해본 적 있어요?"

"아뇨, 키스해본 적도 없어요."

"하하……, 마치 연애보다는 키스가 먼저 같군요."

"난 아무것도 몰라요. 그렇지만 현 씨도 나처럼 순진하길 바라진 않겠어요. 엄마가 그랬어요. 서른두 살이나 먹은 남자한테 그런 걸 바라서는 안 된다고……. 결혼하고 나서 꽉 잡는 게 문제라고……."

현은 여자의 팔을 스르르 놓았다. 여자가 미진한 듯 미심쩍은 듯 그를 쳐다보았다. 이럴 때 어떡하라는 건 느이 엄마가 안 가르쳐주든? 그의 눈은 짓궂게 여자에게 이렇게 묻고 있었다. 여자의 표정은 더욱 아둔하게 일그러졌다. 그때 현에게 또 그 기분 나쁜 멀미가 왔다. 그 노릇에 대한 멀미에다 키스 한 번도 안 해봤다는 여자에겐 얼토당토않은 불결감까지 겹쳐 이번 멀미는 그 어느 때보다도 난감했다. 한바탕 게울 것 같기도 하고 한바탕 울 것 같기도 했다.

현은 견딜 수 없는 기분으로 그 바보 같은 계집애 영자가 여왕처럼 거만하게 변신해서 그 앞을 떠날 때 모습을 떠올렸다. 떠올렸다기보다는 떠다밀린 것처럼 전혀 뜻하지 않은 대목에서 그 바보 같은 계집애와 맞닥뜨린 것이다.

"그만둬. 그만두라니까, 잘난 척 좀 그만두라니까. 이 바보 같은 계집애야."

그는 거의 울먹이고 있었다. 통곡으로 목이 메어왔다. 그가 알고 있는 그 바보 같은 계집애가 그만큼 잘난 척하기란 도대체 얼마 만큼 힘이 드는 걸까? 생각만 해도 뼈가 저렸다. 남을 위한 연민으로 육체적인 아픔까지 경험하긴 처음이었기 때문에 그의 표현은 적나라했다.

"이 바보 같은 계집애야, 제발 그만, 그만둬. 잘난 체 그만둬."

그러나 영자는 사라졌다. 그가 지켜볼 때까진 결코 잘난 척을 안 그만두고. 그의 시야를 벗어난 곳에선 폭삭 꺼져버려도 그만이라는 듯이 잘난 척에다 혼신의 힘을 모았다.

그 후 얼마나 오랫동안 영자를 잊어버리고 살았던가. 어디 살아 있다고 생각해본 적도 없었다. 그때 그 바보 같은 계집애의 잘난 척이 하도 열화 같아서 그 후의 그녀가 재도 안 남기고 꺼졌다고 믿고 싶었음인가?

"우리 스카이라운지로 가 있어요. 그리로 데리러 온댔으니까요."

숙경이 후끈한 호텔의 실내 온도에 비로소 화색이 돌며 엘리베이터 쪽으로 걸어갔다. 저만큼 생음악이 울리는 넓은 홀에서 음료수를 들고 있는 신사 숙녀들이 전시된 인간처럼 생기 없이 다만 화려한 구도를 이루고 있었다. 그런 것들과 영자를 최초로 범한 방의 눅눅한 열기, 비닐 꽃장판, 비닐 꽃장판 밑의 곰팡이와 무수한 벌레들, 목판만 한 창을 통해 들어오던 지린내, 오빠, 아아 오빠, 하던 영자의 슬프디슬픈 외마디 비명……. 그런 것들은 서로 별세계의 것이었다. 그러나 그는 그 이질적인 두 개의 세계가 그에게로 함께 흘러 들어오는 것을 막을 수가 없었다. 그는 울고 싶었다. 그러나 우는 방법에 대한 천생의 무지몽매가 그를 절망케 했다. 만약 그 바보 같은 계집애를 위해 울 수만 있다면, 그 눈물에 의해 그의 서른두 살은 함부로 왜곡당하고 호도하는 온갖 거짓된 것을 씻어내고 서른두 살의 참뜻을 직시할 수도 있으련만. 아아 그럴 수만 있으면, 그는 남몰래 전율했다.

8

봄의 예감

아내의 임신 후 남상이의 일은 더욱 잘 풀렸다. 군소업체가 난립을 하고 원료가 국산화됨으로써 경쟁은 심하고 이윤은 박해져서 나 사장이 고전을 면치 못하고 있는 것과는 상관없이 남상이의 수입은 날로 좋아지고 있었다. 영업과장으로 제품 판매에 나타낸 실력보다는 자금 조달에 발휘한 그의 실력을 나 사장은 더 높이 평가했다. 남상이는 서울화학의 돈줄이었다. 자금이 달릴 때는 누구나 다 그러는 거겠지만 나 사장 역시 현금에 기갈이 난 것처럼 덤핑을 하더라도 제품은 현금으로 팔기를 원하고 지불은 어음으로 결제하려 들었다. 공원들 월급처럼 불가불 현금으로 필요한 것도 거액의 약속 어음을 남상이에게 떼어주면서 할인해다 줄 것을 부탁했다.

"내가 자네를 못 만났으면 어쩔 뻔했나? 자네는 내 돈줄일세."

자네는 내 돈줄이란 소리를 나 사장은 자네는 내 목숨줄이란 소리처럼 가련하게 해서 남상이를 우쭐하게 했다. 그러면서도 나 사장네 사는 형편은 날로 호화스러워졌다. 살던 집을 전세 놓고 65평짜리 아파트를 새로 장만하자 며칠 안 돼서 여지껏 타고 다니던 레코드 로얄을 아내에게 넘겨주고 그라나다를 새로 사들이기도 했다. 그럴 때마다 나 사장은 겸연쩍은 듯이 너털웃음을 웃으면서 이런 게 바로 사업하는 묘미거든, 하는 변명을 일삼았다.

"암 그러셔야죠. 맨손 내밀고 돈 빌리기보다 금반지 낀 손 내밀고 돈 빌리기가 훨씬 수월한 세상 아닙니까?"

남상이는 이렇게 되받으며 속으론 이 능구렁이야, 직원들 월급 안 올려주려고 엄살떠는 속셈 누가 모를 줄 알구, 했다. 실상 속까지 비어가는 것보다 겉으로 가난하고 속 차가는 게 믿음직스러운 게 사실이었다. 사채시장에 나 사장 어음이 너무 많이 나돌자 요새로 슬금슬금 꺼리는 경향이 나타나는 중이었고 전문적인 스표 장수가 아닌 돈푼깨나 있는 장사꾼들한테 친분을 믿고 교환을 할래도 남상이가 이서한 것을 요구하고도 불안한지 남상이의 재산 정도를 은근히 떠보는 실정이었다. 그럴 때마다 남상이는 조금도 거리낌 없이 큰소리칠 수가 있었다.

"모르셔서 그렇지 그 바닥에서 우리 나 사장만 한 알부자도 없을 걸요. 나 사장은 내가 속속들이 근본부터 아는데 땅 먼저 다져놓고 집 지을 사람이지 허공에다 빌딩 세워놓고 땅 보러 다니는 요즘 사업가하곤 질적으로 틀리답니다."

　이렇게 남상이는 착실하게 나 사장의 돈줄 노릇을 했고 그 노릇해서 떨어지는 돈이 쏠쏠했다. 돈 시장에 돈이 귀하단 평계로 선이자를 5부나 제한 현금만 조달하면 됐지만 그가 실제로 지불하는 이자는 3부 5리 정도가 고작이었다. 친분이 두터운 거래처에선 3부까지도 교환이 가능했다. 이렇게 해서 생긴 군돈이 목돈이 되면 그가 직접 나 사장 어음을 교환해주기도 했다. 염불엔 마음이 없고 잿밥에만 마음이 있다고 요샌 제품 팔러 다니는 일보다 그 일에 훨씬 더 신명이 났다. 그 일은 그에게 나 사장 같은 알부자의 돈줄이 실은 자기라는 그윽한 우월감을 주었고 거액의 돈을 주무르는 쾌감 또한 맛들일수록 진진했다.

　그는 빨리 많은 돈을 벌고 싶었다. 수단 방법 같은 건 아무래도 좋았다. 수단 방법 가리지 말고 돈을 벌란 소리로 개같이 벌어서 정승같이 쓰란 말은 참으로 고무적이었다.

　그는 개같이 번 돈으로 자식만은 정승같이, 아니 정승으로 기르고 싶었다. 그의 자식이 아내의 배 속에서 자라나는 속도를 훨씬 앞질러 그의 욕망은 부풀어 올랐다.

　현과의 그 아름답던 젊은 날의 우정에 구정물을 끼얹었듯이 할아버지가 내보인 한 장의 사진과 낡은 사발통문에 담긴 조상의 비원은 늘 그에게 수수께끼였다. 한때 그는 거기서 뭔가 빛나는 기적이 저절로 움트길 바란 적도 있었다. 그 거룩한 걸 간직한 봉천동 그의 오두막이 딴 오두막과 조금도 다르지 않게 더럽고 냄새나는 게 억울해서 미칠 것 같은 적도 있었다.

한때는 또 자기가 거기서 움터야 할 빛나는 기적이 돼야 한다는 과분한 책임감에 짓눌려서 사족을 못 펴기도 했다. 그러나 아내의 임신은 저절로 그 수수께끼에 대한 해답인 동시에 보답이 됐다. 부디 그 애로 하여금 여기서 움터야 할 빛나는 기적이 되게 하소서.

남상이는 자신이 그 빛나는 기적이 되지 못한 게 순전히 가난 때문이라고 생각했다. 그 아이에게 가난만은 물려주어선 안 된다는 생각이 그를 무진장한 욕심꾸러기로 만들었다. 그는 욕심을 스스로 걷잡지 못했고 욕심 부리는 대로 일이 돼가는 데 부듯한 살맛 같은 걸 느꼈다. 문득문득 자기가 하고 있는 일을 돌이켜보지 않는 건 아니었다. 돌이켜보면서 이미 고인이 된 지 오래인 할아버지와 아직 태어나지 않은 아기에 대해 생각할 때마다 이상하게도 그 두 사람은 그에게 분간할 수 없는 하나가 되었다. 그 더럽고 쾜새나는 판잣집의 컴컴한 방에서 외롭게 죽어가면서 할아버지가 다지막 힘을 다해 내보인 그 돌연한 긍지와 아직 태어나지 않은 아기의 완전무결한 순수는 둘 다 너무도 눈부셔서 그와 그가 하고 있는 일을 섬뜩하도록 초라하게 만들었다.

그가 하고 있는 일에 대해 그게 아닌데, 그게 아니라니까, 하며 나무라는 소리는 할아버지의 목소리 같기도 아기의 목소리 같기도 하고 그 자신의 가장 깊숙한 곳의 목소리 같기도 했다. 그러나 그는 그런 소리를 못 들은 척할 수밖에 없었다. 마치 낭떠러지를 미끄러지고 있는 것처럼 그의 일은 이제 가속까지 붙어서 그의 힘으론 멈출 수가 없었다. 그의 돈도 가속이 붙어서 불어났다. 자기 돈으로 할인해준 어음만도 천만 대가 넘었다. 이자놀이란 참으로 신기하고 고소한 놀음이란 생각이 그를 마냥 즐겁게 했다. 그는 철제 금고에서 나 사장의 약속어음을 꺼내서 세어보고 날짜가 된 것을 은행으로 돌려서 떨어지면 다시 불어난 액수의 어음으로 바꾸어 눈덩이처럼 불어나는 재미와 아내의 배가 달덩이처럼 만삭으로 치닫는 걸 지키는 감동을 혼동하면서 그 나름으론 숨가쁘게 하루하루를 지냈다. 배 속의 생명이 하루도 그 성장을 멈추지 않는 것과 경쟁하듯이 그는 그의 돈을 굴리고 또 굴려서 그 부피를 늘렸다. 큰소리 땅땅 치며 남상이에게만은 좀처럼 힘든 내색 안 하던 나 사장도 요샌 가끔 정색하고 자금난을 호소할 때가 있었다.

"이 달엔 우리도 아이들 월급을 지불할 가망이 없겠는데, 진성화섬만 해도 벌써 석 달째나 아이들 월급을 못 준다며? 사장은 입술이 바싹 타서 동분서주하고 아이들도 난리법석이라더군. 손드는 거 아마 시간 문젤걸. 진성, 제까짓 게 이 바닥이 어디라고 조그만 집 한 채 팔아가지고 뛰어들어가지고 3년도 못 돼 기어이 손들고 물러나는군. 손을 들기만 하면 좋게, 쇠고랑이나 안 찰려나 몰라. 올해 손들 데가 진성 말고도 몇 군데 더 있을 테니 두고 보게. 이 바닥도 정리가 좀 돼야 돼. 송사리들이 거래선을 흐려놓으면서 한탕하는 것도 한도가 있는 거니까. 뭐니 뭐니 해도 아이들이 안됐지. 아이들이야 무슨 죄가 있나. 쥐꼬리만 한 임금에 매달려 죽자꾸나 고용살이한 죄밖에. 남들 망하는데 이런 소리해서 안됐지만 어차피 망할 것들은 애저녁에 싸그리 망해야 돼. 그래서 실업자가 우글우글해야 우리 아이들도 붙어 있는 것만 고마운 줄 알게 될걸. 벌써 아이들이 얼마나 고분고분하던가. 야유회 열어주고 통닭을 한 마리씩 앵겨도 시큰둥 뭐 특근수당을 내라고? 그때가 옛날이지. 이 바닥 경기는 하루가 옛날인걸. 아이들 고분고분해진 걸 보면 하여튼 이 바닥 좋은 건 눈치 하나 빠른 거야. 우리처럼 밑천이 든든한 공장에선 이제 마음 놓고 아이들 임금 한두 달 밀려도 되게 됐으니 불경기 덕도 결국은 돈 있는 놈이 보게 돼 있는 거라구? 안 그런가?”

나 사장이 제법 그럴듯하게 꾸며놓은 사장실 회전의자에 깊숙이 파묻혀 남상이 눈에 1캐럿은 돼 보이는 다이아반지 낀 손으로 콧구멍을 후비며 이런 소리를 하면 그게 아무리 억지 개수작이라도 근사하게 들렸다. 아닌 게 아니라 가을서부터 그 바닥에 불어닥친 본격적인 불황이 겨울엔 한층 심각해져 도산 업체가 속출하리란 전망은 누구든지 하고 있었다. 간단히 말해서 그달 치 임금을 덫 주겠단 소리를 나 사장은 이렇게 장황하고도 어물쩍하게 했기 때문에 남상이도 나 사장을 의심하는 마음이나 공장 사정의 어려움의 심각성을 실감하는 마음이 조금도 없었다. 남상이는 도리어 나 사장이 겪고 있는 약간의 어려움을 즐기고 싶은 마음이었다. 남상이 보기에 나 사장의 어려움은 그가 유출시킨 이자 이상의 것이 못 되었다. 나 사장이 어려워진 것만큼 그의 재산은 불어나고 있다는 건 아무리 곱씹어도 새록새록 맛있는 비밀이었다.

네가 툭하면 몇십 억대라고 허풍 떠는 재산도 밑으로 새는 몇천만 원에 이자를 감당 못 하고 흔들거리지 않니? 꼴 조오타. 이렇게 박수라도 쳐주고 싶은 건 나 사장의 재산이 유출되는 통로를 그가 움켜쥐고 있다는 확고한 믿음 때문이었다. 지금은 비록 나 사장의 재산 정도에 비해선 푼돈에 지나지 않는 게 흘러나오고 있지만 언제고 한번 기우뚱 양자의 균형이 깨지면서 걷잡을 수 없이 와르르 나 사장이 무너지고 그가 모든 것을 차지할 수도 있다는 엉뚱한 망상도 종종 품었다. 그래서 나 사장의 1캐럿짜리 다이아도 회전의자도 사장실도 아니꼽지 않고 사랑스러웠다. 그런 것들은 나 사장의 구색으로서가 아니라 자기의 구색으로 길들이고 친해지는 재미를 그는 자주 음미하고 있었다.

문득 어떤 조화에선지 자기를 남처럼 저만치 떼어놓고 바라볼 수 있을 적이 있었다. 남처럼 바라본 그의 모습은 한없이 유치하고 불쌍하고 천격스러웠다. 튀튀 침 뱉어도 시원치 않고 짓밟아도 시원치 않을 만큼 추악하기도 했다. 타락의 밑바닥까지 도달한 것 같은 굴욕감에서 그를 쉽사리 재기시키는 건 번번이 아직 태어나지 않은 아기였다.

그는 결코 그의 아기를 부자처럼 키우고 싶거나 부자로 만들고 싶은 건 아니었다. 다만 아기만은 돈 같은 건 의식할 필요가 없는 환경에서 자라도록 하고 싶었다. 그가 그의 가문의 빛나는 기적으로 움트지 못한 게 순전히 가난의 무게 때문이었다고 생각했기 때문에 그걸 제거하는 일에 그는 매일매일 조바심했다. 그러나 그가 욕심을 죽이고 줄여서 설정한 돈 같은 건 의식할 필요가 없는 환경이란 게 실은 엄청난 거였다. 그건 돈이 물이나 공기처럼 무진장 있어야 한다는 뜻도 됐다. 그래서 그는 돈을 벌수록 기갈이 났고 눈에 핏발이 섰다. 거기 딸린 윤리성은 물론이거니와 본능적인 방어 본능으로 위험부담을 점검할 겨를도 없었다.

그는 그의 목적—아기로 하여금 그의 가문의 빛나는 기적으로 움터 가문의 긍지를 되찾게 하려는—이 결국은 그의 수단을 정화시켜줄 것을 의심치 않았다. 어느 날 그는 할아버지의 유물 중 김구 선생과 찍은 증조부의 사진과 효수당한 고조부의 사발통문을 표구사로 가지고 가 사진은 금테 두른 액자 속에 모시고 사발통문은 비단을 둘러 족자로 꾸몄다. 그걸 그의 마루에다 여봐란듯이 걸어놓고 보니 그의 연립주택이 더욱 초라하게 보였다. 현이네 가회동 서재에서 본 훈장을 주렁주렁 단 친일파의 사진이 생각났다. 친일파의 사진이 그 정도로 부유하고 고상한 환경에 모셔져 있다면 애국지사의 사진은 그보다 몇 배 더 훌륭히 대접을 받아도 과하지 않겠거늘 이게 무슨 꼴이람. 이래저래 그의 욕심은 밑 빠진 가마솥에 물 붓기로 채워질 줄 몰랐고, 욕심 외의 것을 돌볼 겨를이 없었다.

그 사이에 영자의 배는 어김없이 만삭으로 치닫고 있었다. 몸집이 작고 얼굴이 앳된 영자는 아기를 뱄다기보다는 배를 부풀리기 위해 딴 기관은 퇴화해가는 것처럼 얼굴도 팔다리도 형편없이 쇠약해진 채 커다란 배에 이끌려 가까스로 기동을 하고 있었다.

"당신 몸도 좀 돌봐야지 안 되겠어. 배밖에 안 보여. 그렇게 빼빼 말라가지고 그 큰 배를 어떻게 풀려고 그래."

남상이는 가끔 이렇게 영자를 근심했다.

“당신이 배밖에 안 보니까 배밖에 안 보이죠. 문제없어요.”

그러고 보니 그런 것도 같았다. 애를 배고 나서 영자는 그 고약한 말버릇—싫으면 언제든지 버려도 된다는—도 고치고 명랑하고 느긋해져 있었다.

멩동에서 오래간만에 덕환이를 만났다. 덕환이 패거리한테 얻어맞은 일이 있고 나서도 그 거리에서 오다가다 서로를 의식할 수 있는 거리까지 접근한 적이 없지 않았지만 으레 모른 척하는 걸 대단한 아량처럼 서로 베풀면서 지내왔었다. 그날도 그러려고 했는데 덕환이 쪽에서 먼저 인사를 하면서 다가왔다. 전혀 예기치 않은 일이라 남상이도 마주 알은척을 하면서도 허를 찔린 것처럼 당황했다. 덕환이는 여전히 책을 끼고 있었고 초라해 보였고 겉늙은 얼굴에 감도는 미소는 소심해 보일 만큼 호의적이었는데도 그는 싸늘하게 경직됐다. 폭력의 예감보다 더 싫은 것, 불길의 예감 같은 게 그를 엄습했기 때문이다.

“형님, 오래간만입니다.”

덕환이는 눈치도 없이 붙임성 있게 굴었다. 피곤하고 사려 깊어 뵈는 눈에 악의는 없었다. 왕년의 그 우락부락하고 선동적인 영웅기질은 조금도 엿보이지 않았다. 남상이도 어색하게 웃으며 손을 내밀었다.

“오래간만이네. 어디 가서 대포나 한잔하세나.”

남상이는 그가 한 말과 그 말을 하면서 떠올린 비굴한 미소를 당장 후회했지만 엎질러진 물이었다.

“실은 저도 그럴 작정이었습니다. 드릴 말씀도 있고 해서요.”

덕환이는 충실한 후배처럼 고분고분하게 말하면서 근처 대폿집으로 그를 안내했다.

“그때 일은 잊어버리게. 피차 술김의 일이었으니까.”

덕환이가 하고 싶다는 말을 그때 일에 대한 사과의 말로 넘겨짚은 남상이는 슬며시 기분이 좋아져서 이렇게 관대해졌다. 그러나 덕환이는 못 알아들은 것처럼 잠깐 어리둥절하더니 아, 네, 정도로 성의 없이 넘기고 소주 한 병과 빈대떡 한 접시를 시켰다.

“멩동도 한물갔군.”

남상이는 손님 없는 술집을 휘둘러보고 나서 바깥을 내다보면서 말했다. 순전히 공단 경기에 의지하고 있는 멩동이 혹한과 불황을 함께 타 활기 없이 쓸쓸해 보였다. 회오리바람이 몰고 온 흙먼지와 잡동사니 중엔 점포 정리 세일에 내건 ‘보세 스웨터 골라잡아 천 원 균일’이란 종이 쪽지도 눈에 띄어서 쓸쓸함을 더했다. 덕환이는 남상이에게 먼저 한 잔 따르고 나서 자작으로 연거푸 잔을 비우고 빈대떡을 먹으면서 말이 없었다. 자세히 보니 초라해 보일 뿐 아니라 몹시 우울해 보였다. 할 말이라는 게 사과의 말이 아니라 취직 부탁일지도 모른단 생각을 퍼뜩했다. 그 생각은 짜릿하도록 기분이 좋았다. 그러면 그렇지, 마침내 네가 내 손아귀에 들었겠다. 그는 덕환이 취직 부탁을 쾌히 승낙할 작정이었다. 나 사장한테 구구하게 부탁할 것도 없이 그가 데리고 있을 마음만 먹으면 데리고 있는 거였다. 영업과 일이란 수완만 있으면 주인 좋고 나그네 좋고, 수완 없으면 자연히 도

태될 뿐 그 이상도 그 이하도 아니었다. 남상이에게 당장 중요한 건 덕환이를 손아귀에 쥐었다는 느낌이었다. 그는 그것을 음미하듯 느긋한 마음으로 덕환이를 지켜보았다. 그러나 뜸을 들일 대로 들이고 나서 덕환이 입에서 불쑥 튀어나온 말은 전혀 그게 아니었다.

"나 사장 소문 들으셨어요?"

"우리 사장 소문?"

"네, 이 고장에서 파다하던데요."

"아니, 내가 한집안 식구 소문을 왜 밖에 나와 듣나?"

남상이는 기대가 어긋나 벌컥 화를 냈다. 소문이 뭔가는 궁금하지도 않았다. 덕환이가 괘씸한 김에 나 사장에 대해 강한 의리감까지 생겼다.

"등잔 밑이 어둡다는 말도 있잖아요? 형님."

덕환이가 뭔가를 열심히 참는 것 같기도 하고 연민이 철철 넘치는 것 같기도 한 묘한 시선으로 남상이를 지그시 찍어 눌렀다.

"그래서? 자네가 하고 싶은 말이 도대체 뭔가?"

"서울화학 망하는 건 시간문제라는 소문이 자자해요."

덕환이는 남상이가 화를 내건 말건 우울하게 가라앉아 있었다. 그것이 되레 남상이 눈엔 무게 잡고 있는 것처럼 아니꼽게 보였다.

"우리 공장 망하면 대신 그것들이 수가 난다던가?"

"그것들이라뇨? 무슨 말씀을 그렇게 하십니까?"

"그럼 왜 남의 공장이 망하라고 고사를 지내?"

"그만둡시다. 전 형님이 제일 큰 피해자가 될 것 같아서 일러드리고 싶었을 뿐인데 그렇게 감정적으로만 나오시니……."

덕환이는 빈대떡을 더 시켜 시장한 듯이 꾸역꾸역 먹으면서 말했다.

"내가 왜 피해자가 돼? 흥 어림도 없는 소리."

남상이는 속으로 그의 집 금고 속에서 돌아올 날짜를 얌전히 기다리고 있을 약속어음의 부피와 액수를 셈해보면서 자신있게 말했다. 누가 뭐래도 어음은 여지껏 연장 한 번 걸리는 일 없이 보증수표처럼 결재돼왔다. 내일 당장 돌려야 할 어음부터 서너 달 후 날짜인 어음까지 있지만 바깥 소문이 어떻든지 간에 나 사장이 석 달 안에 망할 조짐은 전혀 없어 보인다. 며칠 전만 해도 그의 그라나다에 동승하고 안성으로 포도원을 보러 가지 않았던가. 흥정은 될 듯 될 듯하다가 말았지만 아주 끝난 건 아니었다. 워낙 덩치 가 크고 팔려는 쪽이나 사려는 쪽이 막상막하로 만만치 않은 것으로 봐서 몇 번은 더 서로 밀고 당겨야 할 테지. 그러나 결국은 나 사장의 손에 들어오고 말 것이다. 나 사장은 벌써 포도원에서 신축할 별장 설계도까지 가지고 있는 걸 남상이는 알고 있었다. 남상이는 밖에 파다하다는 소문까지도 나 사장이 사업상 일부러 퍼뜨린 소문일 수도 있다는 생각이 들었다. 그런 생각은 그의 잠깐의 의혹을 씻고 그를 매우 편하고 자신 있게 했다. 그는 별안간 덕환이의 시장기가 불쌍해져서 호기 있게 돼지불고기를 한 접시 시키고 나서 말했다.

"장사꾼치고 밑진다고 엄살떨지 않는 장사꾼 자네 봤나? 못 봤을 걸세. 구멍가게 해먹으려도 그 정도의 단수는 부리거든. 하물며 다

다끼아가리로 사장 노릇하는 사람들 수완은 우리네가 감히 짐작도 못 하게 복잡하다네. 자네가 염려해주는 거니 어디까지나 고맙게 알고 또 참고로도 할 작정이네만 나 사장 그렇게 쉽게 안 망하네. 두고 보면 알겠지만……."

"우리도 나 사장이 망하리라곤 생각하진 않아요. 공장이 거덜이 나는 게 문제죠."

"기업은 망해도 사장은 안 망한다는 항간의 소문을 너무 곧이곧대로 받아들이지 말게."

"뼈빠지게 일한 직원들 임금 지급도 못 하면서 사장은 재벌 놀음만 하고 다니니 망조가 들어도 단단히 든 거 아닙니까?"

덕환이는 비계가 지글대는 돼지불고기가 나오자 소주 한 병을 더 시키면서 덤덤하게 말했다. 나이에 비해 노련하다 할까 겉늙은 태도가 시장기보다 남상이 눈에 더 비참해 보였다. 복실이의 산재와 그 후의 보상문제, 해고 등에 맞서 병원으로 노동청으로 뛰던 때의 분노로 이글대던 왕년의 덕환이의 모습은 거의 남아 있지 않았다. 덕환이를 늘 보이지 않는 적수로 의식하다 빗나간 게 남상이를 후련하게도 허전하게도 했다. 문득 화상을 입고 입원해 있을 적의 복실이 생각이 났다. 나 사장의 흉계를 도와 그녀와 흥정을 벌이려는 남상이에게 그녀는 얼마나 앙칼지게 대들었던가? 꺄악 하는 기성과 더불어 쓰고 있던 담요로 일진의 돌풍을 일으키며 우뚝 침대로 치솟은 그녀의 모습을 오랫동안 잊고 지냈다는 게 중대한 실수처럼 그를 섬칫하게 했다. 마치 팔뚝의 화상이 전신으로 퍼진 것처럼 핏빛 선연한 분노로 온몸이 지글지글 끓어오르던 복실이는 지금 어떻게 변해 있는 것일까?

"꺼져, 썩 꺼지지 못해. 언니, 저 새낄 내쫓아줘. 제발. 저 새낀 우리 편이 아니란 말야. 보면 몰라. 한 번이나 속지 두 번 속을 줄 알구. 꺼져 제발 꺼져. 꼴도 보기 싫어. 아아, 난 미치겠어."

착하디착한 줄만 알았던 복실이가 이렇게 악다구니를 치며 길길이 뛰던 소리까지도 생생해 덕환이에게도 들릴 것 같았다. 남상이는 이런 착란을 떨치듯이 도리머리를 흔들며 말했다.

"복실 씨도 안녕하신가? 아이가 벌써 셋이랬지?"

그는 일부러 복실이 이름을 입에 올리며 물었다. 덕환이는 대답하지 않았지만 비로소 만만치 않은 성깔이 내보였다. 그런 그의 변모는 접었던 칼을 편 것처럼 분명해서 남상이도 속으로 긴장했지만 겉으론 어디까지나 유들유들하게 굴었다.

"자네도 이제 그 쓸데없는 객기 좀 그만 부리게. 아이가 셋씩 되면 뭐가 달라도 좀 달라져야 한다고 생각하지 않나?"

"왜 안 합니까? 아이들을 위해 달라져야 할 게 어디 한두 가집니까? 부끄러운 것 천지죠."

"자네 걱정이나 하라니까 또 세상 걱정인가? 하여튼 자넨 그게 병이야."

남상이는 오랜 친구나 사촌 형쯤 되는 것처럼 굴었다.

"제 잘못은 하나밖에 없어요. 이 풍진 세상에 새끼를 자그마치 셋씩이나 떨어뜨린 거죠."

“이 사람 취했군 취했어.”

남상이는 부드럽고 여유 있는 시선으로 덕환이의 무섭도록 창백해진 얼굴을 어루만지면서 말했다. 남상이는 이미 승부가 난 것처럼 여겼다. 덕환이가 싫었던 것은 그를 만날 때마다 맛봐야 하는 까닭 모를 패배감 때문이었는데 오늘 비로소 그것을 설욕한 기분이었다.

“남들은 임금을 몇 달씩 밀리는데 우리 공장은 겨우 한 달 밀리고 별의별 구설수에 다 오르니 원…….”

남상이가 슬쩍 본론으로 들어가면서 아울러 덕환이가 처음 한 말까지를 가볍게 일축했다.

“임금이 몇 달씩이나 밀리면 공원들 생활은 어느 지경까지 가는지 짐작이나 하십니까?”

덕환이가 쓸쓸하게 말했다. 술이 들어갈수록 창백해지는 그의 얼굴이 쓸쓸함에다 귀기 같은 걸 첨가해 남상이는 움찔했다.

“알 만해. 알 만하네. 나도 자네들 못지않게 헐벗어도 보고 배도 주려본 놈일세. 피차 입장이 달라서 못할 노릇도 하고 오해도 샀지만 게는 가재 편이라고 자네 어려울 때 나라고 도움 못 되란 법 있겠나? 큰 도움은 못 돼도 일자리 하나쯤은 내 힘으로 어렵지 않으니 밀린 임금에 미련 갖지 말고 일간 한번 나를 찾아 오게나.”

남상이는 결국은 소기의 목적을 달성한 것처럼 회심의 미소를 지었다. 그러나 덕환이는 감지덕지해하는 대신 또 한 번 접었던 칼을 펴는 것 같은 차가운 적의를 번득였다. 거만하기조차 했다.

“흥, 품삯 석 달 밀린 고장을 박차고 품삯 한 달 밀린 고장을 기웃대라 이 말인가요? 그럴듯해요. 형씨다운 발상이야."

"자넨 하여튼 남의 호의를 비꼬는 데 소질이 있으니까."

남상이도 지지 않고 불쾌한 낯으로 조급하게 호주머니를 뒤져 술값을 치르면서 말했다. 너 따위를 다시는 상대 안 할 테다, 하는 결의를 과시하기 위해 온몸으로 쌩쌩 찬 바람을 일으킬 작정이었으나 뜻대로 되지 않았다. 덕환이는 전혀 개의치 않고 돼지불고기의 마지막 한 점을 씹으며 말했다.

"그놈의 품삯 한 달 밀리나 석 달 밀리나 망조 들긴 마찬가지건만 여편네들은 어디 그런가. 제가 무슨 달뎅이라고 날짜대로 여위어가는 걸. 그렇지만 어떡해. 다 망할 만해서 망하는 걸. 처음부터 망하게 돼 있는 걸. 형씨, 그러니까 내 말은 망할 수밖에 없어서 망하는 송사리들 얘기가 아니라 안 망해도 되는데 일부러 망하려는 이무기 얘기다, 이 말이야. 바로 당신들 얘기다 이거야. 형씨가 제법 그 이무기들 축에 들기나 하면 좋으련만……. 당신이야말로 남의 걱정 작작 하고 당신 걱정이나 해. 남의 발등에 불똥보다 당신 눈썹의 불 먼저 끄라구. 아아, 오래간만에 배 속 한번 기름지게 섰겼다."

이런 주정을 뒤로 하고 남상이는 혼자서 술집을 나왔다. 기분이 고약했다. 그는 서둘러 집으로 돌아왔다. 그리고 그의 방 금고를 열고 어음을 꺼냈다. 어음은 그가 챙겨놓은 대로 날짜 순으로 차곡차곡 포개져 있었다. 한 달 안에 떨어질 것도 기백은 됐다. 마치 원인 모를 통증에 습관적으로 복용해온 진통제의 작용처럼 어음의 효력은 신속하고도 정확했다. 그는 쉽게 불안을 가라앉히고 느긋해졌다. 그는 나 사장의 돈줄이었다. 돈줄이면 가장 가까운 측근이다.

가장 가까운 측근이라면 망할 조짐도 제일 먼저 눈치챌 테고 눈치 채고 나서 어음 할인에서 손떼도 결코 안 늦을 것이라는 자신이 생겼다.

어느 틈에 아내가 뒤에 와 서 있었다. 그는 마치 깨소금을 훔쳐먹다 들킨 아이처럼 무안하기도 했지만 고소한 맛이 미진해 화도 났다.

"인기척도 없이 어딜 들어와? 사람이 교양이 저렇게 없어서야……."

"미안해요."

"괜찮아, 놀란 건 나지 당신은 아니니까."

"할 얘기가 있어요."

영자의 눈이 한동안 어음 다발에 머물렀다. 맑고 신실한 눈에 혐오감이 서려 보였다. 아내까지 그가 하는 것에 대해 싫은 소리를 할 것 같은 예감으로 그는 미리 불쾌해졌다.

"뭔데?"

"그 수표 장산지 돈 장산지 이제 그만해요. 싫단 말예요."

"뭐라구? 당신 말 다했어? 우리가 어떻게 해서 이만큼 살게 됐는지 알기나 알고 하는 소리야? 꼭 도둑질한 서방 훈계하려는 낯짝으로 그게 할 소리야?"

"알아요. 당신이 잘 살아보려고 얼마나 애쓰는지. 그래서 이만큼 살게 됐으니까 그만두라는 게 아네요."

"이만큼 살게 됐다니? 아무리 없이 살았다지만 사람이 어떻게 그렇게 통이 작아? 이만큼이 당신 눈엔 생전 살 것 벌어놓은 것만큼 보이나?"

남상이는 기분이 많이 누그러져 농담을 했다.

"아무도 생전 살 건 못 벌어요."

"모르는 소리 마. 자기 생전은커녕 대대손손이 호강할 만큼 버는 사람도 얼마든지 있어. 나 사장만 해도……."

"나 사장이 손들 것 같다는 소문이 이 근처에 파다해요."

"당신 그 소리 어디서 들었어?"

남상이는 스스로도 깜짝 놀라게 큰 소리를 지르며 벌떡 일어섰다. 좋아지다 말고 잡친 기분이 손찌검이라도 한바탕하고 싶게 그를 거칠게 만들었다.

"어디서 들었냐니까 바른 대로 못 대겠어?"

"제가 뭘 잘못했다고……. 죄인 취급하지 말아요. 드나드는 아이들마다 그러길래 걱정이 돼서 일러드리는 건데."

"생각해봐. 나 사장이 망하는 걸 왜 남들이 알기 전에 내가 모르고 있겠어? 안 그래?"

그는 아내에게보다 자신에게 타이르려는 듯이 또박또박 말했다.

"요새 부자들은 망하려면 그렇게 망한대요. 여편네도 모르게……."

"그래, 여편네도 모르는 걸 즈희들이 어떻게 안대? 하여튼 남들도 다하는 월급 한 번 밀리고 나 사장 욕보는군 욕봐. 그게 다 멀쩡

한 엄살인 줄도 모르고……. 내가 걱정 말라면 걱정 마. 알았지?"

남상이는 이렇게 아내를 위로했다. 그러나 점점 비참하고 무거운 기분으로 떨어지고 있었다. 그는 그날 밤늦도록 잠들지 못했다. 나 사장이 곧 망하게 되리란 징조는 그가 아는 한 없었다. 그가 그의 돈, 남의 돈 가리지 않고 할인해준 어음만 없다면 나 사장이 망하건 말건 그와는 상관없는 일일 수도 있었다. 그가 할인해준 잗다란 어음 말고 그의 신용으로 딴 데에서 할인해준 굵직한 어음까지 합해서 다 결제되기까지는 앞으로 5개월은 있어야 했다. 다섯 달 안에 나 사장이 망한다는 건 말도 안 된다고 안심하면서 다섯 달이 길고 긴 밧줄이 되어 그의 목을 조를 것처럼 공포스러웠다.

잠든 아내는 부푼 배 말고는 앙상하고 힘겨워 보였다. 자주 몸을 뒤채며 괴롭게 신음했다. 돈이 불어나는 재미에 도취해서 정작 돈 쓰는 맛은 몰랐다는 게 아내의 닳아빠진 속옷과 값싼 이부자리에 역력히 드러나고 있었다. 그는 오래 집을 비우고 호탕하게 노닐다 돌아온 것처럼 이런 궁기가 다만 낯설고 싫었다. 그러나 그의 집에서 가장 낯설고 싫은 건 금빛 액자 속에 들은 독립투사들의 사진과 비단으로 표구한 사발통문의 족자였다. 그의 옹색한 살림 속에서 그 번쩍거리는 건 돋보이기는커녕 똥칠을 해놓은 것처럼 더럽고 천격스러워 보였다.

"이게 아닌데, 이게 아닌데……."

그는 그의 뜻과는 상관없는 타의에 의해 엄청나게 어긋난 물건을 대하듯 그의 삶을 바라보며 난감해졌다. 그러나 어긋난 걸 바로잡

아야겠다는 건 생각뿐 그가 뒤숭숭한 잠에서 깨어나 새롭게 맞이한
날 역시 그를 거기까지 어긋나게 한 힘의 타성일 뿐이었다.

더군다나 며칠 후 출장 명령은 그로 하여금 나 사장에 대한 항간
의 의혹을 일소에 부치게 하기에 넉넉한 것이었다. 지방에 푼 물건
값을 수금하기 위한 출장은 자주 있는 일이었다. 그러나 출장비는
수금한 돈에서 최소한으로 떼어 쓰도록 되었지 이번처럼 현금으로
지급된 적은 한 번도 없었다. 수금한 돈에서 제한 비용이 즈금만 생
각보다 넘쳐도 금세 안색이 변해서 꼬치꼬치 따지고 이렇게 큰 비
용 나가면 지방 장사는 헛한 거나 마찬가지라고 엄살을 떨던 나 사
장이 출장비를 현금으로, 그것도 호텔급 여관에 묵어도 될 만큼 넉
넉한 현금으로 집어 주면서 이런 말까지 했다.

"자네도 이제 우리 서울화학의 체면을 봐서라도 너무 궁상 출장
일랑 다니지 않도록 하게. 물론 여지껏 궁상 떤 것도 순전히 장삿속
이었지만 말야. 근데 그 장삿속이라는 게 말야. 징징 우는 소리하다
가도 가끔 기마에도 좀 쓰는 데 묘미가 있는 거라구. 굵직한 거래처
것들한테 점심도 사고, 남의 물건도 도락꾸떼기로 가져다가 쟁여놓
고 결제는 죽어라고 푼돈으로만 하려는 순악질들은 카바리 구경도
좀 시켜주고 맥주에 여자에 떠안겨보게. 상황이 아마 확 달라질걸.
다 수단 부리기 나름이야. 그렇다고 지금까지 자네가 해온 것 같은
고지식한 방법을 과소평가하려는 건 아니고 이를테면 그렇다 이 말
이야. 자네도, 아닌 말로 출장비 몇 푼 슬쩍 옆길로 챙겨 온천에서
느긋이 몸 좀 풀고 와봤댔자 누가 뭐랄 사람 있다던가."

　이렇게 선심을 정신없이 퍼부으며 뭐가 그렇게 좋은지 너털웃음을 주체하지 못했다. 남상이도 덩달아 웃으면서 여지껏의 불안과 의혹이 눈 녹듯이 사라졌을 뿐 아니라 나 사장에게 새롭게 경복하는 마음까지 싹트고 있었다. 그는 우선 아내에게 해산 준비하라고 얼마간 떼어주고 출장을 떠났다. 출장이라기보다도 꾸준한 성실성을 인정받아 위로 여행을 포상받은 것처럼 흐뭇하고 들뜬 여행이었다.

　그러나 수금이라는 게 꼭 화투놀이 같아서 손속이 나려 들면 우습게 나지만 안 나려 들면 환장을 하게 안 나게 돼 있었다. 처음으로 출장비까지 챙겨가지고 나섰다는 강박관념 때문인지 수금은 첫밭에서부터 손속이 안 났다. 초조해질수록 더욱 되는 노릇이 없었다. 나 사장 말대로 거래처 사람과 점심을 같이하거나 카바레로 유혹하면 새로운 국면이 열릴 것 같은 낌새도 안 보였다. 전혀 단수 부릴 수 없을 만큼 거래처끼리 그를 따돌리는 수법은 완벽했다. 불경기 땐 그럴 수도 있는 일이었지만 나 사장의 각별한 신임을 짊어지고 떠난 출장이니만큼 낭패감도 컸다. 그런 상황이란 전화로 보고하기도 뭣해서 연락을 끊고 악전고투하다가 마지막 판에 심기일전도 꾀할 겸 몸도 풀 겸 옆길로 새 온천에서 이틀을 묵었다. 그동안 그가 생각한 건 막연한 대로 나 사장과의 파국의 예감이었을 뿐 태어날 아기와 어음의 확실성을 의심하는 마음은 조금도 없었다.

　그가 돌아왔을 때 그의 집은 난장판이 돼있었다. 쓸 만한 물건은—쓸 만한 물건이래야 냉장고, 텔레비전, 전기밥솥 정도였지만—온데간데없고 구더기 밑살같이 볼썽사나운 속살림이 발 들여놓을 틈도 없이 쏟아져 나온 한가운데 아내가 넋을 잃고 앉아 있었다. 못된 꿈을 꾸고 있는 것처럼 이해할 수 없이 무서운 사태 속의 아내의 얼굴은 차라리 해맑았다. 그의 외마디 비명에도 다급한 추궁에도 아내는 대답이 없었다. 그의 방도 난장판이긴 마찬가지였고 싸구려 금고는 쉽게 열린 듯 아가리를 벌리고 있었지만 어음 다발은 단 한 장도 축나지 않고 그대로 있었다. 그제서야 그는 아내와 아기의 건강이 더럭 겁이 났다. 그는 넋 나간 아내의 대답을 기다릴 만큼 참을성이 없어 직접 아내의 배에 손을 대고 태동을 확인했다. 거의 매일 밤 해본 짓이어서 그는 뱃속의 아기의 이상 없음을 쉽사리 확인할 수가 있었다. 그동안 아기는 더 크고 더 씩씩해져 있었다. 아기의 태동을 감촉하는 일은 매번 그에게 새로운 기쁨을 주었지만 이번의 것은 각별했다. 그는 벅차고 뜨거운 희열로 그의 가슴이 터질 것만 같았다. 마침내 뜨거운 게 목구멍으로 차올랐다. 그는 울며, 웃으며, 어음 다발을 깃발처럼 휘두르며 아내를 위로했다.

"아기하고 당신만 무사하면 돼. 아기하고 당신이 무사해서 고마워. 하느님 감사합니다."

그는 아직도 영문 모를 난장판에 대해 묻기 전에 이렇게 마음으로부터 감사했다. 마음이 맑아지니 눈물도 샘물처럼 청결해졌다. 이윽고 그는 좀 더 구체적으로 위로해야 할 필요성을 느꼈다.

"다 내 잘못이야. 당신 잘못은 아무것도 없어. 내가 너무 오래 집을 비웠나 봐. 도둑놈도 눈이 멀었지 우리 집에 뭐 가져갈 게 있다구. 하긴 이 근처에선 우리가 알부자로 소문난 게 화근이었어. 부잣집 동네선 그까짓 냉장고, 테레비 길에 내다버려도 안 집어가는 것들인걸. 곧 새걸로 장만하자구. 더 크고 최신형으로. 우리의 전 재산인 이 어음이 살아 있으니까 뭐든지 할 수 있어. 이것마저 없어졌으면 속깨나 썩였을 텐데 불행 중 다행이야. 제까짓 게 집어가봤댔자 휴지 조각밖에 안된다는 걸 도둑도 알고 있는 걸 보면 어음이란 게 얼마나 편하냐 말야.”

남상이는 그 경황 중에도 매끄럽게 수다를 떠는 자신이 싫었지만 멈출 수가 없었다. 영자가 침착하게 그의 수다를 제지하며 말했다.

“당신에게도 그건 휴지 조각이에요.”

“뭐라구?”

“그게 몽땅 휴지가 됐다니까요.”

아내가 바싹 마른 입술에 침을 바르며 그를 똑바로 쳐다보았다.

“재수 없게. 무슨 방정맞은 소리야?”

남상이는 순간적으로 엄습한 불길한 예감에 가위눌리듯이 생급스러운 기성을 질렀다.

“나 사장이 부도를 내고 도망을 갔어요. 도둑이 든 게 아니라요.”

아내가 비로소 울먹였다.

“그럴 리가……. 그럴 리가 없어!”

“정말이에요.”

“그 자식이 부도를 내면 냈지 내 집이 왜 이 꼴이 돼? 어느 누가 내 집을 이 꼴로 만들었냔 말야.”

“빚쟁이들이요.”

"내가 빚을 졌나? 난 어음 할인해준 죄밖에 없어."

"그게 빚 보선 거라나요."

"빚 보?"

나 사장의 부도는 오래 전부터 치밀하게 계획됐던 듯 사채와 은행 빚을 합해 10억 대에 달했지만 돈 될 만한 재산은 전화 세 대, 승용차 두 대, 공장부지와 근처 야산을 합친 토지 6천 평이 전부였다. 그러나 토지는 이미 근저당 3억으로 은행에 들어가 있었고 나머지 동산은 체납된 세금으로 국세청에 압류돼 있었다. 빚쟁이들이 빚잔치할 만한 게 남아 있지 않은 공장은 아수라장이었다. 나 사장이 온갖 수단을 다해 긁어 모은 빚 중 남상이가 관련된 액수는 새발의 피였다. 그리고 남상이를 통해 수표를 할인해준 빚쟁이는 빚쟁이들 중에선 그래도 운이 좋은 편이었다. 남상이는 자기 명의로 돼 있는 연립주택을 가지고 있었기 때문이다.

남상이가 집을 비운 사이에 일어난 사태를 겨우겨우 파악하고 그의 전 재산인 어음이 휴지가 됐다는 것까지 납득하고 나서도 그의 부동산이 빚쟁이들에 의해 압류된 것만은 믿으려 들지 않았다.

"누구 맘대로 남의 집을 차압해? 이 집 하나만은 피땀 흘려 깨끗이 번 재산인 건 세상이 다 아는 사실인데. 이 집이 나 사장의 부도 수표와 무슨 상관이 있다고 이 집을 차압해? 이 나라엔 법도 없나? 그럴 리가 없어."

그러나 나 사장이 막판엔 5부, 6부의 이자도 마다 않고 남발한 어음을 그의 신용으로 3부로 할인하고 2, 3부의 이자를 착복하기 위해 이서하고 도장 찍은 건 그의 재산을 차압할 수 있는 충분한 합법적인 근거가 되었다. 그는 하루아침에 알거지가 됐음에도 불구하고 그가 보증선 액수를 다 무리꾸럭할 수 있는 것도 아니었다. 그가 없는 동안 그의 집부터 전기밥솥까지 돈 될 만한 것은 모조리 분탕질해간 빚쟁이들이 그가 나타났단 소식에 새롭게 전열을 가다듬고 그에게 달겨들었다. 그는 반쯤, 아니 몽땅 정신이 나가서 그 일을 당했다. 그는 여자들하고 거래한 적이 없거늘 찢어지게 날카로운 여자들의 비명, 남자들의 고함소리가 어울려서 환청처럼 현실감이 없었다. 그들은 그를 닦달질하다가 분에 못 이겨 그의 앞에서 그의 남은 가재도구를 부수기 시작했다. 옷장, 찬장, 사기그릇 그런 것들이 기운 넘치는 발길질과 몽둥이질에 의해 센베이 조각처럼 쉽게 부서졌다. 빚쟁이들이 제풀에 지쳐 돌아간 후에도 그들이 미친 듯이 내지른 저주의 소리는 환청이 되어 그의 귀에 늘어붙었다. 그는 그 환청 때문에 아무것도 할 수 없었고 아무 생각도 할 수 없었다. 그는 그냥 멍했다. 사태를 수습한다든가 하다못해 자기 한 몸을 수습해서 어디로 잠깐 피한다든가 하는 정도의 엄두도 못 냈다. 같이 당하는 아내의 고통을 헤아릴 아량 같은 것도 없었다. 그의 고통에 동반자가 있다는 건 왠지 상상도 안 됐다.

"악질이야."

"순악질이야."

"지독한 악질이야."

"더럽게 걸렸는데. 저런 악질은 내 생전에 처음이야. 넌놈이 어쩌면 저렇게 똑같이 생겨먹었을까?"

빚쟁이들 눈에 부부 거지나 부부 문둥이를 볼 때 같은 혐오감과 연민이 엇갈렸다. 그러나 빚쟁이답지 않은 그런 감상은 잠시 잠깐, 누군가가 최후 통첩처럼 준엄하게 알렸다.

"저런 악질은 집어넣어야 돼."

"옳소. 저 새긴 우릴 만만히 보고 있소. 돈을 못 받을 바언 징역살이라도 시켜서 평생을 망치도록 해야 하오."

악머구리 끓듯 제각기의 목소리로 끓던 분노가 마침내 곬을 찾았다. 빚쟁이들 중에는 법을 아는 사람도 많아서 그를 고소만 하면 형사 입건돼 구속되고 실형을 선고받을 수 있는 죄목을 조목조목 들기도 했다. 그가 징역살이할 수 있는 죄목은 충분했다. 그들은 돈 대신 한 조각 복수의 쾌감을 허둥대며 주워가지려 들었다. 남상이가 계속해서 넋이 나가 있기만 했어도 일은 그렇게 결말이 날 뻔했다. 그러나 집어넣잔 소리에 남상이는 별안간 화색이 돌고 비죽비죽 웃음이 너불대는 걸 주체하지 못했다. 징역살이의 의미를 따질 계제가 아니었다. 그가 죽으면 같이 죽어서 저승까지 따라올 것처럼 무섭고 지겨운 빚쟁이들이 목소리로부터 도망할 수 있는 방법이 있다는 게 다만 신기하고 즐거웠다. 구사일생한 것처럼 노골적으로 희색이 만면해진 남상이의 태도에 빚쟁이들은 또 한 번 질려서 지리멸렬해지고 말았다.

"몸으로 때우겠다 이거지?"

"저렇게 나오는 데야 당할 재간이 있나?"

　"몇 년 살고 나와 떵떵거리고 살 속셈인가 본데, 흥 그렇겐 안 될 걸."

　"저 새낄 집어넣는다는 건 저 새끼 계략에 빠지는 겝니다. 이대로 놓아주고 징역살이보다 더 심한 고초를 우리가 줘야 됩니다. 그 돈 가지고 제놈이 절대로 잘살 수 없다는 걸 우리가 보여줄 수밖에 없습니다."

　누군가가 제법 조용하고 점잖게 말했다. 여지껏 과격한 목소리에만 지배당하던 그 집단이 이성을 되찾은 것처럼 침착해져서 그런 소리를 경청하며 고개를 끄덕였다. 그러나 격분한 집단이 아무런 해결책도 못 찾은 채 침착하고 조용해졌다는 건 기운이 다한 것을 뜻하기도 했다. 그들은 내일도 또 모레도 계속해서 남상이를 들볶을 것을 굳게 약속하고 헤어져 갔지만 패잔병처럼 전의도 결속력도 잃고 기진맥진해 있었다. 남상이도 빚쟁이의 기세가 꺾였다는 걸 눈치챘다. 그렇다고 홀가분하거나 이젠 살았다 싶은 것도 아니었다. 그는 빚쟁이들이 생각하는 것처럼 독종도 아니었고 감춰놓은 돈이 있는 것도 아니었다. 징역살이조차 못하게 됐으니 장차 무엇을 할 수 있을는지 아무것도 분간할 수가 없었다. 그에게 징역살이 외에 딴 무엇을 할 기력도 염치도 남아 있지 않았다. 그런 의미로 빚쟁이들의 마지막 결정이야말로 가장 현명한 거였는지도 모른다.

　빚쟁이들은 다시 나타나지 않았지만 그들이 휩쓸고 지나간 자국은 홍수나 화재의 자국보다 훨씬 더 참담했다. 쓸 만한 거라곤 네 기둥밖에 남아 있지 않았지만 그 네 기둥조차 그의 것이 아니었고, 네 기둥 안의 터전도 그의 것이 아니었다. 모든 것이 수포로 돌아간 것은 다 참을 수가 있어도 그의 스물네 평짜리 연립주택이 그의 것이 아니란 것만은 도저히 견디어낼 것 같지 않았다.

아내가 금잔화도 심고 채송화도 심고 상추, 쑥갓, 아욱도 심던 공터는 꽁꽁 얼어붙었고 청청하던 미루나무들은 거기 매달린 까치집 하나를 감싸지 못할 만큼 앙상했다. 아내가 몸에서 금잔화 냄새를 풍기면서 상추를 따오던 지난 여름이 먼 옛날처럼 가물가물하면서도 가슴이 저리게 그리웠다. 아직은 그의 집이 바깥 날씨로부터 그를 보호해주고 있지만 언제 혹독한 겨울 한가운데로 내던져질지 예측할 수 없는 일이었다.

그는 작은 집 속을 끝없이 배회했다. 집에 대한 애착과 앞으로 어떻게 할 것인가가 어쩌다 가물가물 명멸할 뿐 그의 의식과 감수성은 아직도 몽롱했다. 그런 몽롱한 의식 속에 금테 두른 액자가 들어왔다. 그가 금테로 장식한 증조할아버지를 포함한 독립투사들의 사진과 비단으로 표구한 사발통문은 빚쟁이들의 거듭되는 분탕질에도 한 푼의 가치도 인정받지 못한 쓰레기더미와 함께 쌓여 있었다. 그는 그 두 가지를 집어냈다. 처음으로 눈물이 났다. 번쩍거리는 금테가 번져서 똥칠처럼 천격스러워 보였다. 그가 둘러준 금테는 결국은 똥칠이었던 것이다. 그는 울면서 낄낄댔다.

꼴 좋군요, 할아버지. 아주 죽지 못하고 움트길 바라다가, 아주 죽지 못하고 깨어 있길 바라다가 꼴 좋군요. 할아버지가 죽음을 완수하지 못했기 때문에 자손이 삶을 완수하지 못하고 이 꼴이 되는 거랍니다.

그는 그 두 가지를 내동댕이쳤다. 그리고 발로 짓밟았다. 유리가 깨지고 금테도 망가지고 족자는 찢어졌다. 빚쟁이들이 돈 가치나 쓸모를 인정해주지 않았을 뿐 아니라 파괴할 만한 가치조차 인정해주지 않는 것을 그는 미친 듯이 짓밟고 짓이겼다. 그것이 움트게 하는 데 실패한 이상 그것으로부터 놓여나기라도 해야 할 것 같았다.

할아버지, 할아버진 도대체 이런 것이 무엇으로 움트길 바라고 간직하신 겁니까? 할아버진 꿈도 크군요. 가난 속에서 죄악 말고 딴 게 움틀 수 있기를 바라다니. 저도 일찌거니 그걸 알았기 때문에 가난을 제거하기 위해 온갖 힘을 다 기울였습니다. 어떤 천재지변도 못 움직인 뿌리 깊은 돌부리 같은 가난을 무슨 수로 제거는커녕 움직이게라도 할 수가 있겠습니까? 제가 온몸으로 지렛대가 되려도 지렛목이 있어얄 게 아닙니까? 저는 나 사장을 지렛목 삼아 그걸 움직여보려 했습니다. 그러나 지렛목은 나 사장이 아니라 저였습니다. 저런 엄청난 착오가 어디서부터 비롯됐는지 저는 아직도 이해할 수가 없습니다. 제가 못나서일까요? 제 탓만 하지 마세요. 그런 착오는 할아버지 대로부터, 아니 할아버지의 할아버지 대로부터 비롯된 건지도 모르니까요. 한때 저는 할아버지가 이것들을 소중하게 간직했다가 저에게 물려준 뜻은 그게 움트길 바라서가 아니라 자손들로 하여금 깨어 있도록 바란 거라고 해석한 적도 있었습니다. 할아버지의 유물이 뜻을 그렇게 변경시켜봐도 할아버지는 꿈도 크다고 비웃어주고 싶은 심정은 마찬가집니다. 할아버지, 우리 같은 가난뱅이는 그것을 움트게 할 힘도 깨어 있을 자격도 없는 게 아닐까요. 할아버지, 우린 다만 그것을 알았을 뿐입니다. 할아버지는 일생 동안 시난고난 조용히 그것을 알았고 저는 지랄치듯이 요란하고 추악하게 그것을 알았음을 이제야 분명히 알겠습니다. 그것이 병이라면 놓여나고 싶습니다. 완쾌하고 싶습니다. 내 자식에게 만은 유전시키고 싶지 않습니다. 내 자식만은 제 나름으로 늠름하고 건강하게 살게 하고 싶습니다. 할아버지가 아랫대에 그것을 유전시키려고 안간힘 썼듯이 저는 그것이 단절된 정결하고 새로운 터전에 제 자손이 있을 수 있도록 안간힘 쓸지도 모르겠습니다. 그 새로운 터전이 아무리 천박한 황무지라도 말입니다.

남상이가 아내가 신음하고 있는 것을 발견한 것은 아내가 거의 빈사 상태까지 이르렀을 무렵이었다. 아내는 안방의 한 귀퉁이에 비교적 반듯한 자리를 마련하고 누워 있었다. 신음을 참느라 아내의 입술은 처참하게 짓이겨져 있었고, 눈은 정기를 잃고 죽어가는 짐승의 눈처럼 다만 공포가 고여 있을 뿐이었다. 남상이는 처음엔 아내가 자살을 기도한 줄 알았다. 그는 액자와 족자를 짓이기던 여력이 고조되면서 아내의 뺨을 모질게 후려쳤다.

"이년이 환장을 했나? 너만 죽으면 어떡해? 참, 너만 죽는 게 아니지 배 속의 것은 어떻게 되라고 네가 이 짓을 해? 이 미련한 것아. 의사, 의사, 의사……"

의사를 부르러 뛰어나가려는 남상이를 아내가 휘어잡았다. 물귀

신에게 휘어잡히는 게 그러려니 싶게 집요하고 불길한 손 힘이었다.

"그게 아니에요. 그게 아니라 아기가 태어나려고 해요. 아무 데도 가지 말아요."

아내는 상태에 비해 분명한 목소리로 말했다.

"뭐, 아기가?"

"네, 아기가요."

"아기가 왜 벌써 태어나?"

그는 멍청하게 신음했다. 머나먼 미지의 나라에 있다고 생각할 때 그토록 찬란하던 아기가 막상 현실로 육박해오자 애물단지처럼 그를 위협했다.

하필 이 판국에 뛰어들 게 뭐람. 내몰 수 있는 거라면 내몰고 싶었다.

아내는 대답 대신 코를 골며 단잠에 빠졌다가 다시 진통이 오는지 깜짝 놀라면서 깨어나 신음하듯이 말했다.

"벌써가 아녜요. 예정일보다 좀 이르긴 해도 제 달이에요. 아아, 여보, 생각보다 덜 아픈데도 꼭 죽을 것 같아요."

아내가 그를 휘어잡았다. 차갑고도 끈끈한 손이었다. 그는 섬칫하면서 몸이 떨리기 시작했다. 추위에 떠는 것하고 달라서 속속들이 떨렸고 다리팔에 힘이 빠졌다. 이렇게 무력해진 그를 아내는 물에 빠져 검부러기 휘어잡듯 필사적으로 붙들고 늘어져 부들부들 몸을 경련시켰다. 아픔보다는 공포로 무서운 형상이 되었다. 이게 정상적인 진통일까 하는 의심이 갑자기 그를 엄습했다. 더욱 떨리기 시작했다. 그렇게 무서워보긴 생전 처음이었다. 거기 비하면 빚쟁이들의 악다구니와 분탕질은 차라리 약과였다. 하필 이럴 때 태어나려고 할 게 뭐람. 그는 아직 태어나지도 않은 아기에게 격렬한 분노마저 느꼈다. 이게 과연 정상적인 분만 과정일까 하는 의심은 더욱 짙어졌다. 아내에게 휘어잡혀 있는 동안 그의 시간 관념도 혼미해졌다. 한없이 오래된 것도 같고 방금 당한 것 같기도 했다. 아내의 목소리는 점점 짐승의 울부짖음을 닮아가고 있었다. 이건 지옥이다. 이건 지옥이다. 그가 생각할 수 있는 건 그것밖에 없었다.

 뭔가 끈끈한 게 그의 무릎을 적시는 것 같은 느낌에 그는 정신이 났다. 피였다. 극도의 두려움에 그 역시 짐승의 소리 같은 괴성을 지르며 아내가 덮고 있는 이불을 제쳤다. 아내의 하체는 피투성이였고 배는 똘똘 뭉쳐 무덤 같은 모양으로 솟아 있었다. 아내의 배를 보고 무덤을 연상한 자신의 방정맞은 상상력에 정나미가 떨어졌지만 돌이킬 수 없었다. 엄청난 공포가 힘이 되어 그는 아내를 뿌리칠 수가 있었다. 그는 밖으로 뛰어나가 우선 2층에 사는 사람들한테 구원을 청했다. 날림 연립주택을 아래위층으로 나누어 쓰자니 의견과 이해가 엇갈릴 적이 많아 의가 좋지만은 않은 사이였는 터다 그가 빚쟁이들한테 시달리고부터는 한층 냉랭한 사이가 돼 있었다. 그렇지만 한지붕 밑의 식구였으니 가장 가까운 이웃이었다. 더군다나 그 집 여자는 아이를 연년생으로 잘도 낳는 여자였다. 그가 구원을 청하기 전에라도 들여다봐야 옳은 사이였다. 그러나 그의 다급한 목소리에도 불구하고 위층 여자는 한껏 느리게 계단을 내려왔다.

그녀의 얼굴엔 급한 기색은커녕 빚쟁이들한테 당하는 남상이를 흥미진진하게 구경할 때와 비슷한 사람 깔보는 미소와 느긋한 여유가 감돌고 있었다. 남상이는 폭력이라도 휘두르고 싶은 걸 겨우 참아내며 애걸했다.

“도와주세요. 저희 집사람이 죽을 것 같아요. 도와주세요.”

“어머머, 그럼 아이를 거저 낳을 줄 알았어요? 아직 아직 멀었어요. 아이가 나오려면 훨씬 더 아파야 될걸요.”

그녀가 의기양양해서 말했다. 웃음을 잔뜩 참고 있는 것처럼 즐거운 얼굴이었다. 시끄럽게 굴고 말썽만 부린다고 네가 구박하던 우리 아이들도 다 그렇게 태어났어. 그 여자는 이렇게 남의 진통으로 자기 아이의 존엄성을 증거하려는 태도였다.

“더 아파야 되다니요. 저보다 더 아프고서야 어떻게 사람이 살아남습니까?”

“글쎄 하늘이 돈짝만 해지도록 산고를 해야 한다니까요.”

“봐주세요. 한 번만 봐주세요. 제 집사람을요. 경험이 많으시잖아요?”

“낳은 경험이 아무리 많으면 뭘 해요? 받은 경험은 없는걸요.”

“그래도 순산의 비결 같은 게 있을 게 아녜요?”

“아플 만큼 아파야 나온다니까요. 참 힘쓸 기운이 있을까 몰라. 요새 아무것도 못 얻어먹는 것 같던데. 몸풀 무렵엔 그저 마음 편하고 잘먹는 게 순데. 우리 애 아빠는 내 배가 뜨끔뜨끔하면서 애가 자위를 뜨는 기색만 뵈면 벌써 뛰어가서 제육고기를 두어 근 사다가

삶아주거든요. 돼지비계가 애헌테 씌어서 애가 미끄덩 잘 나온다나
봐요. 그래 그런지 돼지고기 두 근 새우젓 젓국에 꾹꾹 찍어 먹는 동
안만 비릇고 나면 애는 저절로 빠져나오던데. 암 것도 없는 집에서
무슨 애를 저렇게 유난스럽게 비릇나, 원. 지금이라드 고기나 한 근
사다가 삶아 줘봐요."

"그게 아녜요. 순산할 것 같지가 않아요. 큰일났어요. 저것 보라
니까요."

남상이는 위층 여자를 강제로 잡아끌었다. 잠깐 타깥 바람을 쐬
서 그런지 방 속은 피비린내가 역했다.

"돈, 돈이 있으면 의사를 부르든지 병원으로 데리고 가든
지……."

위층 여자도 방 안으로 들어서자마자 이렇게 중얼거리며 뒷걸음
질을 쳤다. 그 수다스러운 여자도 피비린내에 말문이 막혀 그 이상
지껄이지를 못했다.

돈, 돈…… 돈 소리가 번갯불처럼 남상이 머릿속에 균열을 일으
키며 휘황하게 번득였다. 그는 머리를 움켜쥐고 돈, 돈 하고 부르짖
더니 밖으로 뛰어나갔다. 허방지방 앞으로 내닫는 남상이를 2층 여
자가 뒤쫓았다. 기묘한 달리기였다. 2층 여자가 가까스로 남상이의
옷자락을 휘어잡았다. 아직 말문이 열리지 않은 2층 여자는 헐레벌
떡 가쁜 숨만 몰아 쉬었다.

"돈, 돈…… 돈을 구해야 돼요."

남상이가 무서운 얼굴로 여자를 뿌리치며 말했다. 그는 달리기

를 멈춘 대신 사시나무 떨듯 떨고 있었다. 여자도 떨리는 소리로 말했다.

"어딜 가는 거예요? 그냥 가면 어떡해요. 누구더러 시체를 치라고⋯⋯."

"시체요?"

남상이가 눈을 부릅떴다. 남상이에 비해 겁에 질린 여자가 차라리 청순해 보였다.

"보건소로 데려가 보세요. 거긴 돈 많이 안 들 거예요. 거저도 될지 몰라요. 빨리요. 사람 먼저 살려놓고 봐얄 게 아네요."

여자도 보건소 생각을 방금 해낸 모양으로 얼굴에 금세 희망과 잘난 체하고 싶은 기색이 나타났다.

"보건소요? 보건소가 어디죠? 아주머니 도와주세요."

남상이는 갑자기 비친 일루의 희망 때문에 더욱 어쩔 줄을 모르면서 애걸을 했다.

"빨리 먼저 집으로 가서 산모를 들쳐업고 나와요. 난 택시를 불러올 테니까."

여자가 남상이를 밀치고 한길 쪽으로 뛰어갔다. 남상이도 집을 향해 달음박질했다. 꿈속에서의 달리기처럼 생각만 앞서고 다리 운동은 지지부진했지만 어떻든 그는 다시 피비린내 속으로 들어설 수가 있었다.

"아아, 죽을 것 같아요."

아내가 잦아드는 소리로 신음했다.

"조금만 참아, 곧 병원으로 데려갈 테니까. 아무리 아파도 죽지만 말고 참아. 내가 대신 아플 수만 있었으면……."

"생각보단 안 아파요. 무서워요. 죽을 것 같아서……."

"바보같이 죽긴 왜 죽어? 바보같이, 바보같이……."

그는 피투성이의 아내를 어떻게 수습해서 병원갈 준비를 해야 하는지 아무런 생각도 떠오르지 않은 채 방 안에 널린 이부자리, 방석, 베개, 누더기 따위를 들었다 놓았다 이리저리 걷어찼다 공연한 손짓 발짓만 계속했다. 그렇게라도 해서 자신이 와들와들 떨고 있는 걸 감추는 게 고작이었다.

아내가 또 한 차례 진통이 오는지 낮은 소리로 신음하자 왈칵 다시 대량의 출혈이 요바닥에 범람했다.

이때 2층 여자가 헐레벌떡 뛰어들었다.

"뭐 하고 있어요? 빨리 병원갈 준비 하잖고!"

여자가 이불 홑청을 북 뜯어내서 산모의 하체를 둘둘 말았다. 흰 호청에 단박 선혈이 번지니까 여자는 그 위에 다시 담요를 말았다.

"뭐 하고 있어요? 겨드랑 밑에 손을 넣어 번쩍 들어올리지 않구, 난 아랫도리를 들 테니까."

여자가 민첩하게 움직이며 남상이에게 명령했다. 남상이는 여자가 시키는 대로 했지만 생각처럼 번쩍 들리지 않았다.

"우리가 무슨 돈이 있다고 병원엘……."

아내가 이러면서 반항한 때문도 있었지만 실상 그런 반흥은 미미했고 남상이가 검부러기 하나도 못 움직일 것처럼 힘이 빠져 있기 때문이었다. 어설프게 여며진 담요 자락을 타고 선혈이 도랑물처럼 흐르고 있었다. 힘커녕 시력조차 가물가물했다.

"무슨 남자가 이래?"

위층 여자가 남상이를 밀어붙이고 산모를 질질 끌어냈다. 그제서야 남상이도 아랫도리를 드는 척했다.

밖에 기다리고 있는 건 택시가 아니라 리어카였다. 남상이는 리어카를 보자 B동에서의 첫 겨울 생각이 나면서 등골이 오싹해졌다. B동 산비탈에 불과 며칠 사이에 생겨난 철거민촌의 첫 겨울은 연탄가스 중독사를 부지기수로 냈다. 사신은 죽음을 남발했다. 사람들은 영구차 대신 리어카로 그런 죽음들을 실어냈다. 어제 아비의 죽음을 실어낸 아들의 죽음을 오늘 어미가 통곡 통곡하면서 같은 리어카로 실어내는 걸 본 적도 있었다. 그런 가난이 싫어서 남상이는 B동을 등졌고 몇 년 동안 죽자꾸나 돈을 벌어 그런 가난을 꽤 멀리 뿌리쳤다고 생각했다. 그러나 아내를 기다리는 리어카를 본 순간 몇 년 동안의 천신만고가 말짱 헛수고였음을, 결국은 뿌리치고 도망한 원점으로 돌아와 있음을 깨달았다. 그런 깨달음은 리어카로 연상되는 어떤 불길한 징조보다 더 그를 두렵게 했다.

위층 여자가 리어카를 끌고 남상이는 밀었다. 남상이는 보건소가 어디 있는지 알지 못했다. 그는 리어카를 민다기보다는 질질 끌려가고 있었다. 다만 위층 여자가 힘센 게 믿음직스러웠다.

시간 관념이 몽롱해져 얼마 만에 보건소에 당도했는지 알 수 없었다.

도시에서 멀지 않고 도시와의 교통편도 괜찮은 면의 보건소가 다 그렇듯이 그곳 보건소도 면민에게 약국 정도의 역할밖에 못했다. 마을 사람들이 부르기 좋게 보건소라고 부르고 있었지만 실은 보건지소였다. 자가진단으로 병이 심상치 않다 싶은 환자는 알아서 멀지 않은 서울의 큰 병원을 찾아가고, 감기나 배탈 정도의 환자도 약에 대한 상식이 풍부해서 매약으로도 능히 자기 병을 잘 다스렸기 때문에 보건소를 찾는 환자는 이도 저도 아닌 애매한 환자였다. 너무 가난한 환자 아니면 보건소를 약국으로 오해하고 다짜고짜 무슨 약 달라고 요구하는 환자가 대부분이었고 그나마 하루 서너 명도 환자 구경하기가 힘들었다.

의과대학을 졸업하자마자 당국의 무의촌 없애기 시책에 따라 병역 대신 그곳으로 부임한 김 의사는 심한 외로움과 실의에 빠져 있었다. 그는 자기처럼 고급의 인력이 그곳에 파묻혀 낭비되는 데 분노했고 그 일이 아직 시작에 불과하고 장장 3년이나 더해야 된다는 데 절망하고 있었다. 그의 의사에 대한 직업관은 신성하고 엄숙한 권위주의적인 것이었다. 남달리 오래고 고된 공부를 할 수 있었던 것도 권위주의에 대한 동경 때문이라고 해도 과언이 아니었다.

"선생님, 선생님, 사람 좀 살려주세요."

남상이가 담요에 말은 아내를 안고 들어오며 울부짖었다. 보건소 간판을 보자 남상이는 별안간 힘이 솟았던 것이다. 담요 자락을 타고 선혈이 철철 마룻바닥으로 흘러내리고 있었다. 김 의사는 가슴이 떨렸다. 처음 받아보는 환자다운 환자였지만 환자의 빼빼 마르고 탈색된 얼굴과 보호자의 겁에 질린 핏발 선 눈은 진찰도 하기 전에 좋지 않은 예후를 예감하게 했다. 젊은 의사를 더욱 어쩔 줄 모르게 만든 것은 처음 시선이 맞부딪혔을 때의 보호자의 눈이었다. 그 눈엔 자신의 생명을 걸고 신에게 기구하는 신앙과도 같은 의사에 대한 절대적인 신뢰감이 서려 있었다.

김 의사가 한 사람의 의사 행세를 할 수 있게 되고 나서 처음 받아보는 신뢰였지만 어떤 이름 높은 명의도 그렇게 무서운 신뢰를 받아보지는 못 했으리란 생각이 그를 더욱 위축시켰다. 김 의사 보기에 그 보호자는 만약 그 신뢰감이 배반당하면 그 순간에 산산이 망가져버릴 것처럼 그 신뢰감 하나에 자신의 모든 것을 모으고 있었다.

"살려주세요."

남상이가 독촉했다.

"어딜 어떻게 다쳤습니까?"

김 의사는 아직도 환자의 어디서부터 어떻게 다룰지를 엄두를 못 내고 메마른 소리로 중얼댔다.

"다치다뇨. 애를 비롯다 말고 하혈을 몹시 해서 데리고 왔어요. 암 것도 없는 집에서 쑥쑥 순산이나 할 것이지 이게 무슨 난릴까, 하마터면 간 떨어질 뻔했네."

병원에 들어오자 마음이 놓이는지 여자의 수다가 단박 도졌다. 김 의사도 또 하나의 보호자를 보자 적이 마음이 가라앉았고 잠시 잊고 있었던 의사로서의 체면을 돌볼 여유마저 생겼다. 체면이야말로 의사 자격증이 불필요하게 되지 않는 한 지킬 만한 것이었다. 그것은 그가 지향할 바 권위주의의 싹수 같은 거였기 때문이다.

김 의사가 환자의 아랫도리를 제쳤다. 남상이가 부랴부랴 거들었다. 참혹했다. 세상에! 기웃대던 위층 여자가 기함을 할 듯이 놀라면서 그 자리를 피했다. 환자는 의식도 진통도 없는 것처럼 차라리 편안해 보였다.

"살려줘요."

남상이가 사람의 목소리 같지 않은 섬칫한 목소리로 울부짖었다.

전치태반일지도 모른다는 생각과 보건지소의 빈약한 시설을 한꺼번에 떠올리며 김 의사는 암담했고, 오로지 침착하고자, 의사로서의 체면을 지키고자 혼신의 힘을 다했다.

맥박은 상승되고 혈압은 최고가 80으로 떨어져 있고 태아의 심장 박동수도 100 이하로 느려져 그나마 들릴락 말락했다. 전치태반이란 생각이 내진을 삼가게 했다.

가망 없는 환자는 손대지 말라는 그보다 앞서 그곳을 거쳐간 선배 의사의 말이 구원의 목소리처럼 떠올랐다.

"큰 병원으로 가보셔야겠습니다. 빨리 서두르세요."

김 의사는 개복해놓고 보니 암이 손댈 수 없이 퍼져 그대로 닫을 때의 노련한 외과의사처럼 환자의 아랫도리를 다시 여며주며 감정이 섞이지 않은 소리로 말했다.

"우리더러 이대로 가라구요?"

남상이의 핏발 선 눈이 툭 불그러져 나오면서 다짜고자 김 의사의 멱살을 잡았다. 멱살을 잡힌 채 김 의사는 링거라도 꽂아서 보낼까

하던 생각을 거두었다. 다량의 출혈로 시시각각으로 생명이 줄어들고 있는 상태에서 빨리 혈관주사로 수액을 주입한다는 것이 얼마나 급하고 적절한 조치인 것쯤은 김 의사도 알고 있었다. 그건 또한 그 환자를 위해 보건지소가 갖고 있는 시설로 해줄 수 있는 유일한 시술이기도 했다. 보건지소엔 수술을 위한 시설도 수혈할 혈액도 갖추어져 있지 않았다. 따라서 그런 것을 못 해줘서 환자가 죽었다고 해서 그의 책임이 될 순 없었다.

수술을 위한 시설이 없기 때문에 자기에게 과연 그것을 할 수 있는 능력과 용기가 있나를 따져볼 필요도 없었고, 그것을 못 해줘서 책잡힐 게 없다는 것만 우선 다행스럽게 여겨졌다.

만약 이 환자가 큰 병원에 가는 도중에 죽었을 때 링거를 꽂아 보내면 안 죽을 수도 있다는 가정은 얼마든지 가능했다. 그러나 그 정도로 의료사고가 되진 못하리라. 이 환자가 보건지소의 소관이 아닌 게 확실한 바엔 완전히 기피하고 싶었다. 김 의사가 실습 기간 동안 가장 자신 없고 또 안 되던 게 혈관주사였다. 더군다나 다량의 출혈로 위축된 혈관을 보호자의 핏발 선 시선 아래서 시시각각 죽어가는 목숨을 의식하면서 찾아내어 성공적으로 바늘을 꽂을 자신은 도저히 없었다. 설사 성공적으로 그 일을 할 수 있다고 해도 그의 실력으로는 상당한 시간이 걸릴 테고, 지금 그의 환자에게 있어서 시간이야말로 생명이란 걸 그는 누구보다도 잘 알고 있었다. 빨리 큰 병원으로 보내는 게 수였다. 그건 결코 선배 의사가 가르쳐준 가망 없는 환자는 아예 손도 대지 말라는 무사안일주의가 아니라 어디까지나 의사로서의 양심일 뿐이라고 그는 생각하려 들었다.

　분명히 환자의 생명이 큰 병원에 당도할 때까지를 뭇 참그 끊어졌을 때의 경우를 김 의사는 다시 생각해보았다. 링거도 안 꽂아 보냈을 때 그건 의사로서의 양심에 가책으로 남을지는 모르지만 아마 그 이상의 후유증은 없으리라. 그러나 링거를 꽂아 보냈다고 해서 도중에 안 죽으리란 장담도 할 수 없는 게 환자의 지금 상태였다. 링거주사도 시술은 시술이다. 환자 가족이 그 시술을 트집 잡아 그에게 난동을 부리지 말란 법도 없다. 물론 마지막에 법적인 수단으로라도 자기에게 죄 없음을 증명할 수야 있겠지만 법보다는 주먹이 가까웠다. 정말은 법도 주먹도 둘 다 가까이하고 싶지 않았다. 더군다나 그곳은 법과 주먹으로부터 의사를 안전하게 보호해주는 대종합병원이 아니었다. 의사로서의 권위를 지킬 만한 최소한의 구색도 안 갖추어진 고장에 홀로 내팽개쳐진 참담한 신세였다. 앞으로 충분한 사회적인 존경과 고소득 등으로 보상받을 수 있을 것을 믿기에 비로소 견딜 수 있는 어려운 시기였다. 그런 시기란 그저 아무 탈 없이 곱게 넘기고 볼 일이었다.

　가망 없는 환자는 아예 손대지 말라는 선배 의사의 충고가 결론이 되었다. 그의 환자에게 그가 대처할 수 있는 방법은 결국 하나밖에 없었다. 아직도 김 의사는 멱살을 잡힌 채였고 그의 눈앞엔 낯선 사람의 핏발 선 눈이 있었다. 그 많은 생각을 그는 순식간에 해치운 거였다. 어쩌면 의사로서 생전 그 문제하고 씨름해도 결론이 안 날지도 모르는 까다로운 문제를 그는 눈깜빡할 새 풀어서 해답을 얻어가진 셈이었고, 그는 그 해답의 정확성에 자신이 있었다.

김 의사는 남상이 눈에 얽힌 핏발이 무수한 점액질의 *끈끈한* 실이 되어 스멀스멀 기어나오는 것 같은 환각에 사로잡혔다. 그가 할 수 있는 최선의 시술을 다 해서 보냈음에도 불구하고 환자가 도중에서 죽었을 때 그 실이 얼마나 집요하게 그에게 휘감길 것인가를 김 의사는 거의 육체적인 감촉으로 실감하면서 남상이를 냅다 떠밀었다. 의외로 남상이는 힘없이 비틀대다가 벽 쪽에 몸을 기댔다.

위층 여자 보기에 남상이가 멱살을 잡고 나서 떠다밀리기까지는 잠깐 사이였지만 김 의사에게도 남상이에게도 그동안은 죽음과 삶 사이를 몇 번이나 넘나들 수 있을 만큼 긴 동안이었다.

벽 쪽에 몸을 기댄 남상이 다리가 후들대는 게 겉으로 보였다.

"그러고 있을 때가 아녜요. 빨리 서둘러서 큰 병원으로 옮겨야 합니다."

"살려주세요. 아이는 죽어도 좋으니 저 사람만이라도 살려주세요."

남상이가 잠꼬대처럼 어눌한 발음으로 말했다.

그 사이에 자신의 생각을 한층 굳힌 김 의사가 침착하고 위엄 있게 말했다.

"죽긴 누가 죽는다고 그래요? 서둘러서 큰 병원에만 가면 산모도 아이도 다 살릴 수 있어요. 수술과 수혈이 급한데 보건소엔 그럴 시설이 없어서 그렇지 산모나 아기가 지금 당장 잘못된 거 아니니 보호자 되시는 분은 정신을 차리고 급하게 움직이세요. 어서요. 기운을 내라니까요."

김 의사가 남상이 어깨를 흔들면서 달랬다. 이때 우층 여자가 나섰다.

"선생님, 선생님이 죽이든 살리든 해주셔야지 이 사람들은 돈이 없답니다. 큰 병원에 갈 줄 몰라 이리로 온 게 아니라 당장 손에 돈을 쥐어야 감히 큰 병원 문턱을 넘지요. 이 사람 목숨은 선생님한테 달렸어요. 선생님 마음대로 하세요."

"집으로 가요."

산모가 남상이 쪽으로 손을 휘저으며 속삭였다. 내복이 팔꿈치까지 흘러내리도록 손목이 앙상했고 목소리는 바람에 울리는 문풍지 소리처럼 음색이 없었다. 남상이가 침대 밑에 무릎을 꿇고 산모의 손을 잡았다.

"집에 가요."

산모의 파리한 입술이 힘겹게 들먹이는 걸 지켜보면서 김 의사는 링거를 꽂아서 보낼 것인가 말 것인가에 또 한 번 부대끼느라 이마에 식은땀이 솟았다. 때늦기 전에만 큰 병원에 당도할 수 있으면 백 퍼센트 살 수 있는 환자였다. 이런 경우 때가 늦지 않도록 하는 시술을 알고도 안 하는 자신의 잔인성에 정나미가 떨어졌지만 의사로서의 창창한 앞날을 위해 그 고비를 목석 같은 마음으로 넘겨야 한다고 생각했다. 아무리 보건지소에서 할 수 있는 최선의 시술을 해서 보내도 도중에서 죽을 가능성을 아주 배제할 수 없는 한 어쩔 수가 없었다. 이제 의과대학을 갓 졸업한 주제에 의료사고 따위 돌부리에 걸려 넘어지고 싶지 않았다. 돌부리 비슷한 것만 봐도 피해 돌아가고 볼 일이었다.

유족한테 트집을 잡힐 때 시술을 안 한 것보다 한 게 훨씬 불리해질 수가 있다.

주사 잘못 맞고 당장 죽었다. 살려내, 살려내, 내 자식 살려내, 내 여편네 살려내, 무식하고 가난한 사람들이 의사를 못 살게 굴기에 가장 손쉬운 구실일 거라고 김 의사는 못내 몸서리를 쳤다.

신문이나 선배 의사를 통해 말로만 듣던 끔찍한 사람들, 시체를 떠메고 와서 난동을 부리고 시체로써 흥정을 하고 시체로써 의사의 앞길을 막는 족속이 바로 너 같은 인간이렷다. 김 의사는 아내의 배를 남산만큼 불려만 놓고 그것을 풀 돈 한 푼 마련 못한 남자를 경멸과 증오의 시선으로 바라보며 말했다.

"큰 병원에 전화 걸어 앰뷸런스를 불러드리죠."

김 의사는 이제 그를 혼미하게 하던 갈등에서 회복되어 냉정하고 단호했다. 그가 수화기를 들고 다이얼을 돌리려는데 남상이가 달려들어 그것을 빼앗았다. 남상이 역시 냉정하고 단호해져 있음에 김 의사는 놀라면서 부르짖었다.

"무슨 짓이오? 이대로 당신 아내를 죽일 셈이오?"

"아닙니다. 큰 병원에 아는 의사가 있어서요."

남상이도 김 의사 못지않게 냉정하고 단호해져 있었다. 오랫동안 건 적이 없는 현이네 전화번호가 그의 의식 속에서 마지막 남은 은화처럼 정답고 은밀하게 반짝였다.

전화를 받은 것은 현의 고모였고 현이 A대학 부속병원에 근무 중이라는 것과 연락할 수 있는 전화번호를 알아낼 수가 있었다. 밖은 이미 밤이었다.

인턴 숙소엔 담배 연기가 자욱했다. 산과를 돌고 있는 인태가 담배 연기를 화통처럼 뿜어내며 산과 스태프들을 하고 있는 중이었다.

"세상 사람들이 의사들처럼 돈 좋아하는 족속도 없다느니 장차 벼슬할 것도 아니면서 권세에 약하다느니 하며 의사 비난하는 까닭을 알겠더라. 그중에도 산과 닥터들 VIP라면 바싹 어는 꼴이라니. 그 바람에 오늘 나 하마터면 큰 사고 칠 뻔했잖아. 안 선생이 스태프들을 쫙 째리면서 두 손가락을 펴보이면 그건 분만대의 산모가 VIP의 마누라 아니면 며느리나 딸쯤 된다는 신호거든."

그러면서 인태는 안 선생 흉내를 내 손가락으로 V자를 만들어 보여줬다.

"분만대에 누워서 악 쓰는 게 산모면 됐지 VIP는 무슨 얼어 죽을 VIP야. 너도 알지. 종기 짼 자국도 VIP는 영락없이 덧나는 거. 환자라는 것처럼 평등한 신분은 없는데 VIP라는 족속들은 거기서도 또 특별대우를 받고 싶어하니까 재수가 옴 붙는다니까. VIP란 어차피 그런 족속이라 치고 우리가 왜 그런 족속 앞에서 품위를 잃어야 하느냐 이 말야? 더군다나 분만이 무슨 병이라고 스태프들을 잔뜩 겁주어놓고 순산하고 나면 대수술이라도 성공시켜 죽을 목숨 살려놓고 덤으로 새 생명까지 얻어낸 것처럼 VIP한테 겉으로 무게 잡고 속으론 칭찬받고 싶어 안달하는 꼴이라니 정말 못 봐주겠군. 환멸이야 환멸……."

"무엇에?"

"의사라는 직업에."

"형 이제 한탄 좀 그만하고 본론으로 들어가슈."

"본론이 뭔데?"

"사고 칠 뻔했다면서요? 평민의 아내가 분만하는 자리라면 모를까 VIP 가족이 분만하는 데 인턴 따위가 사고 칠 일이 뭐 있쑤?"

"글쎄 말야. 나도 안 선생의 손가락 보고 나 할 일은 설거지밖에 없겠구나 싶어 아예 참여할 생각도 안 했지. 하여튼 어마어마한 분만이었어. 마침 산모가 하나밖에 없었으니 분만장이 VIP다운 위용에 넘칠 수밖에. 게다가 특진의는 황 박사겠다. 수술등이 휘황한 분만대로 올스태프가 둘러싸고 분만을 돕는 그 어마어마한 자리에서 글쎄 산모는 염치도 없이, 밭고랑에서 김매다 아이를 빠뜨리는 옛날 시골 여자처럼 쉽게 순산을 하지 뭐야."

"근데 형이 무슨 사고를 쳤다는 거냐니까?"

"모다 산모한테 아부하는 데만 급급한 나머지 신생아가 울지 않는데도 석션하는 걸 잊어버리고 방치해서 하마터면 질식사를 시킬 뻔했지 뭐야? 그걸 발견한 건 나였는데도 모다 나한테 눈총을 주더군. 마치 그 일이 나의 전담인데 유기했던 것처럼 말야. 내 더러워서……."

"알 만해."

"뭘?"

"결국은 형의 태도가 문제였을 거야. VIP에 벌벌 떠는 꼴이 아니꼬와서 의식적으로 방관자처럼 구는 게 스태프들 눈에 안 거슬렸을 리가 없지. 그렇지만 형, 나도 형이나 그들이나 VIP에 무심하지 못하고 특별 취급하기는 똑같다고 봐. 의식하는 방법이 약간 다르다 뿐이지, 그까짓 거 달라봤댔자야. VIP를 공평하게 다만 환자로서 취급할 수 없었던 건 그들이나 형이나 마찬가지 아냐?"

"너 나를 모욕했어. 난 적어도 그들이 추악하다는 걸 알고 있어. 그들처럼 안 돼야겠다고 기를 쓰고 있고."

"욕하면서 닮는다고 형은 결국 그들을 닮을걸. 배우는 것보다는 닮는 게 훨씬 쉬우니까. 스승의 실력은 못다 배워도 폼은 잘도 닮는 게 우리 평범한 제자들 아뉴? 우리의 수련 과정이라는 게 직접 체험을 통해 진료를 배우는 데만 유용할까? 보다 많이 환자를 영업용 손님으로 취급하는 방법을 배우기에 유용한 기간기 아닐까, 형. 형이 왜소해지는 게 눈에 보이는 것 같아. 형이 불교반 반장하면서 무료 진료팀 이끌 때 생각나? 나도 한 해 겨울 따라갔던 일 있지, B동 산동네, 아주 끔찍한 동네였어. 그때 우리가 한 일은 보잘것없었지만 형이 그 일에 거는 꿈이 얼마나 컸었나는 안 잊어버리고 있어. 그때 형은 유망한 과에서 전문의 자격을 따고 돈 잘 버는 개업의가 된다든지, 유학 가고 학위 따가지고 와 우리 대학과 우리 대학 부속병원에서 명망 있는 임상 교수가 돼서 존경받고 권리 부리는 일 따위는 안중에도 없었어. 그런 소외된 지역에서의 경험이 우리들이 다 되고 싶어하고 또 돼야 한다고 믿고 있는 그 두 가지 길로부터 우리를 해방시켜주길 바라고 있었던 것 같아. 형의 고민은 적어도 우리 사회가 참으로 필요로 하는 건 어떤 의사일까였지, 의사질을 통한 자신의 치부나 입신양명은 아니었어. 그렇듯 늠름하던 형의 적이 지금은 겨우 VIP야. 시시해. 옛날의 형은 참 보기 좋았는데.”

인태가 담뱃불을 부벼 끄며 현을 노려보았다. 마치 신기하되 약간 징그러운 물건을 살피듯이 뜨악하고 기분 나쁜 시선이었다.

“넌 도대체 뭐니? 너야말로 괴물단지였어. 네놈이 왜 그렇게 기분 나빴는지 이제야 조금 알겠다. 너 지금 옛날의 내가 보기 좋았었다고 했지? 그래 넌 항상 구경꾼이었어. 우리가 뭔 일을 도모할 때 넌 한 번도 같이 도모한 적이 없었고, 그렇다고 반대하거나 배신한 적도 없었지. 뭔 일을 따라 한 적은 있어도 한 번도 그 일에 참여의식을 가져본 일은 없었을걸. 넌 어느 누구하고도 어떤 일하고도 네 진실과 상관을 맺지 않고 철저한 구경꾼 노릇만 했어. 어떻게 그럴 수가 있니? 신기하다 못해 징그럽다. 너도 고민이란 걸 해본 적이 있니? 물론 고민 같은 건 유치해서 못 하겠지.”

이때 남상이로부터의 전화가 현이한테 연결됐다. 현이 듣기에 남상이는 몹시 흥분하고 있었다. B동에서 만나보고 나서 처음 듣는 목소린데 현이 그동안 대학병원 원장이라도 돼 있는 줄 아는지 어디어디로 빨리 앰뷸런스를 보내라고 숫제 호통을 치고 있었다. 앰뷸런스를 호출할 수 있는 전화번호만 가르쳐주고 끊으려다가 그러마고 대답을 하고 말았다. 그는 자기가 한 일에 고개를 갸우뚱했다.

인태 형 때문인가?

큰 종합병원에 한마디로 닥터라고 부를 수 있는 인턴 레지던트는 그야말로 닭 털처럼 흔하다. 인턴 하나쯤 아는 것을 연줄 삼아 신세 지려는 친구는 그저 매정하게 거절하는 게 수였다. 특별한 혜택이나 편의를 제공할 형편이 못 돼서 친구를 섭섭하게 하는 건 물론이려니와 닭 털처럼 흔하고 힘없는 존재라는 거나 보여주기 알맞기 때문이다. 그러나 남상이가 그를 연줄로 해서 기대하는 건 결코 VIP 수준의 특별대우나 편의가 아니라 기껏해야 대종합병원에 대한 친근감 아니면 돈 문제려니 얕잡는 마음이 남상이의 요청을 슬그머니 받아들이게 했다. 그는 서둘러 구급차를 보내는 데 필요한 조치를 취하고 부속병원 스카이라운지로 올라갔다.

커피가 각별히 맛있었다. 무슨 일인지 모르지만 남상이네 식구가 돈 한 푼 없이 목숨이 위태로운 지경에 빠져 마지막으로 그에게 구원을 청하고 있다는 게 그를 유쾌하게 했다. 남상이가 기대하는 것만큼 권위 있는 박사나 전문의는 못 돼 있지만 남상이를 도울 만큼의 재력이 그에겐 있었다. 남상이의 곤경을 구하기 위해 돈을 아끼지 않을 터였다. 자신이 부자라는 게 그를 더욱 유쾌하게 했다.

매국노는 친일파를 낳고, 친일파는 탐관오리를 낳고, 탐관오리는 악덕 기업인을 낳고 악덕 기업인은 현이를 낳고…….

동학군은 애국투사를 낳고 애국투사는 수위를 낳고, 수위는 도배장이를 낳고, 도배장이는 남상이를 낳고…….

그의 유쾌함에는 족보와도 같고 주문과도 같은 이 한마디로 그가 믿고 있는 유일한 인간 관계인 우정을 하루아침에 배반한 남상이에 대한 앙갚음의 예감이 달콤한 과즙처럼 스며 있었다. 그 쾌감을 극대화시키기 위해서 돈 같은 건 조금도 아깝지 않았다.

그때의 쓰라림에 비하면 그가 여지껏 체험한 희로애락은 온통 문둥이의 촉감처럼 둔하고 희미한 것이었다. 그는 정서적으로 박약이나 다름없었다. 인태는 그것을 구경꾼 노릇이라고 꼬집었지만 얼추 맞는 말 같았다. 어쩌면 삶에 있어서의 구경꾼 노릇은 그의 운명인지도 몰랐다. 어린 나이에 생모가 집 나가는 걸 보고도 철저하게도 구경꾼일 수가 있었으니까. 다만 남상이와의 우정에 있어서만은 구경꾼이 아니라 당사자였다는 생각으로 그는 미소 지었다. 그렇지만 그게 현재의 나와 무슨 상관이 있을까? 그 시절을 돌이킬 수 없음을 그는 B동에서의 남상이와의 해후를 통해 이미 알고 있었다.

전화로 호통을 할 때와는 딴판으로 남상이는 제정신이 아니었고, 남상이가 데리고 온 환자는 다량의 출혈로 혼수상태였다. 남상이가 먼저 박 선생님, 박 선생님, 우리 집사람 좀 살려주세요, 하고 매달리지 않았으면 못 알아볼 만큼 남상이는 겁에 질려 초췌하고 전체적으로 섬칫할 만큼 황폐해져 있었다.

현은 급히 그러나 침착성을 잃지 않고 당직 인턴을 도와 혈압을 체크하고 혈관을 찾아 링거를 꽂고 혈액 교자 반응을 위해 혈액을 채취하는 일반산과 레지던트한테 위급한 환자가 있음을 연락했다.

박 선생님, 박 선생님……, 잠시도 입을 못 다물고 적나라하게 비굴하고 참혹한 목소리로 그를 쫓는 남상이가 견딜 수 없어 그는 응

급실 용인에게 눈짓을 해서 우선 남상이를 내쫓았다. 당직 인턴은 혈압이 이젠 잡히지도 않는다고 허둥대더니 다시 산과 레지던트를 호출하기 위해 자리를 비웠다.

이때 혼수상태의 환자가 눈을 떴다. 몽롱한 시선에 반짝 생기가 돌았다. 맑고 신선한 눈빛이었다.

"오빠, 보고 싶었어."

환자가 영자라는 걸 현은 그제서야 알아보았다. 그는 기절할 듯한 충격을 맛보았다. 영자는 다시 혼수상태에 빠졌다. 거짓말처럼 잠깐 동안이었다. 그러나 오빠 보고 싶었어,라는 한마디는 비수처럼 그의 심장에 꽂혀 콸콸 더운 피를 뿜어내는 것처럼 가슴이 뜨겁게 아팠고, 그 말을 하면서 비로소 고통을 이기고 은은하게 감돈 그녀의 미소는 석상에 새겨진 영원의 미소처럼 부정할 도리 없이 극명했다.

아아, 그는 고통스럽게 가슴을 움켜쥐고 신음했다. 자신이 재봉틀 기름으로 소모되지 않기 위해 그를 사랑한 여자, 그가 가장 잔인한 방법으로 내쫓은 바보 같은 계집애의 마지막 망가진 모습이 거기 있었다.

성혜를 이용해서 영자를 내쫓은 때의 일이 바로 엊그제 있었던 일인 양 낱낱이 떠올랐다. 그동안의 세월은 없었던 것처럼 그의 시간관념은 송두리째 흔들리고 헷갈렸다.

현이 동계 진료반을 따라 집을 비운 사이 영자는 싸구려 솜이 여기저기 밤자루처럼 뭉친 현의 이불을 판판히 매만져 가까스로 꼴을 만들고 새 홑청을 시치면서 내년 겨울엔 어떡하든 햇솜 이불을 꾸며야겠다는 즐거운 공상으로 얼굴을 붉혔다. 그때 현이 성혜를 데리고 나타났다. 미처 성혜를 못 본 영자는 오빠, 하고 반색을 하다 말고 얼굴이 굳어졌다. 성혜 때문이 아니라 현이 그녀가 아는 현이 아니어서였다. 달라진 건 옷차림뿐이 아니었다. 그녀가 이해할 수 없는 딴사람의 넋이 들어 앉은 것처럼 현의 표정은 생소했다. 영자는 오싹 두려움을 느꼈다. 그 사이에 무슨 일이 그에게 일어났던 말인가. 그녀의 이런 의혹에 대답이라도 하듯이 그의 어깨 너머로 화려한 여자의 얼굴이 떠올랐다. 영자는 그 여자가 이름 모를 서양 꽃 같다고 생각했다. 기가 질리게 요염할 뿐더러 향기도 짙었다. 새중간에 선 현이 흰 이가 드러나도록 크게 웃었다. 정떨어지게 무책임한 웃음이었다.

“저 여자가 누구예요?”

영자가 묻고 싶은 걸 그 서양 꽃 같은 여자가 먼저 물었다.

“누구겠어요?”

현이 여유 있게 능청을 떨었다.

“능청 떨지 말아요. 자취했다더니?”

“혼자 자취했다곤 안 했어.”

“오오, 그럼 저 계집애하고 같이 자취를 했단 말예요?”

“줄창 같이는 아니었지만……”

“아아, 사기꾼, 난 몰라. 난 속았어. 세상에 이럴 수가.”

성혜는 영자를 팰 듯이 달려들다가 두 손으로 허공을 젓고 나서 현에게 매달려 와이셔츠를 쥐어뜯고 이를 갈았다. 성혜의 추태는 분해된 마네킹처럼 참담했다.

현은 이런 성혜에겐 관심도 없었다. 그는 얼굴을 찡그리고 성혜로부터의 피해를 최소한으로 줄이려는 듯 교묘하게 몸을 피하면서도 눈은 집요하게 영자를 쫓았다.

영자도 제자리에서 하던 일을 계속했다. 손도 떨리지 않고 안색도 변하지 않았다. 그렇다고 독해 보이는 것도 아니었다. 침착했지만 전체적으로 달무리처럼 몽롱하고 슬퍼보였다. 일은 조금밖에 남아 있지 않았으므로 곧 끝마치고 손 털고 일어섰다. 그때 영자는 현이 한 번도 본 적이 없을 만큼 당당해 보였다. 마치 여왕처럼 거만하게 아직도 추태 부리고 있는 성혜 앞을 지나갔다.

"그만, 그만두라니까."

"흥, 그년을 붙드는군요."

성혜가 현에게 죽자꾸나 매달려 악다구니를 쳤다. 그러나 그가 그만두라는 건 가지 말라고 붙드는 뜻이 아니었다. 영자, 그 바보 같은 계집애에겐 가당치도 않은 잘난 척을 그만두라는 뜻이었다. 그러나 영자는 그가 지켜보는 한 결코 잘난 체를 안 그만두고 사라졌다. 그만큼 잘난 체하기란 딴사람이라면 돌라도 그가 아는 영자로선 초인적인 힘이겠기에 그의 시야를 벗어나기가 무섭게 당장 무너져내릴 것을 의심치 않았다.

그렇게 무너져 내린 영자가 거기 있었다. 시간 관념이 혼미해진 그에겐 영자가 떠난 게 어제 일 같았기 때문에 그녀를 쫓아낸 그의 수법이 아무리 비열하고 악독했다 해도 너무 당장 너무 가혹한 보복을 당하는 것 같아서 무서웠다. 자기가 한 생명을 어느 만큼 잔혹하게 학대를 했나를 똑바로 직시해야 한다는 건 무서운 형벌이었다.

그의 눈앞에서 빠른 속도로 생명이 사위어가는 환자가 영자라는 걸 알아보고 나니 시간 관념만 혼미해졌을 뿐 아니라 여지껏 익힌 의술도 송두리째 까먹어버려 그는 그가 할 바가 무엇인가를 전혀 알 수가 없었다. 그는 이미 의사가 아니었다. 매달려서 꺼져가는 생명을 구걸할 수 있는 의사가 필요한 또 하나의 보호자일 뿐이었다.

다행히 산과 레지던트가 곧 달려와서 영자는 분만장으로 실려갔다. 허둥지둥 서두는 태도와 어두운 표정으로 영자의 상태가 위급하다는 걸 짐작할 수 있을 뿐 그는 마치 의학의 문외한처럼 그 앞에서 일어나는 일을 하나도 이해할 수가 없었다.

"선생님 살려주세요. 그 환자를 살려주세요."

평소 가깝게 지내고 형, 형하고 따르던 레지던트를 그는 하느님처럼 우러르며 생급스럽게 선생님이라고 부르고 있었다. 마치 남상이가 현이라는 호칭을 잊어버리고 박 선생님이라고 부르듯이.

이렇게 무력해진 현을 또 남상이도 계속 박 선생님이라고 부르면서 애걸하고 있었다.

"박 선생님, 살려주세요. 우리 집사람을 살려주세요. 이 문명 세상에 애 낳다 죽는 법도 있습니까? 이 큰 병원에서 애 낳다 죽다니요. 말도 안 됩니다. 네 박 선생님, 우리 집사람이 죽는 일은 없겠죠?"

분만장 앞을 지키어 똑같이 떠는 입장에서 남상이가 현을 깍듯이 선생님 취급하는 것은 위로받고 싶어서라는 걸 알 수 있었다.

"그럼 죽긴, 난 여지껏 이 병원에서 애 낳다 죽는 산모를 한 번도 본 적이 없다네."

현이 혼신의 힘을 다해 의사로서의 자신을 돌이키려 했지만 겨우 그 말밖에 할 말이 없었다. 지금 그에겐 의사 노릇보다는 보호자 노릇이 훨씬 편했다. 그러나 남상이는 악착같이 그를 의사로서 붙들고 늘어졌다. 남상이는 현에게 매달려 울음을 터뜨렸다.

환자의 위급한 생명을 건졌을 때 의사는 환자 가족에게 신처럼 숭앙받을 수도 있지만 그렇지 못할 때, 즉 의사가 아무리 최선을 다해서도 환자의 생명을 건질 수 없었을 때, 사망자 가족과 의사 사이엔 격렬한 파국이 오게 마련이다. 보통의 경우, 의사와 가족 간의 관계라는 보이지 않는 추상적인 것을 통해 일어나는 파국이 지금 현의 한 몸 속에서 일어나고 있었다. 그는 의사인 동시에 보호자였기 때문이다. 그건 견디기 어려운 고문이었다. 그는 그 고문을 견디다 못해 그가 오랫동안 어떤 경우에도 잘 참아내던 것을 참지 못하고 말았다. 그가 주리 참듯 참아온 건 다름아닌 자신의 인간성이었다. 마침내 그는 울고 있는 남상이를 얼싸안고 같이 울 수가 있었다.

얼마 동안이 흘렀는지 알 수 없었다. 남상이에게 산모와 아기의 사망이 통고되었다.

"최선을 다했습니다만, 때가 워낙 늦어서요."

사망을 알려준 사람이 이렇게 덧붙였다.

영자가 죽었다. 그 바보 같은 계집애가. 현은 그 바보 같은 계집애의 생명이 얼마나 아름다웠던가를 장님이 눈뜬 것 같은 눈부심으로 경탄했다. 오빠 보고 싶었어, 하면서 지은 미소는 사망도 지우지 못했던지 고스란히 죽음 위에 남아 있었다. 사람은 마지막으로 어느 만큼 괴롭고 무엇을 느끼면서 죽어가는 걸까? 의학은 살아 있는 사람을 위한 지식일 뿐 죽음을 실험해보진 못했다.

봄이 오고 있는 걸까? 남향의 공원묘지 비탈길을 굽이굽이 휘돌아 오르려니 등허리가 따끈따끈했다. 묘지도 사람 사는 동네만큼이나 복잡하고 각박했다. 제각기의 영역에 서로 한치의 양보도 없었고 산 사람을 위한 도로엔 인색해서 길이랄 것도 없었다. 그러나 영자의 묘는 멀리서도 알아볼 수가 있었다. 수많은 아이가 한꺼번에 달려와도 자기 아이는 단박 알아볼 수 있듯이 묘에도 표정이 있었다.

짜아식, 바보같이 어느새 여기 와 누워 있을 게 뭐니? 현은 묘 앞에 소주를 찔끔찔끔 붓고 나서 오징어를 북 찢으며 중얼댔다. 앞이 툭 트이고 멀리 강이 보였다. 막연히 명당 자리라고 생각했다.

짜아식 외롭진 않겠다. 몇백 기 아니 몇천 기인지 헤아릴 수 없이 많은 봉분이 찍어낸 것처럼 일정한 규모로 경사가 완만한 광활한 구릉지대에 빈틈없이 돋아나 있었다.

현은 그 수많은 봉분이 살아 숨쉬는 것처럼 정답게 느껴졌다. 영자의 이웃이니까. 그보다는 거의가 최근에 생긴 봉분인 듯, 떼도 아직 제대로 뿌리내리지 못하고 엉성한 걸로 봐 수많은 살아 있는 사람들의 마음속에서 아직 지워지지 않은 죽음일 테니까.

혼자 마시는 소주가 현을 훈훈하고 기분 좋게 했다. 그는 막 숙경이와의 혼담을 파장내고 오는 길이었다. 워낙 빈틈없이 꾸며논 일이라 없었던 일로 하기는 수월찮았다. 그러나 어떻든 그 일을 그는 해냈다. 그는 스스로 그걸 장하다고 생각했다. 서른두 살에 겨우 인턴 과정을 끝마쳤다는 건 자랑할 만하지 않지만 서른두 살에 그만한 혼담을 물리쳤다는 건 대단한 용단이었다. 그 혼담은 서른두 살의 허욕을 매혹시킬 만한 구색을 고루 갖추고 있었다. 그러나 그는 숙경이를 사랑하지 않았다. 사랑하고 있는 건지 아닌지조차 분명히 느낄 수 없었을 적엔 결혼에 있어서 사랑 같은 건 별로 중요하지 않게 여겨졌다. 인태 말을 빌린다면 자신의 결혼 문제에 있어서조차 그는 구경꾼일 수 있었으니까. 그러나 지금은 아니었다. 그는 자기가 숙경을 사랑하지 않는다는 걸 분명히 느낄 수 있음이 기쁘고 대견했다. 사랑하지 않는다는 걸 느낄 수 있다는 건 장차 사랑도 느낄 수 있으리란 가능성을 의미했다. 그는 자신이 소생하고 있음을 온몸으로 느꼈다.

숙경이 문제는 시작일 뿐 그의 앞엔 미루어온 수많은 문제들이 가로놓여 있었다. 더 이상 그걸 미루지는 않을 터였지만 한꺼번에 해결하려고 서둘지도 않을 터였다. 중요한 건 자기가 무엇을 해야 하나를 깨닫고 있는 거였다.

그가 무덤과 함께 대작해가며 소주 한 병을 비우고 공원묘지 사무소 앞 위령탑 근처까지 왔을 때였다.

낯익은 남자 둘이서 위령탑을 쳐다보며 이야기를 나누고 있었다. 남상이와 덕환이었다. 덕환이는 영자의 쓸쓸한 장례식의 많지 않은 조객 중 어쩐지 인상에 남는 한 사람이었다. 현은 두 사람과 만나지 않기 위해 어디로 숨어버릴까도 싶었지만 마땅한 데가 없었다. 영자와 현과의 관계를 모르는 남상이에게 현의 성묘는 아무래도 부자연스러워 보일 것 같았다. 영자가 하필 남상이 마누라로서 죽다니. 인간의 운명의 예기치 않은 함정은 실은 스스로 파놓았음이 아니었을까?

덕환이가 먼저 그를 알아보고 달려왔다. 남상이도 뜻밖이라는 듯 놀라며 반가워했다.

"선생님, 웬일이세요?"

"자네가 여기 웬일인가?"

석물공장 쪽에서 돌 쪼는 소리가 아득하게 들려왔다.

"응, 교외로 바람 쐬러 나왔다가 잠깐 들렀다네. 비석이 없어서 쓸쓸하더군. 내가 비석이나 하나 해서 세워주면 안될까?"

"여보게 나도 염치가 있지. 이번엔 자네 신세를 정말 너무 졌어. 그 비싼 병원비에다 화장시킬 돈 한 푼 없는 주제에 부득부득 이 공원묘지를 쓰겠다고 졸랐으니, 나도 참 그땐 환장을 했지."

"잘했지. 이렇게 찾아올 데가 있으니 좀 좋은가. 그리고 병원비랑 장례비는 꾸어준 거야. 잊지 말게. 자네 입으로 골백번도 더했어. 꼭 갚아주겠다고."

"아무려면요, 갚아드려야죠."

잠자코 있던 덕환이가 거들었다.

"참 일자리는 얻었나? 내가 좀 알아볼까?"

"아냐, 아냐. 이 사람이 같이 일하자고 해서……."

남상이가 덕환이 등을 치며 말했다.

"거 잘됐군. 무슨 일인데."

"별로 될성부른 일도 아냐. 이 친구가 글쎄 우리 공장을 재건시켜 보겠다는 거야. 사장이 알맹이는 미리 다 빼돌리고 빚만 잔뜩 져놓고 미국으로 도망가버린 공장을 제가 무슨 수로 재건을 한다는 건지. 무진 애쓰더니만 겨우겨우 기계는 돌려서 공원들이 아주 실직하는 것만은 면했지만 월급날 다만 몇 푼씩이라도 나누어주게 돼야 재건이고 뭐고 큰소리칠 수 있을 텐데 그게 그렇게 쉽겠어?"

"형님 글쎄 된다니까요. 형님도 자신을 가지세요."

"나 자신 있어서 나가는 거 아닐세. 자네가 자꾸 나 같은 게 필요하다고 하니까 나가는 게지. 그렇게 폭삭 망하고 사람까지 잃고도 죽고 싶진 않았든지 나를 필요로 한단 소리를 들으니까 정신이 번쩍 나더라니까."

남상이가 쓸쓸하게 웃으면서 말했다.

"참 비석은 사양하겠네. 그 사람에겐 이 위령탑이면 충분해. 그 사람은 이 위령탑을 참 좋아했었지. 우린 이 근처서 연애를 시작했거든. 가끔 그 사람은 이 위령탑에다 들꽃을 바치곤 했었지. 내가 왜 이 공원묘지에 그 사람을 묻고 싶어했는지 자네도 이해해주게나."

두 사람이 묘지로 올라간 후에도 한동안 현은 위령탑 근처를 배회했다. 두 사람이 꼬불꼬불한 묘지 사잇길로 멀어져가는 걸 바라보면서 현은 무덤들이 숨 쉬는 걸 좀 더 확실히 느끼고 있었다. 숨 쉬는 무덤 사이에 서려 있는 것도 충충한 추억이 아니라 예감이었다. 그는 고통스럽지만 보람 있는 삶을 예감했다. 남의 생명과 고통을 위한 헌신까지도.

그 바보 같은 계집애는 죽음으로써 그로 하여금 생명에 눈뜨게 했다. 하마터면 생명에 눈먼 채 의사가 될 뻔했다. 두려운 일이었다.

현은 그곳을 떠나기 전에 위령탑에 들꽃을 바치고 싶었다. 그러나 들판에 서려 있는 건, 아직은 봄의 예감일 뿐 들꽃은 피어나기 전이었다.

1. '좋은 아버지'의 부재와 성장소설의 특수한 형식

박완서의 『오만과 몽상』은 자신들을 굴레 씌운 '가계家系의 운명'으로부터 벗어나기 위해 몸부림치는 현과 남상의 이야기로 이루어져 있다. 매국노의 후예로 자자손손 권력과 부富를 누려온 현의 집안과 독립투사의 자손으로 가난과 원한을 물려받은 남상의 내력은 고고단짝인 둘 사이의 우정을 갈라놓는 원인이 된다. 남상의 할아버지가 간직했던 한 장의 사발통문(고조할아버지가 동학군이었을 때 쓴 글)이 갑작스런 절교로 이어진 뒤, 이들 각자는 상반되는 가운家運의 아이러니에 대항해 자신의 삶을 만들어가는 힘겨운 여정에 들어선다. 이렇게 보면 이 소설은 현과 남상, 두 주인공이 성장과 자아 찾기 과정에서 겪게 되는 갈등과 방황의 이야기라 할 수 있다.

일반적으로 성장은 '아버지의 법'을 내면화하고 사회의 질서와 규칙들을 자아—이상(ego-ideal, 상징적 동일화의 모델) 속에 정초하는 사회화 과정을 통해 이루어진다. 이 과정은 사회적 공동체와 조화를 이루기 위한 주인공의 내적 성숙을 그려내는 서구적 의미의

교양소설(Bildungsroman, 괴테의 『빌헬름 마이스터의 수업시대』 등)에
잘 나타나 있다. 그런데 한국 성장소설에서는 이 과정이 성공적으
로 마무리되기보다는 혼돈과 방황으로 끝나는 경우가 많다. 이런
양상은 상징적 동일화의 모델이 되어줄 '좋은 아버지'가 부재한 상
황, 또는 통합을 위해 노력해야 할 사회 질서가 이미 모순되고 타락
했다는 인식에서 비롯된다.

　사회적 공동체와의 성공적인 통합이 타락한 사회와의 타협을 의
미하는 한, 그것은 진정한 성장을 의미할 수 없다. 반대로 모순된
사회와의 타협을 거절하고 진정한 성장을 추구한다면, 그는 사회화
에 실패한 채 분열과 방황을 거듭하지 않을 수 없다.[1] 이것이 근현
대사의 특수한 정치적 현실을 경험한 한국 성장소설의 딜레마라 하
겠는데, 이로 인해 모순된 사회와의 대면에서 발생하는 주인공의
방황과 동요를 중심으로 하는 이야기들이 우리 성장소설의 주된 흐
름을 형성하게 된다.

　박완서의 『오만과 몽상』 또한 성장소설의 이 같은 맥락 안에서 조
명될 수 있는 소설이다. 주인공인 현과 남상은 각기 다른 의미에서
'좋은 아버지'가 부재하는 상황에 처해 있다. 매국노의 후예이자
번영한 가문의 자손인 현에게는 강력한 권위를 지니고 있지만 도덕
적 이념적으로 타락한 '나쁜 아버지'만이 현존한다(악덕 기업인인 실
제의 아버지 박준이 그렇듯이). 반면 독립투사의 후예이지만 영락한 집

---

1) 나병철, 『가족로망스와 성장소설』, 문예출판사, 2007, 334쪽.

안의 아들인 남상에게 '좋은 아버지'는 부재하는 것이나 다를 바 없이 무력하기만 하다(사발통문만 남기고 세상을 떠난 할아버지나 철저히 무기력한 실제의 아버지처럼).

이 같은 상황에서 현과 남상은 서로를 의식하고 서로에게 영향을 미치면서 경쟁적으로 자기 길을 찾아가나는 형제, 혹은 쌍둥이 double와도 같다. 집안의 도움 없이 성공하기 위해 가출을 감행한 현은 나쁜 아버지의 법에 저항하고 등을 돌리는 방식으로 성장의 길에 들어서며, 부자가 되어 가문을 일으키고자 분투하는 남상은 스스로 아버지의 법을 세우려는 방식으로 성장을 모색한다. 현과 남상의 모색은 자본주의 사회의 타락한 질서(나쁜 아버지의 법)와 대면하여 이들이 겪게 되는 갈등과 좌절의 과정과도 맞물려 있다.

이 과정에서 이들은 불길한 주문처럼 울려 퍼지는 목소리, 곧 "매국노는 친일파를 낳고, 친일파는 탐관오리를 낳고, 탐관오리는 악덕 기업인을 낳고, 악덕 기업인은 현이를 낳고, 동학군은 애국투사를 낳고, 애국투사는 수위를 낳고, 수위는 도배장이를 낳고, 도배장이는 남상이를 낳고"(1권, 73~74쪽)라는 집요한 목소리와 싸워나간다. 각기 다른 자리에서 서로 다른 방향으로, 이 목소리의 굴레로부터 벗어나 자기 자신이 되기 위해 방황하는 이들의 이야기를 좀 더 자세히 살펴보기로 하자.

2. 오이디푸스적 아버지 —자본에 맞선 아들— 청년의 힘겨운 모색

아버지의 법이라는 상징적 동일화의 모델을 갖지 못한 현과 남상에게 서로는 유일한 경쟁자이자 각별한 동일시의 대상이다. 대조적인 환경과 집안 내력을 지닌 이 두 사람은 거울처럼 서로의 모습을 비추는 한 쌍의 짝패이기도 하다. 현과 남상은 최초의 결별 이후 7년 만에 이루어진 우연한 마주침 이외에는 결말에 이르기까지 서로 단 한 번도 만나지 못하지만, 애증의 감정으로 서로에게 깊숙이 연루되어 있다. 고교 시절부터 현과 남상의 관계는 단짝친구 그 이상이었다고 할 수 있다. 소설가가 되어 첫 작품으로 『의사 남상이』란 소설을 쓰겠다고 입버릇처럼 말하는 현이나, 그런 현의 기대에 부응하듯 의사가 되기를 꿈꾸는 남상에게 서로의 존재는 자아상을 형성하고 꿈을 지탱하는 근거가 되었기 때문이다.

그러다가 남상의 절교 선언으로 상처를 받은 현은 "쓰여지기도 전에 마지막 작품이"(1권, 29쪽) 된 자신의 소설을 포기하는 대신, 남상이 꿈꾸었던 바로 그 의사가 됨으로써 그에게 복수하고자 한다. 흥미로운 것은 남상에 대한 현의 복수가 자신을 남상과 상상적으로 동일시하는 양상으로 나타난다는 점이다. 현은 남상이 품었던 의사라는 꿈을 모방하고, 남상이 겪는 극도의 가난마저 모방하려 한다. 이는 "친일파의 자식이기 때문에 의사가 될 수 있었"다(1권, 33쪽)는 식의 남상의 주장을 반박하기 위함이기도 하지만, 다른 한

편으로는 남상이 내뱉은 불길한 주문("매국노는 친일파를 낳고……")을 기꺼이 맞서 싸워야 할 자기 자신의 사악한 운명으로 받아들인 탓이기도 하다.

나아가 절교 이후 현의 일거수일투족은 "남상이라는 단 한 사람의 관객을 위한 쇼"(1권, 16쪽)와도 같아진다. 언제나 남상이라는 관객을 의식하면서 오직 부재하는 그의 시선 안에서만 살아가는 현은 쿤데라가 『참을 수 없는 존재의 가벼움』에서 말한 의미의 '몽상가'에 다름 아니다. 남상이 지켜보고 있지 않음에도 현은 가난으로 고생하는 자기 모습을 응시하는 남상의 환상적 시선을 느끼며, 의사가 된 자신을 바라봐줄 남상의 시선을 상상한다. 부재하는 남상의 시선은 현에게 있어 "등에 꽂힌 화살"(1권, 60쪽)처럼 피할 길 없는 조건인 동시에 강렬한 욕망의 대상이라 할 수 있다.

남상의 시선에 대한 현의 갈망은, 복수 그 자체에 대한 욕망을 넘어서고 있다. 저주와도 같은 족보의 굴레가 틀렸음을 남상의 눈앞에서 증명하는 일은 곧 그 말을 되뇌었던 남상의 욕망을 대신 실현하는 것일 수 있기 때문이다. 자신을 바라보는 남상의 시선이 현에게 쾌감을 주는 이유는 결국 그가 자기 스스로(관찰당하는 위치)를 남상의 응시(자신을 바라보게 되는 위치)와 동일시한 데서 나오는 현상이라 할 수 있다. 그런 의미에서 현에게 남상은 상상적 동일시(타자의 이미지와의 동일시)의 대상일 뿐 아니라 상징적 동일시(타자의 응시와의 동일시)의 대상이기도 하다.[2] 달리 말하면 현의 '관객'은 남상의 자리에서 스스로를 바라보는 자기 자신이었던 것이다.

남상의 경우에도 상황은 별로 다르지 않다. 고교 시절 남상은 자신을 『의사 남상이』란 소설의 모델로 바라보는 현의 시선 안에서 막연히 의사가 되길 꿈꾼다(상징적 동일시). 할아버지에 의하 주입된 "양가의 원한 관계"(1권, 245쪽)에 짓눌려 현과의 관계를 파탄낸 남상은 제대 후 현과 화해하고 싶어하지만, 현이 의대에 다닌다는 사실을 알게 되면서 그에게 가장 소중한 걸 빼앗긴 듯한 배신감을 느낀다. 가난 때문에 대학 진학을 포기하면서 의사의 꿈도 까마득히 잊고 지냈던 남상이 현에게 자기 꿈을 "부당하게 빼앗긴 것 같은 충격을 받"(1권, 164쪽)는 것은 그가 현의 이미지를 자신의 것으로 욕망하기 때문이다(상상적 동일시). 이후 요지부동의 '거대한 가난'을 움직여보기 위해 안간힘을 쓰는 동안, 남상은 어느 새 자기가 비난했던 현의 모습을 닮아가게 된다.

애국투사의 자손이라는 도덕적 우월감이 현과의 관계를 깨뜨린 남상의 '오만'이었다면, 이제 그는 가난을 벗어나기 위해서라면 무슨 짓이든지 할 수 있는 부도덕한 사람으로 전락한다. 남상은 나 사장의 '염탐꾼'이 되어 공장 동료들을 배반하는가 하면, 편법적인 어음할인으로 위태롭게 재산을 불려나간다. 의사의 길을 걷고 있지만 "남의 고통에 대한 따뜻한 연민에서 우러나오는 마음의 손길이 선천적으로 결여되어"(1권, 177쪽) 있는 현처럼, 남상 역시 자기에게 이익이 된다면 "남을 슬프게 한 일"(2권, 102쪽) 따위는 전혀 개의치

---

2) 상상적 동일시와 상징적 동일시의 개념에 대해서는 슬라보예 지젝, 이수련 옮김, 『이데올로기라
　는 숭고한 대상』, 인간사랑, 2002, 183~188쪽 참조.

않는 냉담하고 이기적인 사람이 된다. 남상은 미처 알지 못했지만, 그가 현을 사랑했던 영자를 사랑하고 그녀와 결혼하게 된 것도 예사롭지 않다. 가난에 대한 혐오로 공장 여공이던 영자를 잔인하게 떼어버린 현과 다름없이, 가난에서 벗어나기 위해 공장 동료들을 희생시킨 남상의 행동 또한 아내 영자에게 커다란 상처를 준다.

이렇듯 현과 남상은 자기도 모르는 사이에 서로를 모방하며 상대의 결함마저 닮아간다. 그러는 사이 이들은 점점 자기 자신을 괴물처럼 느끼게 되고, 나쁜 아버지의 법에 맞서 자기 자신을 찾으려 하는 이들의 탐색은 실패로 돌아가는 것처럼 보인다. 가난의 한시적인 '방문객'에 지나지 않았던 현은 이내 넌더리나는 궁핍을 씻어내고 안락한 집으로 도망쳐 들어가며, 아버지 박준과 다름없는 '괴물단지'가 되어 입신출세의 거짓된 삶을 살아간다. 한편 나 사장보다 더한 '괴물단지'로 변해버린 남상은 나 사장이 부도를 내고 잠적한 뒤, 가진 것 모두를 차압당하고서야 "몇 년 동안의 천신만고가 말짱 헛수고였음을, 결국은 뿌리치고 도망한 원점으로 돌아와 있음을 깨"(2권, 248쪽)닫게 된다.

그런데 현과 남상의 모색이 절망에 부딪힐 수밖에 없는 것은 그들이 여전히 "아버지는 아들을 낳고……"라는 오이디푸스적 수사에 얽매어 있기 때문이다. 가출을 감행했다 집으로 돌아감으로써 나쁜 아버지에 대한 양가감정(적대감과 동일시를 동시에 느끼는 것) 가운데 결국 아버지와의 동일시를 선택한 현이나, 태어날 아기에게 가난을 물려주지 않겠다는 일념으로 재산을 모으는 데 집착하다 도덕적 타

락에 빠진 남상 모두 나쁜 아버지의 법에 예속되어 있기는 마찬가
지이다. 들뢰즈와 가타리가 『안티―오이디푸스: 자본주의와 분열
증』에서 지적한 대로 자본―권력을 지닌 가장을 중심으로 구성된
오이디푸스적 가족 관계에는 자본주의 사회의 권력 관계가 그대로
투영되어 있다. 공동체로부터 유리되어 사적 영역으로 고립된 오이
디푸스적 가족 관계는 공공의 가치와 이념을 상실하고 자본에 의해
지배되는 파편화된 사회구조를 축소된 형태로 반복하고 있는 것이
다.[3] 따라서 이들의 모색이 오이디푸스적 가족 관계의 원환에 갇혀
있는 한, 자본주의 사회의 강요된 법(나쁜 아버지)과 타협하는 길 외
에 다른 가능성을 발견하기란 어려워진다.

　이 같은 한계를 벗어나 오이디푸스적 권력의 순환 고리를 끊어내
기 위해서는 이들이 필사적으로 저항한 '가계의 운명'이 다만 허상
에 불과했음을 깨닫는 과정이 선행되어야 한다. 실제로 현은 자신
이 아버지 박준의 혈통과는 아무런 상관없는 "더럽고 천한 침입자"
(2권, 190쪽)의 자식이었음을 알게 되면서 "그들이 젊음을 바쳐 믿은
것"의 "허망함"(2권, 188~189쪽)에 홍소를 터뜨린다. 한편 빈털터리
가 된 남상은 자신의 아기(영자의 몸에서 자라고 있던)가 영락한 가문
의 '빛나는 기적'이 되길 바라며 비단으로 표구해 걸어두었던 사발
통문을 내동댕이쳐 짓밟는다. "이미 고인이 된 지 오래인 할아버지
와 아직 태어나지 않은 아기에 대해 생각할 때마다 이상하게도 그

---

3) 나병철, 앞의 책, 92~93쪽.

두 사람"이 "분간할 수 없는 하나가 되"(2권, 215쪽)는 듯한 느낌을 받던 남상에게 영자와 아기의 죽음은 자기가 집착한 모든 것이 헛것이었음을 알리는 의미심장한 사건이 된다. 그토록 벗어나고 싶었던 아버지의 혈통도, 새로이 움트는 '족보의 기적'도, 알고 보면 그저 부질없는 망상에 지나지 않았음을 깨닫게 되면서, 현과 남상은 비로소 "매국노는 친일파를 낳고⋯⋯"라는 오이디푸스적 수사로부터 자유로워질 수 있게 된다.

이와 더불어 현과 남상은 어긋난 관계를 회복하고 극적인 화해를 하게 된다. 이들의 화해는 영자의 죽음이라는 비극적 사건을 통해 이루어지지만, 이 사건은 두 사람의 모색에 새로운 가능성을 열어주는 상징적 의미를 띤다. 영자의 죽음은 현과 남상 모두에게 자신의 잘못을 온전히 인정하고 마음을 돌이킬 수 있게 하는 결정적 계기로 작용하기 때문이다. 영자의 죽음 앞에서 견디기 어려운 고통을 느끼며 서로를 얼싸안고 울음을 터뜨리는 두 사람에게, 실패로 돌아간 지난날의 모색은 또 다른 여정의 새로운 시작이 될 것이다.

현과 남상의 화해는 타락한 아버지의 법 또는 자본주의적 권력 구조를 넘어서는 형제들 사이의 비非오이디푸스적 연대를 암시하는 것처럼 보인다. 남상을 도와 영자의 장례를 치른 뒤, 아버지의 뜻에 따라 이해관계로 맺어졌던 여자와의 혼담을 파기하는 현의 결단은 그에게 있어 오이디푸스적―자본주의적 권력 관계 바깥으로 나아가는 첫걸음을 의미한다. 자기 때문에 해고당했던 덕환과 함께 공장을 재건할 계획을 세우며 힘을 북돋우는 남상 또한 자본주의 사회의 타락한 아버지—권력(자본)에 반항하는 아들—청년(노등)의 해방적 잠재력을 떠올리게 한다. 오이디푸스적 아버지의 그늘 아래 있는 경쟁자나 모방자로서가 아니라 아버지의 절대 권력을 유보하고 다른 길을 찾아나가기 위해 힘을 모으는 이들의 모습은 타락한 사회와의 타협을 거부하는 영원한 청년의 형식으로서의 성장소설의 가능성을 확인시켜준다.

3. 사회구조적 불평등에 반대하는 도덕적 감성을 회복하기

『오만과 몽상』에서 현과 남상이 겪는 분열과 방황에는 또한 이 사회의 구조적 모순이 선명하게 투영돼 있다. 성숙을 향해가는 이들의 힘겨운 여정에는, 공공선과 도덕적 책임이 더 이상 힘을 발휘하지 못하고 모든 것이 경제적 가치로 환산되며 계급 고착화와 불평등이 만연한 사회적 현실이 완강하게 버티고 있다. 현과 남상은 지금의 우리도 절감하고 있으며 이 소설이 씌어진 1980년대 이후 점점 더 심화돼온 바로 그 현실 상황과 맞부딪히게 되는 것이다. 남상과 동등한 조건에서 자력으로 성공하는 모습을 보여주기 위해 가출을 감행한 현도, 뿌리 깊은 가난을 극복하고 긍지를 되찾으려 사투를 벌이는 남상도, 이 같은 현실에 휩쓸려 타락과 전락의 길을 걷게 된다.

  남상이 걸머지고 있는 "밑바닥 가난"(1권, 129쪽)은 철거를 앞둔 판자촌의 모습으로 구체화된다. 곧 허가가 나올 거라는 말만 믿고

도심의 판자촌에서 흘러온 철거민촌으로 시작한 남상의 동네는 또다시 도시 외곽인 'B동 산비탈'로 밀려나야 하는 상황에 처한다. 마을 사람들은 턱없이 부족한 보조금을 받고 "지붕이나 문짝, 창문까지 살던 집을 산산이 조각내 떠싣고 떠"(1권, 242쪽)난다. 그나마 형편이 좀 낫고 "말마디나 하는 사람"(1권, 243쪽)들은 보조금을 조금 더 받고 다른 데로 떠나게 되어, 이사 행렬은 더욱 초라하고 무력해진다. 이렇게 "말썽을 충동질할 주동자가 없는 집단"은 철거 당국에 의해 "쓰레기 치우"(1권, 243쪽)듯 손쉽게 처리된다.

이 대목은 빈곤의 문제를 형상화하는 작가의 관점을 분명하게 드러낸다. 이 소설은 철거민이 겪는 곤경을 구체적인 상황과 장면들을 통해 섬세하게 그려내는 동시에, 이를 행정적·제도적·정책적인 차원에서 조명함으로써 사회구조적인 문제로 바라볼 수 있게 한다. 이는 남상의 동네 사람들이 B동 산비탈로 이주한 이후의 상황에서도 잘 나타난다. 상수도도 하수도도 묻혀 있지 않고 샘물도 솟지 않는 땅에서 물을 구하고 오물을 처리하기 위해 동네 사람들이 겪는 고충은 거짓 약속으로 이들을 속여 "오래 길들인 생활의 터전"을 빼앗고 "사람이 살 수 있는 최소한의 여건"(1권, 248쪽)도 갖추지 못한 땅으로 내몰아버린 제도적 폭력에 대한 비판과 이어져 있다. 택지만 조성된 고급 주택가 자리에는 집보다 먼저 상수도관이 들어와 있는 모습, 자기네와 등을 맞대고 있는 철거민촌을 보며 공포와 적개심에 몸서리치는 고급 주택가 사람들의 모습, "쓰레기 처치하듯 내다버려진 철거민촌"의 "부스럼 딱지처럼 허술한 집"(1권, 252

쪽)에서 연탄가스 중독사가 속출하는 모습 등은 계급간의 불평등을 당연시하고 최소한의 도덕적 책임을 저버린 사회의 병적인 실상을 고스란히 드러낸다.

처음에 남상은 이 같은 상황에 직면해 자신과 이웃들의 권리를 되 찾는 일에 앞장서지만, 나 사장의 공장에서 일하는 동안 점차 자 본―권력에 종속당하게 된다. 공장 안에 있을지 모를 "말마디나 하 는 사람"을 두려워하여 그 "싹이라도 보는 족족 뽑아내"(1권, 264쪽) 려 하는 나 사장은 타락한 자본주의 사회의 나쁜 아버지―법을 표 상하는데, "바늘구멍만 한 구원의 가망도 없"(1권, 274쪽)어 보이는 완벽한 가난에 지친 남상은 '내 사람'이 되어 달라는 나사장의 제안 을 받아들인다. 죄의식으로 괴로워하던 남상이 차츰 자기 스스로를 합리화하며 나사장보다 더 영악하고 잔인하게 변해가는 것은 "가난 이야말로 악 그 자체"(2권, 73쪽)이며 가난을 "벗어나기 위해 무슨 일을 저지른대도" 가난 "이상 가는 악덕일 수는 없"(2권, 287쪽)다는 생각 때문이다. 변해가는 남상의 모습은 계급 고착화가 심화되고 부에 대한 찬양과 빈궁에 대한 혐오가 확산된 결과, 이 사회의 도덕 적 감성이 얼마나 타락해버렸는지를 여실히 보여준다.

이런 양상은 가난의 '구경꾼' 자리에 서 있던 현에게서도 찾아볼 수 있다. 한시적인 가난의 체험은 그로 하여금 자신의 처지가 "땀이 나 때처럼 몸에서 우러나는 가난"과는 근본적으로 다르다는 생각을 갖게 만들고, 자신과 다른 "체질화된 궁기"(1권, 195쪽)에 대해 지독 한 역겨움을 느끼게 한다. 이로 인해 현은 자신을 헌신적으로 사랑하고 보살핀 영자마저도 가난과 결별하기 위한 피할 수 없는 의식인 양 냉정하게 잘라내 버린다. 하지만 일류 미싱사가 된다는 건 "자신을 조금씩 녹여서 재봉틀 기름을 만든다는 거야. 재봉틀이 저절로 돌아갈 때쯤은 우린 다 녹아버려서 아무것도 남아 있지 않아."(1권, 204쪽)라는 영자의 말은 그의 뇌리에 깊이 새겨진다. 자신의 청결하고 편안한 생활이 마치 재봉틀과도 같이 "영자의 고혈로 (…) 윤활유를 삼고 있다는"(같은 곳) 무서운 깨달음은 무리 없이 작동하는 것처럼 보이는 이 자본주의 사회가 실은 사회적 약자들의 부당한 희생에 의존하고 있음을 아프게 증언한다.

공장 영업과장인 남상의 갈등과 방황이 노동자의 인권이나 노동 조건 문제(복실이와 덕환을 둘러싼)를 논점화한다면, 의사 현의 여정은 의료보험과 의료혜택 문제를 두드러진 쟁점으로 부각시킨다. 현의 철거민촌 의료봉사와 무의촌 근무 과정을 통해 이 소설은 기본권조차 누리지 못하고 의료혜택의 사각지대에 놓인 사람들을 기억하게 하고, 가난한 자들을 원천적으로 배제하는 의료보험 시스템의 모순을 날카롭게 문제 삼는다. 의료혜택의 공정한 분배에 대한 현의 고민은 결국 전도양양한 직업으로서의 의사의 길에 묻혀 흐려지지만, 이를 통해 이 소설은 타인의 고통에 무감각한 채 성공을 위해 달려 나가야만 하는 이 사회의 경쟁 시스템에 대한 비판까지 담아내고 있다.

이처럼 『오만과 몽상』은 성장소설의 형식 안에서, 교육과 의료 혜택, 최소한의 안정된 주거와 노동 여건 등으로부터 배제된 채 내버려진 빈곤층의 황폐한 삶을 생생히 그려낸다. 나아가 이 문제를 사회구조적 차원에서 조명하고, 우리 사회에서 점점 더 심화되고 있는 불의와 불평등에 대한 분석적 비판을 멈추지 않는다. 영자라는 상징적 인물이 잘 보여주듯, 이 비판적 열정을 통해 전면화되는 것은 타인의 고통에 대한 감수성의 회복이다. 그런 면에서 이 소설은 타락한 자본주의 사회의 강요된 법에 맞서 다른 가능성을 찾아나가는 청년들의 이야기이자, '좋은 삶'과 더 나은 사회를 만들어가기 위해 우리가 회복해야 할 가치들에 대한 절박한 호소이기도 하다. 그 진심 어린 목소리는 바로 지금, 우리 자신의 현재와 미래를 향해 울려나오고 있다.

박진 1970년 서울 출생. 문학평론가, 숭실대학교 베어드학부대학 교수. 고려대학교 국문학과를 졸업하고 동 대학원에서 박사학위를 받았다. 1998년 〈세계의 문학〉으로 비평 활동을 시작했다. 저서로는 『장르와 탈장르의 네트워크들』 『서사학과 텍스트 이론』 『그래서 우리는 소설을 읽는다』(공저) 『문학의 새로운 이해』(공저) 등이 있고, 평론집 『달아나는 텍스트들』이 있다.

작가
연보

1931　　　　　10월 20일 경기도 개풍군 묵송리 박적골에서 출생. 아버지 박영노朴
　　　　　　　泳魯, 어머니 홍기숙洪己宿. 위로 열 살 위인 오빠 박종서朴鐘緒 있음.

1934(4세)　　아버지 별세. 어머니는 오빠만 데리고 서울로 떠남. 조부모와 숙부
　　　　　　　모 밑에서 어린 시절을 보냄.

1938(8세)　　서울로 와서 살게 됨. 매동국민학교 입학.

1944(14세)　숙명여고 입학.

1945(15세)　소개령 때문에 개성으로 이사, 호수돈여고로 전학. 고향에서 해방
　　　　　　　을 맞음.
　　　　　　　서울로 와 학교를 계속 다님. 여중 5학년 때 담임을 맡은 소설가 박
　　　　　　　노갑 선생에게서 많은 영향을 받음.

1950(20세)　서울대학교 문리대 국어국문학과 입학. 6·25 전쟁으로 학교에 다
　　　　　　　닌 기간은 며칠 되지 않음. 전쟁 기간 중에 오빠와 숙부가 죽고 대가
　　　　　　　족의 생계를 책임지게 됨. 미8군 PX(동화백화점, 지금의 신세계백화점
　　　　　　　자리)의 초상화부에서 근무. 그곳에서 박수근 화백을 알게 됨.

1953(23세)　4월 21일 호영진扈榮鎭과 결혼. 1남 4녀의 자녀를 둠.(1954년 원숙,
　　　　　　　1955년 원순, 1958년 원경, 1960년 원균, 1963년 원태 태어남)

1970(40세)　『나목』으로 〈여성동아〉 여류 장편소설 모집에 당선. 첫 책『나목』(동
　　　　　　　아일보사) 출간.

1971(41세) 「한발기」 연재.(〈여성동아〉 1971년 7월호~1972년 11월호. 단행본에 실린

「5월」 부분이 빠져 있음. 1978년에 『목마른 계절』로 출간됨)

「세모」(〈여성동아〉 4월호), 「어떤 나들이」(〈월간문학〉 9월호)

1972(42세) 「세상에서 제일 무거운 틀니」(〈현대문학〉 8월호)

1973(43세) 「부처님 근처」(〈현대문학〉 7월호), 「지렁이 울음소리」(〈신동아〉 7월호),

「주말농장」(〈문학사상〉 10월호)

1974(44세) 「맏사위」(〈서울평론〉 1월호), 「연인들」(〈월간문학〉 3월호), 「이별의 김포

공항」(〈문학사상〉 4월호), 「어느 시시한 사내 이야기」(〈세대〉 5월호),

「닮은 방들」(〈월간중앙〉 6월호), 「부끄러움을 가르칩니다」(〈신동아〉

8월호), 「재수굿」(〈문학사상〉 12월호)

1975(45세) 「도시의 흉년」 연재.(〈문학사상〉 1975년 12월호~1979년 7월호)

「카메라와 워커」(〈한국문학〉 2월호), 「도둑맞은 가난」(〈세대〉 4월호),

「서글픈 순방」(〈주간조선〉 6월호), 「겨울 나들이」(〈문학사상〉 9월호),

「저렇게 많이!」(〈소설문예〉 9월호)

1976(46세) 첫 창작집 『부끄러움을 가르칩니다』(일지사) 출간.

「휘청거리는 오후」 연재.(〈동아일보〉 1976. 1. 1~1976. 12. 30)

「어떤 야만」(〈뿌리깊은 나무〉 5월호), 「배반의 여름」(〈세계의 문학〉 가을

호), 「조그만 체험기」(〈창작과비평〉 겨울호), 「포말의 집」(〈한국문학〉

10월호)

1977(47세) 『휘청거리는 오후 1, 2』(창작과비평사) 출간.

열화당의 〈신예작가 신작소설선〉 중에 중편집 『창밖은 봄』 출간.

첫 산문집 『꼴찌에게 보내는 갈채』(평민사), 두 번째 산문집 『혼자

부르는 합창』(진문출판사) 출간.

「흑과부」(〈신동아〉 2월호), 「돌아온 땅」(〈세대〉 4월호, 「더위 먹은 버스」라

는 제목으로 소설집 『배반의 여름』(1978)에 수록), 「상」(〈현대문학〉 4월호),

「꼭두각시의 꿈」(〈수정〉 1977), 「꿈을 찍는 사진사」(〈한국문학〉 6월호),

「여인들」(〈세계의 문학〉 여름호), 「그 살벌했던 날의 할미꽃」(〈문예중앙〉 겨울호)

1978(48세)   『목마른 계절』(수문서관) 출간.(〈여성동아〉 1971년 7월호~1972년 11월호. 「한발기」라는 제목으로 연재)

단편집 『배반의 여름』(창작과비평사) 출간.

산문집 『여자와 남자가 있는 풍경』(한길사) 출간.

「욕망의 응달」 연재.(〈여성동아〉 1978. 8.~1979. 11.)

「낙토樂土의 아이들」(〈한국문학〉 1월호), 「집보기는 그렇게 끝났다」(〈세계의 문학〉 가을호), 「꿈과 같이」(〈창작과비평〉 여름호), 「공항에서 만난 사람」(〈문학과지성〉 가을호)

1979(49세)   『도시의 흉년 1, 2』(문학사상사) 출간.

『욕망의 응달』(수문서관) 출간.(이후 1984년 같은 출판사에서 『인간의 꽃』이라는 제목으로 다시 나온 뒤 절판. 1989년 다시 원제대로 우리문학사에서 재출간되었으나 타계 전 작가의 요청으로, 〈박완서 소설전집 결정판〉(세계사) 목록에서 제외함)

창작동화집 『달걀은 달걀로 갚으렴』(샘터사) 출간.(같은 해 『마지막 임금님』이라는 제목으로도 출간됨)

『꿈을 찍는 사진사』(열화당) 출간.(1977년 펴냈던 『창밖은 봄』과 동일한 작품을 묶음)

「살아 있는 날의 시작」 연재.(〈동아일보〉 1979. 10. 2~1980. 5. 30)

「내가 놓친 화합」(〈문예중앙〉 봄호), 「황혼」(〈뿌리깊은 나무〉 3월호), 「우리들의 부자富者」(〈신동아〉 8월호), 「추적자」(〈문학사상〉 10월호)

1980(50세)   「그 가을의 사흘 동안」으로 제7회 한국문학작가상 수상.

〈동아일보〉에 연재했던 『살아 있는 날의 시작』(전예원) 출간.

「오만과 몽상」 연재.(〈한국문학〉 1980년 12월호~1982년 3월호)

「그 가을의 사흘 동안」(〈한국문학〉 6월호), 「엄마의 말뚝 1」(〈문학사상〉

9월호), 「육복六福」(〈소설문학〉 11월호), 「침묵과 실어」(〈세계의 문학〉 겨울호), 「옥상의 민들레꽃」(〈실천문학〉 창간호)

1981(51세)　「엄마의 말뚝 2」로 제5회 이상문학상 수상.

20년간 살던 보문동 한옥을 떠나 잠실의 아파트로 이사.

오늘의 작가 총서 『나목·도둑맞은 가난』(민음사) 출간.

소설집 『이민 가는 맷돌』(심설당) 출간.

「천변풍경」(〈문예중앙〉 봄호), 「엄마의 말뚝 2」(〈문학사상〉 8월호), 「쥬디 할머니」(〈소설문학〉 10월호), 「꽃 지고 잎 피고」(그어리스 사보 〈Ami〉 1981), 「로얄 박스」(〈현대문학〉 12월호)

「도둑맞은 가난」이 일본에서 「盜まれた貧しさ」라는 제목으로 『韓国現代文学13人集』(古由高麗雄 편)에 수록 출간.(新潮社)

1982(52세)　10월과 11월, 문화공보부 주최 문인 해외연수에 참가, 유럽과 인도를 다녀옴.(김치수, 염재만, 이호철, 홍윤숙, 김영옥, 유재용 김승옥, 박연희, 김홍신 등 참가)

『오만과 몽상』(한국문학사) 출간.(1985년 고려원에서 재출간)

단편집 『엄마의 말뚝』(일월서각) 출간.(첫 창작집 이후 발표된 소설을 묶음)

산문집 『살아 있는 날의 소망』(학원사) 출간.

「그해 겨울은 따뜻했네」 연재.(〈한국일보〉 1982. 1. 5~1983. 1. 15)

「떠도는 결혼」 연재.(〈주부생활〉 1982. 4.~1983. 11.)

「유실」(〈문학사상〉 5월호), 「무중霧中」(〈세계의 문학〉 여름호)

1983(53세)　『그해 겨울은 따뜻했네』(민음사) 출간.(〈한국일보〉에 연재한 동명의 소설)

「그의 외롭고 쓸쓸한 밤」(〈문학사상〉 3월호), 「아저씨의 훈장」(〈현대문학〉 5월호), 「무서운 아이들」(〈한국문학〉 7월호), 「소묘」(〈소설문학〉 8월호)

「그 살벌했던 날의 할미꽃」이 영국 런던에서 「A Pasque-Flower on That Bleak Day」라는 제목으로, 중단편 소설집 『The Rainy Spell and

Other Korean Stories』(서지문 역)에 수록 출간.(onyx press)

1984(54세)　7월 1일 영세 받음.

그해 창간된 잡지 〈2000년〉에 1984년 5월부터 12월까지 연재한 풍자 소설 「서울 사람들」이 단행본 『서울 사람들』로(글수레) 출간.

『인간의 꽃』(수문서관) 출간.(1979년에 출간된 『욕망의 응달』을 제목을 바꿔 재출간함)

「재이산」(〈여성문학〉 1월호), 「울음소리」(〈문학사상〉 2월호), 「저녁의 해후」(〈현대문학〉 3월호), 「어느 이야기꾼의 수렁」(〈문예중앙〉 여름호), 「움딸」(〈학원〉 9월호), 「지 알고 내 알고 하늘이 알건만」(『창비 84 신작소설집 – 지 알고 내 알고 하늘이 알건만』)

1985(55세)　방이동 아파트로 이사함.

11월 무렵 일본 '국제기금' 재단의 초청으로 홀로 일본 여행.

『서 있는 여자』(학원사) 출간.(〈주부생활〉에 연재했던 「떠도는 결혼」과 같은 작품)

〈베스트셀러 소설선집 7〉『나목』(중앙일보사) 출간.

단편 선집 『그 가을의 사흘 동안』(나남) 출간.

한국문학사에서 나왔던 장편 『오만과 몽상』(고려원) 재출간.

자선 에세이집 『지금은 행복한 시간인가』(자유문학사) 출간.

대하장편소설 「未忘(미망)」 연재 시작.(〈문학사상〉 3월호)

「해산바가지」(〈세계의 문학〉 여름호), 「초대」(〈문학사상〉 10월호), 「애보기가 쉽다고?」(〈동서문학〉 12월호), 「사람의 일기」(『창비 85 신작소설집 – 슬픈 해후』), 「저물녘의 황홀」(『문학과지성사 신작소설집 – 숨은 손가락』)

1986(56세)　창작집 『꽃을 찾아서』(창작과비평사) 출간.(『엄마의 말뚝』 이후, 1982년에서 1986년 사이에 창작한 중단편 수록)

산문집 『서 있는 여자의 갈등』(나남) 출간.

「비애의 장」(〈현대문학〉 2월호), 「꽃을 찾아서」(〈한국문학〉 8월호)

1987(57세)　단편 선집『그 살벌했던 날의 할미꽃』(심지출판사) 출간.

『이상 문학수상작가 대표작품집 6 - 박완서』(문학세계사) 출간.

「저문 날의 삽화 1」(『여성동아문집 - 분노의 메아리』, 전예원), 「저문 날의 삽화 2」(〈또 하나의 문화 4호: 여성 해방의 문학〉), 「저문 날의 삽화 3」(〈현대문학〉 6월호), 「저문 날의 삽화 4」(〈창비 1987〉, 부정기 간행물)

1988(58세)　남편(5월)과 아들(8월)이 연이어 세상을 떠남.

서울을 떠나 부산 분도수녀원에서 지냄. 미국 여행을 다녀옴.

10월부터 이듬해 4월까지 〈문학사상〉에 연재하던 「미망」을 중단함.

「저문 날의 삽화 5」(〈소설문학〉 1월호)

1989(59세)　단행본『그대 아직도 꿈꾸고 있는가』(삼진기획) 출간.

『서 있는 여자』(작가정신) 재출간.(1985년 학원사에서 출간됐던『서 있는 여자』 재출간)

「그대 아직도 꿈꾸고 있는가」 연재.(〈여성신문〉 제11호(2월 17일)~제34호(7월 28일))

1988년 10월부터 연재 중단했던 「미망」 다시 연재 시작.(〈문학사상〉 5월호)

「복원되지 못한 것들을 위하여」(〈창작과비평〉 여름호), 「가家」(〈현대문학〉 11월호)

「그 살벌했던 날의 할미꽃」이 프랑스에서 「Une Vieille Anémone, Un Jour Lugubre」라는 제목으로『Une Fille Nommée Deuxième Garçon』(최윤, Patrick Maurus 역)에 수록 출간.(Le Méridien Editeur)

1990(60세)　『미망』으로 대한민국문학상 우수상 수상.

해외 성지순례를 다녀옴.

〈문학사상〉 5월호로 완결된『미망 1, 2, 3』(문학사상사)이 단행본으로 출간.

산문집『나는 왜 작은 일에만 분개하는가』(햇빛출판사) 출간.

참척의 고통을 겪으면서 기록한 일기인 「한 말씀만 하소서」 연
재.(가톨릭 잡지 〈생활성서〉 1990. 9.~1991. 9.)

1991(61세)　　『미망』으로 제3회 이산문학상 수상.

회갑 기념 단편소설집 『저문 날의 삽화』(문학과지성사) 출간.

콩트집 『나의 아름다운 이웃』(작가정신) 출간.(1981년에 출간된 『이민
가는 맷돌』(심설당)에 실린 작품을 재출간)

「여덟 개의 모자로 남은 당신」(『여성동아문집 – 여덟 개의 모자로 남은 당
신』, 정민), 「엄마의 말뚝 3」(〈작가세계〉 봄호. 「박완서 특집」), 「우황청심
환」(〈창작과비평〉 여름호)

「엄마의 말뚝 1」이 영역되어 출간.(유영난 역, 『번역이란 무엇인가』, 태
학사)

1992(62세)　　‘소설로 그린 자화상’ 이라는 표제로 『그 많던 싱아는 누가 다 먹었
을까』(웅진출판) 출간.

『박완서 문학 앨범』(웅진출판) 출간.

동화집 『산과 나무를 위한 사랑법』(샘터사) 출간.(1979년 샘터사에서
냈던 동화들을 모음)

「오동의 숨은 소리여」(〈현대소설〉 봄호)

『서 있는 여자』가 일본에서 『結婚』(中野宣子 역)이라는 제목으로 출
간.(學藝書林)

1993(63세)　　제19회 중앙문화대상(예술 부문) 수상.

「꿈꾸는 인큐베이터」로 제38회 현대문학상 수상.

제38회 현대문학상 수상소설집 『꿈꾸는 인큐베이터』(현대문학) 출간.

『박완서 문학상 수상 작품집』(훈민정음) 출간.(「그 가을의 사흘 동안」
「엄마의 말뚝 2」 「꿈꾸는 인큐베이터」 수록)

〈박완서 소설 전집〉(세계사) 『휘청거리는 오후』(소설 전집 1), 『도시의
흉년』(소설 전집 2, 3), 『휘청거리는 오후』(소설 전집 4), 『욕망의 응달』

(소설 전집 5) 출간.

「꿈꾸는 인큐베이터」(《현대문학》 1월호), 「티타임의 모녀」(《창작과비평》 여름호), 「나의 가장 나종 지니인 것」(《상상》 창간호(가을호))

「엄마의 말뚝 1」이 프랑스 〈Lettres coréennes〉 시리즈 중 『Le piquet de ma mère』(강고배, Hélène Lebrun 역)라는 제목으로 출간.(Actes Sud)

「겨울 나들이」가 미국에서 「Winter Outing」이라는 제목으로 『Land of Exile』(Marshall R. Pihl 역)에 수록 출간.(M. E. Sharpe)

1994(64세)　「나의 가장 나종 지니인 것」으로 제25회 동인문학상 수상

『제25회 동인문학상 수상작품집 - 나의 가장 나종 지니인 것』(조선일보사) 출간.

신작 소설집 『한 말씀만 하소서』(솔) 출간.(일기와 『저문 날의 삽화』 이후의 소설을 묶음)

전작동화 『부숭이의 땅힘』(한양출판) 출간.

첫 창작집 『부끄러움을 가르칩니다』(한양출판) 재출간.

1977년에 출간한 첫 수필집 『꼴찌에게 보내는 갈채』(한양출판) 재출간.(일부 재수록)

〈박완서 소설 전집〉(세계사) 『목마른 계절』(소설 전집 6), 『엄마의 말뚝』(소설 전집 7), 『오만과 몽상』(소설 전집 8), 『그해 겨울은 따뜻했네』(소설 전집 9) 출간.

「가는 비, 이슬비」(한국문학 3·4월 합본호)

『그대 아직 꿈꾸고 있는가』가 독일에서 『Das Familienregister』(Helga Picht 역)이라는 제목으로 출간.(Verlag Volk &Welt)

1995(65세)　「환각의 나비」로 제1회 한무숙문학상 수상.

『그 산이 정말 거기 있었을까』(웅진출판) 출간.

단편 전집 『여덟 개의 모자로 남은 당신』(삼성) 문고판 출간.

산문집 『한 길 사람 속』(작가정신) 출간.

〈박완서 소설 전집〉(세계사) 『나목』(소설 전집 10), 『서 있는 여자』(소설 전집 11) 출간.

「마른 꽃」(〈문학사상〉 1월호), 「환각의 나비」(〈문학동네〉 봄호)

『나목』이 미국 코넬대학교 출판부에서 『The Naked Tree』(유영난 역)라는 제목으로 출간.(Cornell University)

「더위 먹은 버스」「꿈꾸는 인큐베이터」「티타임의 모녀」단편 세 편이 독일에서 『Die Trämende Brutmaschine: 꿈꾸는 인큐베이터』(채운정, Rainer Werning 역)라는 제목으로 출간.(Secolo)

「티타임의 모녀」가 일본에서 「ティータイムの母娘」(岸井紀子 역)이라는 제목으로 〈韓國女性作家作品集(한국여성작가작품집)〉 중 『冬の幻』(朝鮮文学研究會 역)에 수록 출간.(韓日カルチャーセンター図書出版室)

「세모」「주말농장」이 중국에서 「岁暮」「周末农场」라는 제목으로 『韩国女作家作品选(한국여작가작품선)』에 수록 출간.(社会科学文献出版社)

1996(66세)　단편선집 『울음소리』(솔) 출간.

수필집 『우리를 두렵게 하는 것들』(자유문화사) 출간.

〈박완서 소설 전집〉(세계사) 『미망』(소설 전집 12, 13) 출간.

「참을 수 없는 비밀」(〈창작과비평〉 겨울호)

1997(67세)　『그 산이 정말 거기 있었을까』로 제5회 대산문학상 수상.

티베트 · 네팔 기행기 『모독』(학고재) 출간.

동화집 『속삭임』(샘터사) 출간.

「길고 재미없는 영화가 끝나갈 때」(〈라쁠륨〉 봄호), 「그 여자네 집」(『여성동아 문집 - 13월의 사랑』, 예감), 「너무도 쓸쓸한 당신」(〈문학동네〉 겨울호)

「닮은 방들」이 미국에서 「Identical Apartment」라는 제목으로

『WAYFARER』(Bruce Fulton, Ju-Chan Fulton 편역)에 수록 출간.(Women In Translation)

1998(68세) 구리시 아천동으로 이사함.

보관문화훈장(문화관광부) 수상.

단편소설집『너무도 쓸쓸한 당신』(창작과비평사) 출간.

산문집『어른 노릇 사람 노릇』(작가정신) 출간.

그림동화『이게 뭔지 알아맞혀 볼래?』(미세기) 출간.

「꽃잎 속의 가시」(《작가세계》 봄호),「공놀이하는 여자」(《당대비평》 여름호),「J-1 비자」(《창작과비평》 겨울호)

1999(69세) 『너무도 쓸쓸한 당신』으로 제14회 만해문학상 수상.

묵상집『님이여, 그 숲을 떠나지 마오』(여백) 출간.

에세이 선집『작은 마음이 아름다운 세상을 만든다』(미래사) 출간.

단편동화집『자전거 도둑』(다림) 출간.(첫 동화집『달걀은 달걀로 갚으렴』에서 여섯 편을 선별해 실음)

「아주 오래된 농담」 연재 시작.(《실천문학》 겨울호)

〈단편소설 전집〉(전5권, 문학동네)『어떤 나들이』(단편소설 전집 1),『조그만 체험기』(단편소설 전집 2),『아저씨의 훈장』(단편소설 전집 3),『해산바가지』(단편소설 전집 4),『가는 비 이슬비』(단편소설 전집 5) 출간.

단편 아홉 편이 미국에서『My Very Last Possession』(전경자 외 역)라는 제목으로 출간.(M. E. Sharpe)

「저문 날의 삽화」「그 가을의 사흘 동안」「도둑맞은 가난」「엄마의 말뚝 1, 2, 3」 단편 여섯 편이 미국에서『A SKETCH OF THE FADING SUN』(이현재 역)이라는 제목으로 출간.(White Pine Press)

『그 많던 싱아는 누가 다 먹었을까』가 일본에서『新女性を生きよ』(朴福美 역)라는 제목으로 출간.(梨の木舍)

「어느 이야기꾼의 수렁」이 독일에서「Im Sumpf steckengeblieben」

이라는 제목으로『Am Ende der Zeit』(Helga Picht, Heidi Kang 편)에
수록 출간.(Pendragon)

2000(70세) 제14회 인촌상 수상.(문학 부문)

9월 '2000 서울 국제 문학포럼'에서「포스트 식민지적 상황에서의
글쓰기」발표.

등단 30주년 기념, 산문 선집『아름다운 것은 무엇을 남길까』(세계
사),『박완서 문학 30년 기념 비평집: 박완서 문학 길찾기』(세계사)
출간.

「아주 오래된 농담」(《실천문학》가을호) 연재를 마친 후 단행본『아주
오래된 농담』(실천문학사) 출간.

2001(71세) 「그리움을 위하여」로 제1회 황순원문학상 수상.

장편동화『부숭이는 힘이 세다』(계림북스쿨) 출간.(『부숭이의 땅힘』
(1994)을 손보아 이름을 바꾸어 출간)

「그리움을 위하여」(《현대문학》2월호),「또 한해가 저물어 가는데」(『우
리시대의 여성작가 15인 신작소설집 – 진실 혹은 두려움』, 동아일보사)

「그 가을의 사흘 동안」을 영역한『Three Days in That Autumn』(유
숙희 역)이 지문당의〈The Portable Library of Korean Literature〉
시리즈 여덟 번째 책으로 출간.

2002(72세) 산문집『꼴찌에게 보내는 갈채』(세계사) 개정 증보판 출간.(「내가 걸
어온 길」등이 추가됨)

소설 모음집『저문 날의 삽화』(문학과지성사) 개정판 출간.

〈박완서 소설 전집〉(세계사) 개정판 출간.(전14권, 장정을 새로 함)

산문집『두부』(창작과비평사) 출간.

자전적 동화『옛날의 사금파리』(그림 우승우, 열림원) 출간.

『우리 시대의 소설가 박완서를 찾아서』(웅진닷컴) 발간.(『박완서 문학
앨범』(1992)의 개정증보판)

「아치울 이야기」(『여성작가 16인 신작소설집 - 피스타치오 나무 아래서 잠들다』, 동아일보사), 「그 남자네 집」(〈문학과사회〉 여름호)

「나의 가장 나종 지니인 것」이 독일에서 「Das Allerwichtigste in meinem Leben Erzälung」이라는 제목으로 『Wintervision』(김희열, Achim Neitzert 역)에 수록 출간.(Haag+Herchen)

「엄마의 말뚝」이 일본에서 「母さんの杭」라는 제목으로 『現代韓国短篇選(현대한국단편선) 下』(三枝寿勝 역)에 수록 출간.(岩波書店)

2003(73세) 산문집(콩트집)『나의 아름다운 이웃』(작가정신) 개정판 출간.

첫 동화집『달걀은 달걀로 갚으렴』에 수록되었던 「옥상의 민들레꽃」을 만화로 구성한 『옥상의 민들레꽃』(그림 강웅승, 이가서)이 〈만화로 보는 한국문학 대표작선 003〉으로 출간.

김남조 · 김후란 · 박완서 · 전옥주 · 한말숙 5인 에세이집 『세월의 향기』(솔과 학) 출간.

〈박완서 소설 전집〉(세계사) 『휘청거리는 오후』(소설 전집 1), 『욕망의 응달』(소설 전집 5), 『목마른 계절』(소설 전집 6), 『서 있는 여자』(소설 전집 11) 개정판 출간.

「마흔아홉 살」(〈문학동네〉 봄호), 「후남아, 밥 먹어라」(〈창작과비평〉 여름호)

『그 산이 정말 거기 있었을까』가 스페인 트로타 출판사의 〈한국문학시리즈〉 중 첫 책으로 『Aquella montaña tan lejana』(김혜정, Francisco Javier Martaín Ortíz 역)라는 제목으로 출간.(Trotta)

2004(74세) 〈현대문학〉 창간 50주년을 기념한 장편소설 『그 남자네 집』(현대문학사) 출간.(2002년 〈문학과사회〉에 발표한 동명 단편을 기초로 한 작품)

일기『한 말씀만 하소서: 자식을 잃은 참척의 고통과 슬픔, 그 절절한 내면 일기』(판화 한지예, 세계사) 재출간.

〈그림, 소설을 읽다〉(전5권) 시리즈 첫 권으르 『나목에 핀 꽃』(그림 박

항률, 랜덤하우스중앙) 출간.

1997년에 펴낸 첫 동화집에 수록되었던 여섯 편에, 최근에 쓴 동화 「보시니 참 좋았다」「아빠의 선생님이 오시는 날」을 새로 더해, 동화집 『보시니 참 좋았다』(그림 김점선, 이가서) 출간.

〈박완서 소설 전집〉(세계사) 『꿈엔들 잊힐리야』(박완서 소설 전집 12, 13, 14) 출간.(장편소설 『미망』(소설 전집 12, 13)의 일부 내용을 수정·보완한 후 표지 장정과 본문 디자인을 바꾸어 출간)

청소년판 『그 많던 싱아는 누가 다 먹었을까』(그림 강전희, 웅진닷컴) 출간.

「해산바가지」가 일본에서 「出産パガヂ」라는 제목으로 『韓国女性作家短編選(한국여성작가단편선)』(朴約礼 역)에 수록 출간.(穂高書店)

2005(75세)　12편의 기행 산문을 모은 기행산문집 『잃어버린 여행가방』(실천문학사) 출간.(1997년 학고재에서 출간했던 『모독』 포함)

『그 산이 정말 거기 있었을까』『그 많던 싱아는 누가 다 먹었을까』(웅진지식하우스) 양장본으로 재출간.

만화 『그 많던 싱아는 누가 다 먹었을까 1, 2』(그림 김광성, 세계사) 출간.(어린이를 위해 만화로 재구성)

〈다시 읽는 한국문학〉 시리즈 『다시 읽는 박완서 – 엄마의 말뚝』(그림 이승원, 맑은소리, 다시 읽는 한국문학 21) 출간.

〈20세기 한국소설〉 시리즈 『박완서』(창작과비평사, 20세기 한국소설 35) 출간.(「조그만 체험기」「그 가을의 사흘 동안」「엄마의 말뚝 2」「해산바가지」「나의 가장 나종 지니인 것」 등 수록)

「거저나 마찬가지」(〈문학과사회〉 봄호), 「촛불 밝힌 식탁」(『박완서 외 여성작가 17인 신작소설 – 촛불 밝힌 식탁』, 동아일보사)

『그 많던 싱아는 누가 다 먹었을까』가 대만에서 『那麼多的草葉哪裡去了?』(安金連, 臺北市 역)라는 제목으로 출간.(大塊文化)

『그 많던 싱아는 누가 다 먹었을까』가 태국에서 『ในความทรงจำ: แห่งชีวิตอันเยาว์วัย』라는 제목으로 출간.(TPA Press)

2006(76세) 5월 17일 서울대학교 명예문학박사 학위 수여.

제16회 호암상 예술상 수상.

묵상집 『옳고도 아름다운 당신』(시냇가에 심은 나무) 출간.(1996년부터 1998년까지 가톨릭 〈서울주보〉의 '말씀의 이삭'에 발표한 94편의 에세이를 모은 『님이여, 그 숲을 떠나지 마오』의 개정판)

문학상 수상작을 모아 『환각의 나비』(푸르메) 출간.(「그 가을의 사흘 동안」 「엄마의 말뚝」 「꿈꾸는 인큐베이터」 「나의 가장 나종 지니인 것」 「환각의 나비」 등 수록)

1999년 출간된 〈박완서 단편소설 전집〉(전5권, 문학동네)에, 1998년에 출간된 『너무도 쓸쓸한 당신』(창작과비평사)을 추가하여, 개정판 〈박완서 단편소설 전집〉(전6권, 문학동네) 출간.(『부끄러움을 가르칩니다』(단편소설 전집 1), 『배반의 여름』(단편소설 전집 2), 『그의 외롭고 쓸쓸한 밤』(단편소설 전집 3), 『저녁의 해후』(단편소설 전집 4), 『나의 가장 나종 지니인 것』(단편소설 전집 5), 『그 여자네 집』(단편소설 전집 6))

「대범한 밥상」(《현대문학》 2006년 1월호), 「친절한 복희씨」(《창작과비평》 봄호), 「그래도 해피 엔드」(《문학관》 가을, 한국현대문학관), 「궁합」 「달나라의 꿈」(『저 마누라를 어쩌지』, 정음)

「마른 꽃」이 한영 대역본으로 『Weathered Blossom』(유영난 역)이라는 제목으로 출간.(한림)

『너무도 쓸쓸한 당신』이 중국에서 『孤独的你』(朴善姬, 何彤梅 역)라는 제목으로 출간.(上海译文出版社)

「엄마의 말뚝 1, 2, 3」이 프랑스에서 『Les Piquets de ma mère』(Patrick Maurus, 문시연 역)라는 제목으로 완역 출간.(Actes Sud)

「배반의 여름」이 멕시코에서 「Traición en Verano」라는 제목으로

『Por la escalera del arco iris』(정권태, 유희명, Raúl Aceves, Jorge Orendáin 역)에 수록 출간.(ARLEQUÍN)

2007(77세)　산문집『호미』(열림원) 출간.

소설집『친절한 복희씨』(문학과지성사) 출간.

이해인, 이인호와 함께, 대담집『대화』(샘터) 출간.

청소년판『엄마의 말뚝』(열림원) 출간.

〈다시 읽는 한국문학〉 시리즈『다시 읽는 박완서 – 엄마의 말뚝 2·3』(그림 이수정, 맑은소리, 다시 읽는 한국문학 22) 출간.

〈교과서 한국문학〉 시리즈 박완서 편으로, 제1권『옥상의 민들레꽃』(방민호 엮음, 휴이넘)을 시작으로 총 10권 발간.

중국 인민문학출판사의 〈韓國文學叢書(한국문학총서)〉 중『그 남자네 집』이『那个男孩的家』(王策宇, 金好淑 역)라는 제목으로 출간.(人民文學出版社)

『나목』이 중국에서『裸木』(김연란 역)이라는 제목으로 출간.(上海译文出版社)

2008(78세)　『꼴찌에게 보내는 갈채』(세계사) 문고판 출간.

산문집『옳고도 아름다운 당신』(열림원) 재출간.

〈박완서 소설 전집〉(세계사)『그 많던 싱아는 누가 다 먹었을까』(박완서 소설 전집 16),『그 산이 정말 거기 있었을까』(박완서 소설 전집 17) 출간.

2월부터 12월까지 〈현대문학〉에 '박완서 연재 에세이' 연재.(총8회)

「땅 집에서 살아요」(『우리 시대 대표 여성작가 12인 단편 작품집 – 소설가의 집』, 중앙북스)

멕시코 〈Colección de Literatura Coreana〉 시리즈 중『그대 아직도 꿈꾸고 있는가』가『¿Seguirá soñando?』(전진재, Vilma Patricia Pulgarín Duque 역)라는 제목으로 출간.(Librisite)

2009(79세) 이야기 모음집 『세 가지 소원』(그림 전효진, 마음산책) 출간.(1970년 초
부터 최근까지 콩트나 동화를 청탁받았을 때 써둔 짧은 이야기를 모음)

1998년에 출간되었던 산문집 『어른 노릇 사람 노릇』(작가정신) 재출
간.(장정과 표지 디자인을 새롭게 함)

중국 상해역문출판사의 〈韓國現当代文學精選(한국현당대문학정선)〉
시리즈 중 『아주 오래된 농담』이 『非常久遠的玩笑』(金泰成 역)라는
제목으로 출간.(上海译文出版社)

중국 상해역문출판사에서 〈韓國当代文作家精品系列(한국당대문작가
정품계열)〉 시리즈 중 『휘청거리는 오후』가 『蹒跚的午后』(李貞嬌, 李茸
역)라는 제목으로 출간.(上海译文出版社)

미국 컬럼비아대학교 출판부의 〈Weatherhead books on Asia〉 시
리즈 중 『그 많던 싱아는 누가 다 먹었을까』가 『Who Ate Up All
The Shinga?』(유영난, Stephen J. Epstein 역)이라는 제목으로 출
간.(Columbia University Press)

「조그만 체험기」「그 가을의 사흘 동안」이 브라질에서 각각 「A
pequena expeiência」「Três dias daquele outono」라는 제목으로
『Contos Contemporâneos Coreanos』(임윤정 역)에 수록 출
간.(Landy)

2010(80세) 산문집 『못 가본 길이 더 아름답다』(현대문학) 출간.(2002년 2월 〈현대
문학〉에 발표한 에세이 「구형예찬」을 비롯하여 2008년 2월부터 12월까지 〈현
대문학〉에 연재한 '박완서 연재 에세이' 와 그동안 쓴 짧은 글 등을 모음)

「석양을 등에 지고 그림자를 밟다」(《현대문학》 2월호), 「엄마의 초상」
(『가족, 당신이 고맙습니다』, 중앙북스)

2011(81세) 1월 22일 오전 6시 17분, 담낭암으로 투병하다 세상을 떠남.

1월 24일, 금관문화훈장 추서.

1월 25일, 경기도 용인시 모현면 오산리 천주교 서울대교구 공원묘

지에 안장됨.

4월, 『모든 것에 따뜻함이 숨어 있다: 박완서 문학 앨범』(웅진지식하우스), 관악 초청 강연록 『박완서: 문학의 뿌리를 말하다』(서울대학교 출판문화원), 그림동화책 『아가 마중: 참으로 놀랍고 아름다운 일』(그림 김재홍, 한울림) 출간.

「그 가을의 사흘 동안」이 프랑스에서 『Trois jours en automne』(Benjamin Joinau, 이정순 역)라는 제목으로 출간.(Atelier des Cahiers)

「친절한 복희씨」가 일본에서 「親切な 福姫さん」(渡辺直紀 역)이라는 제목으로 〈아시아 단편 베스트 셀렉션〉 중 『天國の風』에 수록 출간.(新潮社)

「부끄러움을 가르칩니다」가 미국에서 「We teach shame!」이라는 제목으로 『Waxen Wings』(Bruce Fulton 편)에 수록 출간.(Koryo Press)

2012   1월 22일(1주기) 그간에 출간된 장편소설을 모아 〈박완서 소설전집 결정판〉(세계사) 출간.(생전에 직접 원고를 손보다가 타계 후에는 유족과 기획위원들이 작업을 최종 마무리함)

권명아 1965년 서울 출생. 문학평론가, 동아대학교 국어국문학과 조교수. 연세대 불문과 및 동 대학원 국문과 박사. 1994년 「박완서 문학 연구」로 〈작가세계〉 문학상 평론 부문 신인상에 당선되며 등단했다. 『박완서 문학 길찾기』(세계사, 2000)를 공동 편찬했다. 대표 저서로는 『가족 이야기는 어떻게 만들어지는가』『맞장 뜨는 여자들』『문학의 광기』『역사적 파시즘』『탕아들의 자서전』『식민지 이후를 사유하다』 등이 있다.

이경호 1955년 서울 출생. 문학평론가, 한서대학교 문예창작과 겸임교수. 고려대학교 영문과 및 동 대학원 비교문학 박사과정을 수료했다. 국내 문학인들을 분석 탐구해온 계간지 〈작가세계〉 편집 주간을 지냈으며 『박완서 문학 길찾기』(세계사, 2000)를 공동 편찬했다. 저서로는 『문학과 현실의 원근법』『문학의 현기증』『상처학교의 시인』 등이 있다.

호원숙 1954년 서울, 박완서의 맏딸로 태어났다. 수필가, 경운박물관 운영위원. 서울대학교 사범대학 국어교육과를 졸업했으며 〈뿌리깊은 나무〉 편집 기자를 지냈다. 1992년 출간된 『박완서 문학앨범』(웅진출판)에 어머니 박완서에 관한 「행복한 예술가의 초상」을 쓰기도 했다. 저서로는 『큰 나무 사이로 걸어가니 내 키가 커졌다』, 공저로는 어머니와 함께 쓴 『모든 것에 따뜻함이 숨어 있다』 등이 있다.

홍기돈 1970년 제주 출생. 가톨릭대학교 국어국문학과 교수. 중앙대학교 국문과를 졸업하고 동 대학원에서 「김수영 시 연구」로 석사학위, 「김동리 연구」로 박사학위를 받았다. 1999년 한강의 소설을 분석한 「그림자로 놓인 오십 개의 징검다리 건너기」로 계간 〈작가세계〉 문학상 평론 부문 신인상에 당선되며 등단했다. 〈비평과전망〉〈시경〉〈작가세계〉 편집위원을 지냈다. 저서로는 『페르세우스의 방패』『인공낙원의 뒷골목』『근대를 넘어서려는 모험들』『김동리 연구』 등이 있다.

오만과 몽상 2

초판 1쇄 발행 2012년 1월 22일
초판 6쇄 발행 2026년 4월 1일

지은이　　박완서
펴낸이　　최동혁
기획위원　권명아·이경호·호원숙·홍기돈
북디자인　오진경
띠지 사진　조선일보

펴낸곳　　(주)세계사컨텐츠그룹
주소　　　06168 서울시 강남구 테헤란로 507 WeWork빌딩 8층
문의　　　plan@segyesa.co.kr
홈페이지　www.segyesa.co.kr
출판등록　1988년 12월 7일(제406-2004-003호)
인쇄　　　예림인쇄
제본　　　제이엠플러스

ⓒ 박완서, 2012, Printed in Seoul, Korea

ISBN 978-89-338-0183-3 (04810)
ISBN 978-89-338-0173-4 (세트)